南方雨韵

小说·散文·文学评论·诗歌·纪实文学

XIAO SHUO · SAN WEN · WEN XUE PING LUN · SHI GE · JI SHI WEN XUE

NAN FANG YU YUN

谢向东 著

文学
作品集

中国出版集团

现代出版社

图书在版编目（CIP）数据

南方雨韵 / 谢向东著. -- 北京 ：现代出版社，2016.3

ISBN 978-7-5143-4676-3

Ⅰ．①南… Ⅱ．①谢… Ⅲ．①中国文学－当代文学－作品综合集 Ⅳ．①I217.2

中国版本图书馆CIP数据核字（2016）第038309号

南方雨韵

作　　者	谢向东	
责任编辑	李　鹏　陈世忠	
出版发行	现代出版社	
地　　址	北京市安定门外安华里504号	
邮政编码	100011	
电　　话	010-64267325　010-64245264（兼传真）	
网　　址	www.1980xd.com	
电子邮箱	xiandai@vip.sina.com	
印　　刷	北京一鑫印务有限责任公司	
开　　本	787×1092　1/16	
印　　张	16	
版　　次	2016年3月第1版　2022年7月第2次印刷	
书　　号	ISBN 978-7-5143-4676-3	
定　　价	49.80元	

本书作者与著名词作家蒋开儒老师合影。（何传明　摄）

著名歌唱家张也与本书作者合影。

歌曲《中国梦》诞生在钦州，庞卡副院长陪同蒋开儒、肖白老师在钦州采风。左为蒋开儒老师，中为庞卡副院长（时任钦南区委书记），右为肖白老师。

著名词作家蒋开儒（中）来钦州演讲留影，左一为作曲家陈饮平。

　　本书作者（右一）见证钦州市、钦南区领导在北京与全国著名艺术家藏云飞（右五）、张也（右四）、肖白（中）、谭品（左五）、蒋开儒（左一）共商拍摄《中国梦》、《北部湾》、《快乐海家园》事宜。

　　著名诗人张永枚（中）来钦州学院作学术报告时与本书作者（右一）合影。

本书作者在北京四合院构思作品。

目　录
CONTENTS

第三辑　文学评论

第四辑　诗歌

第五辑　纪实文学

附 录

第一辑 | 小 说

遗憾，遗憾如那忧伤的墨蝶缀满夜空，而我，即使仰天长叹即使顾影自怜，又能怎样？于是，我果断地撑开了五彩的雨伞，撑开了沉实厚重的夜幕，撑起了大山的脊梁撑起了人格的自尊！

南方雨

一

一阵雷声过后，雨就洒了下来。

南方无雪，但多雨。南方滨城县的雨下得颇具特色，滴滴答答的不像滴在地板上，倒像重重地敲打在人的心坎里。

陈碧峰喜欢雨，对雨有一种独特的体验。读大三的时候，他有一天上街被雨困在屋檐下，呆呆看着雨中流动的各种花雨伞，突然来了灵感，写出一首《雨中纪事》的诗来，而且还获得了"新苗"杯全国微型作品大奖赛征文三等奖，被同学们称之为"校园诗人"。诗是这样写的：无休无止的雨点困我于屋檐 / 心顾盼快快升起一方晴朗 / 固执的雨湿了可怜的奢望 / 只能呆看各类盛放的花朵 / 突发奇想 / 如果她是个秀气姑娘 / 我将感激且自豪地伴她走尽这泥泞的雨巷 / 花儿盛放花儿流淌 / 却谁也不看我一眼 / 雨点终于淋湿了我的心房。全诗抒发被雨淋湿心房的感受，透出一种无奈且凄冷的美。

此刻，碧峰正冒雨走在上班的路上，人流如潮，步履匆匆，他也顾不得被雨淋湿"心房"了。今日是他从公安局调到工商银行任办公室主任的第一天，绝不能迟到。碧峰是第一个报到上班的人。约莫过了 10 分钟，人们才陆续到位。他刚收拾了桌上的东西，周斌副行长就进来对他说，《滨城报》的记者要到沙岗镇采访镇酒厂生产的拳头产品"神鞭酒"荣获世界博览会金奖的情况，你如果有空最好能陪记者下去一趟。周斌逗乐说，沙岗镇酒厂是我们工行重点扶持的企业，它的成败直接影响到工行的面子，办公室主任可不能漠不关心哟。碧峰笑了，心想，想不到周副行长还真逗。于是也半开玩笑地说，酒厂有今天还不是靠行长的正确领导。话刚落地，行长马大汉踏进了办公室，大声骂道，妈的，工行又不是民政部门，怎一个个向我张口要钱，好像钞票都是我印的，妈的！马大汉骂完，问碧峰，好像刚才听你说过了句行长什么的？碧峰答道，我说我们工行要发达关键是靠行长的正确指导，哈哈哈，靠大家靠大家！马大汉开怀大笑。当他得知周斌派碧峰去沙岗镇采访酒厂，马上显出一副庄重的样子，去就去吧，沙岗酒厂是我的联系点，其成功的经验的确值得推广，不过……他说到这里停顿了一下，其他一切与酒厂生产无关的事，你们就不要多管了，马大汉说这话时不但加重了语气，双眼也盯住了碧峰。碧峰一时竟有点丈二和尚摸不着头脑，了解情况应该是全面的，为什么要做限制呢？他心里好生纳闷，瞥了一眼副行长，发现周斌的脸上掠过一丝不易觉察的表情。他一边漫不经心地翻阅着报纸，一边漫不经心地说，了解情况总结经验应找准积极因素，那些负面的东西，是九个指头和一个指头的问题，不是吗？周斌说完就走了。他没头没脑的话，更使碧峰堕入云里雾里。他这个办公室主任就不好当了。他正在想，楼下就有人喊他了。

　　碧峰下楼乘坐小邓驾驶的"三菱日吉"回到宿舍，匆匆收拾了点日用品，就去滨城报社接记者，接到记者秋风和山子以后，就向沙岗镇驶去。

　　沙岗镇是滨城县最大的乡镇，8万多人口。人多自然就热闹。或许是因为"神鞭酒"刚刚荣获世界博览会金奖之缘故，人们满脸喜气，街上张灯结彩。几幅悬在空中写着"热烈庆祝沙岗酒厂拳头产品'神鞭酒'荣获世界博览会金奖"的巨幅横额显得格外醒目。

　　在沙岗镇最繁华的地段，浓浓的绿荫环抱之中，耸立着工商银行沙岗办事处的办公楼，碧峰他们没有直接去酒厂，而是接受小邓的建议，先去他们的下属单位工行办事处，他说酒厂邓厂长那人很傲，一般人去找他，他都不理不睬，如果办事处的李主任去找他，他会把你当上宾，让你"吃不了兜着走"。当值班人员将碧峰他们带到三楼明亮宽敞的主任室时，办事处主任李莉已恭候在那里。李莉是令人怦然心动的女子，浑身上下充满着一种少妇成熟的美。丰满的身段，高耸的胸脯，白皙的肌肤，鹅蛋形秀美的脸庞，浑身上下没一处不荡漾着动人心魄的波光。看见碧峰他们进来，李莉满脸微笑地连声说欢迎上级领导光临指导。碧峰他们说明来意后。李莉说，"神鞭酒"是在工行扶持下获奖的，应该总结应该宣传。并半开玩笑地问他们敢不敢品尝品尝。秋风说，我们报社记者个个是酒桶，怎么不敢品尝？李莉说，酒与酒不一样，喝了这种酒，就怕你们的老婆有意见哟！说完就笑。笑得秋风、山子也不好意思起来。碧峰见李莉说话这么开放，就在心里说，真是一个不寻常的女人！

说笑了一阵，李莉就带他们去酒厂。

酒厂位于镇郊，青山环抱，环境幽雅，山清水秀，空气清爽，真是个酿酒的好地方。"好山有好酒，好酒乐悠悠。"秋风即兴念出一句顺口溜。

酒厂办公楼的设计别具一格，一位银丝白发的长胡子仙翁满脸红光、笑吟吟地拿着一条巨大的"神鞭"伫立在厂门口，显得很吉祥。仙翁面前摆着一瓶酒，那就是蜚声中外的"神鞭酒"吧，碧峰他们想。正看着，蓦地一股浓郁的酒香夹着清风扑鼻而来。随着酒香出来的是一个壮实的人。经李莉介绍，大家就叫他邓厂长。

酒厂厂长邓学礼果然很是热情，见面后立即称兄道弟。李莉向邓学礼一一介绍了众人。邓学礼与众人一一握手，然后连声说，辛苦了辛苦了。在介绍情况的时候，邓学礼言溢于表，对工行人颇有感恩戴德的样子，对马大汉更奉若神明。他动情地说，如果不是因为马行长鼎力相助，我邓某人绝对没有今天，"神鞭"也不会有今日，获奖更无从谈起，不说金奖银奖铜奖，就量竹牌奖也不可能拿到。众人听了他的话，乐呵呵地笑起来。

笑过之后，邓学礼继续说。我说的是真话，这些事李莉主任最清楚。酒厂的前身是柠檬厂。柠檬是沙岗特产，产量自然丰富，但加工之后偏偏找不着婆家。资金严重积压，柠檬厂面临绝境。我顾不上那么多了，就去找当时还是储蓄员的我的外甥女李莉，和她径直到工行去找马行长。我把我的设想用工厂一名职工献出的秘方，加工转产配制"神鞭酒"的想法向马行长做了详细汇报。马行长听了我的汇报后，立即拍板贷给我100万元！一次就贷给100万元，银行家的气魄呀！邓学礼激动得满脸通红。

邓厂长介绍完情况以后，让工人搬出两箱"神鞭酒"送给碧峰他们。见邓厂长如此盛情，大家就不再推辞了。碧峰在接过酒的瞬间，想起刚才李莉说过的话，忍不住暗暗发笑。好在老婆远走高飞，不然，夫妻战争就会升级了。

采访结束之后，邓学礼执意要在厂经营的"香满楼"酒家开席。李莉也参加了。酒罢饭后，李莉唱了一首《雾里看花》。当唱到"借我一双慧眼吧——让我把纷扰看得明明白白清清楚楚真真切切"时显得很动情投入。悠婉，哀怨，颇动人心。碧峰想，李莉的歌声是否表达了她的内心世界？邓厂长说他是带李莉去才向马行长要到款的，这其中有没有像人家说的"猫腻"？联想起程之前周副行长不卑不亢的表情，里面肯定有点文章。刑警出身的碧峰出于敏感与好奇，很想探个究竟，但耳边响起了马行长说的"与酒厂生产无关的其他事就不要多管"的那番话，也就不便多问了。人生本身就是一个无奈的历程，每个人都是汪洋大海中一叶漂泊的孤舟，盼望互相依靠互相依存是常理的事。李莉与邓厂长也不能例外，还管其他闲事干什么。碧峰想到这些，就端起酒杯，伸到李莉面前，说声祝贺演唱成功，要李莉喝了那杯酒。李莉接过酒，毫不犹豫地喝了个精光。众人啪啪地鼓掌。

热闹了一阵，山子的PB机响了起来，他看看PB机，是报社呼他了，说报纸等着稿件，要他们连夜赶回去，是不是先到这里了。碧峰心里似乎觉得就这么走了，有点惋惜，但又不好再说什么，只好一起离开了酒楼。

车驶出热闹的沙岗镇，天色已全黑了，跑了个把钟头，来到一个名叫那劲的村庄路段，只见路边围着许多村民，叫叫嚷嚷要收过路费。

原来，村边的路面翻了一辆货车，车子压住了稻田，村民找到了借口，聚众出来"洗钱"，要每辆通过此路段的车交纳100元钱，外地一辆装满陆川猪崽的货车因不肯交钱，猪崽被抢去了几笼，车主和群众发生了

第一辑 小说

争执。碧峰凭直觉就知道发生了什么事，毫不理会村民示意停车的动作，叫小邓加速闯关。过了关停车在路边的公用电话旁，拨通了刑警队的值班电话……

碧峰他们还没回到县城，就下起雨来，倾盆大雨痛痛快快地下了一夜。

二

大雨淋漓尽致地下了两三天后，天才开始放晴，滨城县城经过大雨的洗礼，处处窗明几净。马大汉的心情也爽爽朗朗的如晴空万里。他在行长室里春风满脸地一边抽着"万宝路"，一边颇有兴趣地翻阅还散发着油墨芳香的《滨城报》。该报头版头条刊登着署名碧峰、山子、秋风的长篇通讯《"神鞭"打出的金牌》文章洋洋万言，有两处基本上完全援引了沙岗酒厂邓学礼的话：如果不是因为马行长鼎力相助，我邓某人绝对没有今天，神鞭也不会有今日，获奖就无从谈起，不说金奖银奖铜奖，就是竹牌奖也拿不到……马行长有气魄，是真正的银行企业家，是改革开发的勇士，是促进乡镇企业经济发展的可靠后盾……

马大汉看着看着开怀地笑了，眼前出现了酒厂厂长邓学礼第一次上门请求贷款的情景。那是两年前的一天，一位中年汉子满脸憔悴地走进了行长办公室。马大汉正在看报纸，头也没抬地问有什么事？来人诚惶诚恐满脸堆笑地说，我是沙岗酒厂的邓学礼，想找行长支持给贷点钱。邓学礼结结巴巴地说着，小心翼翼将两条红梅烟放在办公桌上。马大汉脸色一沉说，而今银根紧缩，哪来的钱。回去吧！说完不耐烦地摆了摆手，示意邓将烟也拿回去。邓学礼站着没动，还想说些什么，马大汉一甩报纸，瞪着大眼走了出去。邓学礼脸青一块紫一块，十分狼狈。

几天后邓学礼又去找马大汉，这次他不但带来了贷款申请报告，还带来了他的外甥女李莉。邓学礼知道马大汉的脾性，不敢直接去找他，买来两条万宝路怂恿李莉去找他。自己在旅店里等着。李莉去了半天后回来说，马行长说要商量一下，叫她留下来商量，叫老舅先回去。邓学礼一听，猜到贷款有门，就暗示李莉要好好与马行长商量，有什么事当老舅的都会包着。李莉扮一个鬼脸，叫老舅耐心等待消息。又过了几天，100万元的贷款就到手了，又过几个月，李莉从储蓄员当上了主任。

马大汉抓起手提电话，拨通了县公安局长办公室的电话。喂！张局长吗？我是老马！唔，今晚局长有空吗？对，到寒舍聚聚。您推荐的碧峰真是好样的，文章写得很棒。今天报纸头版头条，你看了吗？你应该看看。真感谢局长支持，给我推荐一个好人才！……今晚见面再聊！马大汉与张铁局长通了电话之后，就叫碧峰到他的办公室。

碧峰来工行上班数天，因下乡及忙于其他事务还未有机会进过行长室。一旦进来，就被豪华的摆设吸引住了。红色地毯，软绵绵的美国进口真皮沙发，两台红绿两种颜色的内外线电话，一台五匹立式空调机，高级的保险柜和消毒柜……一切都是那样的豪华和气派，见碧峰看傻了眼，马大汉就笑着问感受如何，还可以吧？

碧峰说，庄重肃穆，县长的办公室也没有这个水平！

马大汉说，我们是金融单位，当然有些区别。只要你好好干，就会有这个享受。

碧峰连忙摇手说，不敢有这个奢盼。

马大汉说，年轻人应该有这个理想。我过去是乡长，谁会想到有今天，现在不是有啦？你刚到工作就挺出色的嘛。刚才我与张局长通了电话，还夸赞你呢。

碧峰听到马大汉提到张局长，内心顿觉一热。碧峰能有今日，与张局长的关心帮助是分不开的。如果没有张局长的推荐，他就到不了工行。他很想知道张局长对他的评价，就问局长说了些什么吗？

马大汉说，没什么，我与张局长是多年的老友了，高兴时总聚一聚，今晚到我家。张局长啊，什么都好，就是有个牛脾气，从不肯到卡拉 OK 吃饭。也好，到我家清静。今晚你也来，多找一两个朋友来热闹热闹。

碧峰想了想说，好啊，我同法院的沈庭长一起来，行吗？

马大汉说，行，就这么定了，今晚 6 点！

晚上 6 点，碧峰与沈杰准时按响了马大汉的门铃。

马大汉住在旧工行的旧宿舍。所在的房屋只有三层高，属老建筑，近年刚翻新一遍。马大汉在客厅里看电视，碧峰向马大汉介绍了沈杰，说这是滨城法院经济庭的沈庭长。沈杰称马大汉作马老板，很合马大汉的心意。两人一见如故，就天南地北地聊了起来。张局长还未到，碧峰借机浏览了一下房间，发现除行长办公室的那些摆设之外，还多了一个百宝柜上面装满了贝雕、微刻艺术品和飞禽走兽等珍贵之物。29 寸的画王彩色电视机，三台程控电话，全家三口一人一台，整套房间是将二套打成一套的共六房二厅，间间摆设都十分豪华，令人眼花缭乱。

马大汉叫他的儿子小冬给沈庭长他们倒茶，还嘱咐说等会儿张伯伯到来时要向张伯伯问好，说张伯伯是他们马家的恩人。若不是他在农转非那张表上签字，你和你娘还得在农村黑着。

正说着，张局长来了。张局长身材高大，威武挺拔像一棵白杨树。方正的国字脸上，一双剑似的浓眉，足以让人寒噤三分。剑眉下一双炯炯有神的眼睛，显示出其刚正与火烈。他声音洪亮，中气很足，一进门就高声地对碧峰说。好你这个家伙，真有你的。你知道吗，那晚你拨电话给刑警队去抓那帮拦路洗劫的路霸时，想不到他们之中还有部分人参与贩毒，真是一石二鸟，活该他们倒霉，谁叫他们撞在刑警队"南拳王"碧峰手上呢？老马，碧峰是个人才，你可不要亏待他哟。

局长大人看您说到哪里啦？碧峰既是您的得力猛将，在我行，不做左臂也做右膀，绝对不会亏待他的，放心好了。马大汉笑着说着，来，我们边喝边聊。几杯"人头马"入肚，张局长、沈杰、马大汉个个满脸红光。碧峰虽说是干过刑警，但酒量也不大，四五杯酒下去以后便感到头重脚轻。

马大汉说，当办公室主任应有海量，没有一二斤水平，恐怕难过"景阳冈"。张局长说喝酒靠锻炼，你老马过去当乡长时会喝酒？还不是到了这里才学会的？马大汉咧开嘴嘿嘿地笑着，说这是这是，锻炼出人才，锻炼出人才。

沈杰站了起来说，马老板，我与碧峰亲如兄弟，他酒量不行，我代他敬你一杯好吗？

马大汉高兴地说，沈法官今后还请多关照，说罢与沈杰干了一杯。然后，再次举杯表示回敬沈庭长一杯。

沈杰没有二话，一口气饮了下去。酒一下肚，话就多了。

沈杰说，近年来我耳边老听别人说，工行的设施和服务都是一流的。位于环珠大道的办公楼高十八层，全部贴德国马赛克，号称滨城第一楼。每个科室都配有电脑、空调和电话。优雅的环境加上现代化的办公条件使工行人心花怒放，豪情满怀。所以人们得出结论：而今走在滨城大街上神气十足踌躇满志的十有八九是工行人。马老板，对吗？

我给你们讲一个笑话吧，马大汉打开话匣讲起故事来。过去有个江西客户请了一辆柔姿的（三轮车的意思，当地造）按街道门牌来找工行。找到院门口，见里面是一幢二三层高的红瓦房，江西客户以为柔姿（三轮车）师傅带他找错了地方，就叫他拉着他满城转，打听来打听去最后还是回到院门前。可见，当时的工行太穷了，知名度太低了。这叫人穷鬼不睬。马大汉说话时手舞足蹈一副滑稽相，众人都被逗笑了。

那后来工行是怎样发展起来的？碧峰好奇地问。

这年头撑死胆大的饿死胆小的，改革嘛不大胆一点怎么行？马大汉自负地说，我这个行长就是敢拍板，我审时度势，连续拍了二板。第一板，动用全行所能动用的资金直接参与"边贸"，嫌了越南仔的一笔钱；第二板，拆借资金，低息买入高息让出，这叫食利息差，一来二去，竟他妈的就发了。

老马富了没忘兄弟单位，局里的传真机，三轮摩托都是老马帮添置的，张局长说。

小意思，那是小意思罗。马大汉说，工行要进入市场搞活经济，还少不了公安大哥的保驾护航，这叫相互支持嘛。过些日子我还要赠给你们一辆"三菱吉普"。

马老板真够气魄。我再敬你一杯。沈杰说，二人又干了一杯。

三

　　夏日的滨城天气像小孩儿的脸，一日十八变。这些天时风时雨，叫人很是心烦。碧峰仍住县局的旧宿舍，上班路较远，挺辛苦的。不过他这段工作还是较开心的。行长赏识他，其他科室的头尊重他，工行上下人们见到他都主任长主任短地叫他，使他这颗失落惆怅的心得到几许抚慰及满足，日子过得挺充实。

　　只是他细心地发现周斌副行长近来似乎有心事，不像以往那样开朗。碧峰想是不是自己在什么地方得罪了周副行长呢？但左思右想仍想不出个所以然。周副行长是主管办公室工作的，且是金融专业科班出身。碧峰虽说念过大学，毕竟专业不对口，今后应向周副行长多请教，碧峰想。

　　马大汉要去省分行开会，临走前交给碧峰一项任务，让碧峰起草一份向省分行申请报领一辆"三菱日吉"的报告，马大汉说如果这车要回来，就送给张局长使用。申请依据是环城储蓄所存款逾亿元。按省分行的奖励标准，将获奖日产"三菱日吉"一辆。碧峰接受任务后，心里十分高兴，公安局要是有了这部越野车，张局长就不用再乘那台老掉牙的"张军长"了。但是，当环城储蓄所将具体存款数额报上来时，碧峰竟呆住了。数字并非是马大汉说的逾亿元，而是六千多万元，客户也仅有马大汉所列数字的一半。这样的情况报不报？碧峰的心很是矛盾。报吧，是欺骗上级行，不报吧，马行长会不会有意见？他左右为难，决定向周副行长汇报一下情况，听听他的意见，当他向周副说了情况以后，周副行长沉思片刻，问他掌握的情况是不是准确。他说，是下面核对后报上来的。周副行长又沉思了片刻，说你的意见呢？碧峰说我听领导的。周副行长笑笑说，那就行了。既然马行长特将此事交给你办，你不想法办好是不行的。你来的时间不长，还不熟悉业务，情况就没领导了解得多。……这样吧，你先拟个报告，我看后向马行长打电话通通气，如果他没有意见，我就签发，真的有事我担着，你放心。听了周副行长的话，碧峰的思路就清晰得多了。从中也可以看出，两个行长配合还是挺默契的，以前认为他们有点"那个"的判断是不准确的。

几天后，马大汉从省分行开会回来，他知道碧峰完成了任务，心里很高兴。对周副行长的配合，更是满意。

马大汉走错了一着棋。这着棋错在哪里，只有周斌副行长清楚。

周斌常把自己关在办公室里，考虑工作。他最近听到很多人反映，说工行贷款给沙岗镇酒厂是不合法的。工行支持乡镇企业的发展有什么不合法？准确地说是不符合贷款手续。在一般情况下，贷款应有信贷人员的调查报告并由贷款单位提供担保，这些沙岗酒厂都没有。在讨论这笔贷款时，周斌就提出过意见，说对经过调查确有偿还能力，具有固定资产的单位符合条件才能放贷。但他的意见遭到马大汉的反对，马说在专业银行向商业过渡的形势下，银行就要打破许多清规戒律，敢于承担风险，把款放出去。胳膊扭不过大腿，周斌只好不作声了。从目前来看，酒厂的形势还不错，但有许多"不错"都是人为的，是宣传媒体吹出来的。如果真是不错，应按月还回利息。现在快两年了，却一分利息也收不回来。再拖下去，100万元的贷款就会付之东流。周斌想采取对策。硬去收贷是不行的，这样必定引起马大汉的反感，造成班子的不团结。稳妥的办法是顺水行舟。先吹一吹酒厂，把酒厂树为典型。人说树大招风，树大了，风就来了，若是经不起风吹雨打，问题就会暴露出来，就能彻底解决问题。他派碧峰和记者去采访酒厂，是实施计划的第一步。第二步是同意虚报情况获奖小车，以此引起上级行的注意。

周斌所做的一切，碧峰自然是蒙在鼓里。目前他最为关心的是那辆上报的"三菱日吉"，左等右等10多天，仍不见有半点动静。他沉不住气了，向马大汉说，马行长，让我到省分行去走一趟，把这件事办妥吧，马大汉应允，说对对对，你就追一追这件事。碧峰上到省分行，找到熟悉的哥们到省城最高档的"大观园"酒家OK了一夜。分行就来电话通知，说政策已兑现，叫他们速派人接车。

车子接回以后，马大汉打电话给张局长，说局长大人那部"张军长"（国产老式吉普车）该退休了，我已替您鸟枪换炮，老伙计满意吗？

张局长十分高兴，但又有点为难地说，怎样办手续呢？

马大汉说，您以公安局的名义在工行成立个公安执勤室，挂个公安车牌，车就交你们用，这样可以吧。

张局长答应了。

执勤室挂牌那天，举行了隆重的揭幕仪式，由张局长与马大汉一道揭幕。鞭炮声，锣鼓声齐鸣。一派热闹景象。

马大汉心里很惬意，从今以后有公安这块金招牌，一切事情都会好办。

执勤室挂牌以后，主任由碧峰兼任，这不会成问题，张局长很赞成。令他头痛的是马大汉提出要配给他们领导三支手枪，这倒令他为难了。手枪是较易出事故的，一旦出事了，就难以交代清楚。

碧峰知道张局长为难，就出了主意，说马行长讲话算数，既然他把车都给了，作为局里也应有所表示，先给三支电棍行里用怎么样？手枪呢，就说报公安厅配"六四"手枪，此种枪体积精细易于携带，等上面批下来再说兑现，先把这件事拖一拖。

张局长高兴地望着自己培养起来的碧峰，称赞道，你真是越来越成熟了。看来当初介绍你入党和提拔你做刑警队长都是对的，可惜呀！

碧峰心里明白局长指的是什么事。那是其前妻丽丽让他戴了一顶"绿帽子"以后，他一气之下，将那个狗男子一拳打断了三根肋骨。结果就脱下心爱的橄榄绿，到工行下海来了。

张局长拍了拍碧峰的肩膀说不要紧，你还年轻，机会多着呢。你投身银行实际是下海了，商海莫测，要多用心。你工作出色，我实在舍不得你，但老马多次向我提出要你，并向我打包票起码让你当他的副手，今后接他的班，对你来说或许是命运的改变。但我特要提醒你，今后不管遇到什么事，都要沉着冷静，不能再轻易出手伤人。聪明的人不是不能犯错误，而是不能犯同样的错误。

碧峰心头一热，说我记住了。

张局长话头一转，问，听说马大汉不要那两支电棒是吗？碧峰点点头，说那两支电棒还放在执勤室里。看来马行长为此很生气，他说，我要这些拨火棍有什么用？

张局长摇摇头说这个老马！

四

一天，马大汉将碧峰叫到他的办公室，关心地问你到行里已有一段时间了，习惯吗？

碧峰说，基本上适应了，只是业务还不太熟悉。

马大汉说，不用急慢慢学，你还是诗人呢，那么聪明的人不愁学不会的。报纸上那篇文章不是写得很好吗！

碧峰笑笑说，马行长过奖了。

马大汉说，你的情况张局长向我透露了，前段我太忙，对你关心得不够。怎么样，工行那么多靓女，看上哪个没有？看上哪个你尽管说。

碧峰不好意见地笑笑。

碧峰不知道马大汉是拿他开玩笑还是真的要为他充当"月老"，他的心都是怀着感激的。张局长在家乡为年迈的父母建造了一间二层楼的住房，就是马大汉贷的款，还是低息的。张局长家境清贫，这3万元贷款仅能勉强还得起利息，本金一直挂着，马大汉多次在各种场合表示这笔贷款做"呆账"处理一笔勾销算了。但张局长始终坚持说，日后有钱一定要还。马大汉深知张局长的个性便不勉强了。但从这件事可以看出，马大汉对人是天生有一副热心肠的。

第二天，人事科长来征求碧峰的意见，说行长的意思是将丁香调到办公室，不知你意下如何？

碧峰想马行长此番用意必是昨天谈话的结果。既是行长之意，那就顺其自然吧，于是他沉思一下说好吧！

第一辑 小说

时隔一日，丁香果然挎着小皮包浑身香气地来报到了。她甜甜地叫了声陈主任，请多关照，便一屁股坐在一张空闲的办公桌前，俨然一副老熟人的模样。碧峰想既是行长介绍的，便不好说什么。况且路遥知马力，日久见人心，要真正了解一个人也不是一两天的事，让时间去证明一切吧。

忧郁诗人戴望舒有一首脍炙人口的诗《雨巷》，诗中描绘了一位"丁香"姑娘，她不仅有丁香的颜色、丁香的哀怨还具有无穷的艺术魅力。碧峰在中学时代就喜爱《雨巷》，对雨也别有一番说不清道不明的感受，以至日后写过这样的诗句：你是否明白，遗忘也是一种悲壮？阴雨霏霏，发霉的信封邮不出感叹。心盼着阳光，明知雨中孤独，偏喜欢走泥泞的雨巷。而且，故意不带雨伞，而且，故意让寒风冷雨抽打。莫非这样，才能把思念拉长……忧郁的情结，颇有几分《雨巷》的韵味。

在没有接触丁香以前听到丁香的名字，他的潜意识里有朵芬芳的丁香。"丁香"仅是他脑中的意象而已。日子久了，他对丁香的印象就深了。

办公室里的丁香是位青春少女，青春少女总有几分令人心动。但碧峰总觉得丁香除有漂亮的外表外，缺乏一种气质或者说是精神的东西。更缺乏一种上进心。初到办公室几天，也许是刻意表现自己吧，丁香扫地、打开水、接电话、发传真忙这忙那，直教碧峰欢喜。但不出数日就变成另一个人了。地不扫，开水不打了，电话响烂她懒得去接。若是有电话找她，她就像鸟儿叽喳个不停，一个劲在煲电话粥。

许久没有下雨，空气热得像一团火球到处滚动。马大汉邀请有关单位的头到麻兰岛游泳避暑，用手机给碧峰打了一个电话，要办公室写份全行的半年工作总结。还说，你来银行不久，了解情况不多，对你可能是苛求，但确实没有办法，办公室就只有你和丁香，只有麻烦你了。

碧峰说，这是办公室的责任，我拼了老命也要把总结弄出来。

于是，碧峰就像一台不倦的机器那样日夜运转了。或到各科室收集资料，或打电话到储蓄所了解情况，各种材料把办公桌摆得满满的。

碧峰翻翻资料准备动手的时候，突然发现材料中还缺少一个典型。如果把工行扶持酒厂的事迹写上，总结才充实，才有说服力，他打了一个电话到沙岗办事处，找到李莉主任，问酒厂的发展情况。李莉说酒厂的情况不太妙，订户纷纷退货，说神鞭酒不神。由于经济效益不太好，工人的工资也发不出。更要命的是自从报纸登了大文章以后，不少兄弟单位来参观学习，逼得邓厂长不断到营业所借钱去做接待。这是个新情况，碧峰听后出了一头冷汗。这种情况马行长知不知道呢？要不要写进总结里去呢？他忐忑不安，就去找周副行长。

周斌听了汇报，沉思好久没有说话。最后他说，按以往的习惯，总结就是总结好的方面，好的典型，不足方面就少提吧？

碧峰把所有资料抱回家里，关起门写了三天，银行如何转轨，如何发挥职工干部的积极性，写得有条有理，对沙岗酒厂的事只字未提。总结写好后他先给周副看，周副看后说写得有板有眼，有骨有肉，不错！同时指出要修改的个别地方。他修改了一下就交给马行长，马大汉审阅了一遍，除改动个别字眼外，没提沙岗酒厂的事，就在稿纸的左上角签了字：发——马大汉。

碧峰把总结交给丁香，叫她拿到文印室去打印。丁香接过稿子，抛给碧峰一个媚眼。

碧峰无动于衷。沙岗酒厂的事就像一块石头，沉沉地压在他的心上。

五

这天下了一场雨，紧一阵缓一阵，来无影去无踪。马大汉忽然想起很久未见到李莉了，心里痒痒的有种莫名的躁动。于是他就拨电话。电话一接通，就传来了李莉埋怨的声音：这几天你跑哪去啦？总听不到你的声音！马大汉说，我们去一个海岛玩了一下。李莉说，去玩也不叫我一声，讨厌我啦？马大汉说，我是和有关单位的头头脑脑去的，把你带上像什么话？李莉说，我们单位不算有关单位？我大小也是个头嘛，为什么不能去？马大汉说，你还怕没机会啊，这事说不清，你先上来吧，我有事跟你说。李莉说，我也有要紧事要找你，再不及时解决，后院就要着火了！

两个小时后，李莉从沙岗镇上来了。她是个很会打扮的女子，什么时候都有一种女人的成熟美。她下车就住进滨城宾馆主楼808号房间。此间豪华的客房基本是她来滨城下榻的常住之处，每夜房价高达360元。但那算什么呢？反正有人给她结账。

李莉刚住下，马大汉就来了。他进房后没有说话，只有习惯动作。李莉推开他，满脸愠怒地说，我的心情坏透了，你让我安静一会好不好？

马大汉把准备好的动作收了回来，摸摸一头粗黑短发的脑勺嘿嘿地直笑。

李莉是邓学礼的外甥女，当时还是一名"储蓄代办员"。邓学礼为了贷到款，就动员她去向马大汉说情。她的出现，使马大汉改变了对酒厂贷款主意。尽管当时在讨论这笔贷款时周斌认为没有担保不符合手续，坚决不同意贷这笔款。但马大汉似乎铁了心。他圆睁双眼，粗声粗气地说，而今都什么年代啦？市场经济了，我们要扶持企业，就要丢掉那些婆婆妈妈的东西，什么担保？人家是国家的企业还有假？要担保，我马大汉用人头来担保！尽管这样，周斌仍是不让步。为这事马大汉恼羞成怒地骂了起来，妈的！是你说了算还是我说了算，真不像话！马大汉的话说到了这一步，周斌只有屈从了。为这事，两人的关系日趋紧张明里暗里较劲。所有这一切，马大汉都得意扬扬地向李莉炫耀过，李莉虽是局外人，但见到周斌心中总觉虚虚的。

那次李莉出面的结果是引来了马大汉沙岗之行。酒厂得到了100万元的贷款。从此之后，马大汉每到沙岗"检查"工作，总要办事处安排舞会，每次都是李莉陪着。

事后不久李莉很快转了干，入了党，并被提拔为办事处主任。酒厂那笔贷款的大额回扣也全部属于她。这是她向马大汉索取回报的结果。从此，李莉在这808号房间，经常像一只温驯的绵羊，熟睡在马大汉宽阔的怀里。

可是今天李莉生气了。

李莉，你为什么生马哥的气啊！马大汉说。

我老舅的酒厂发不出工资了，你再贷给他 20 万元吧！李莉说。马大汉说现在没计划，难啊！李莉说，计划还不是人订的，过去 100 万你都敢拍板，现在 20 万你不敢做主？你怕那个白皮书生周斌？马大汉说，总要讨论一下嘛！李莉说，我不理你，酒厂是你扶持的点，酒厂垮了，你也就垮了！马大汉见李莉生这么大的气，就说我答应了行了吧！李莉一听，才恢复成那只温驯的绵羊，嗲声嗲气叫了一声马哥。

事完以后，马大汉打电话对碧峰说，今晚去酒城蓝月亮歌舞厅散散心，到时你和丁香也来吧。

晚上八点三十分，丁香打扮得很摩登地等在那里。见到碧峰到来，显得十分兴奋地说。马行长叫我们先进去找位置。说着兴致勃勃地在前面带路。酒城改装后，碧峰第一次来。改装后的舞厅的确模样大变，一套价值 10 多万元的先锋高级立体音响，发出令人兴奋的强音。灯光是五颜六色的，显得很朦胧。很有浪漫情调。丁香在 18 号台订好位后，便到那边点歌台去了。碧峰点了饮料及小食，等马大汉来。马大汉未来前，丁香先去唱了一首歌。丁香说我唱一首《其实你不懂我的心》献给 18 号台的朋友。"你说我像云，总是不定，其实你不懂我的心……"碧峰听得出，那是专为他点唱的。

丁香正唱着，马大汉与李莉进来了。碧峰忙招呼他们坐了下来。过去马大汉一听见音乐脚就打战，怎么也坐不住。这次舞曲起了一曲又一曲他也没有起身，坐在他身边的李莉浑身不舒服。马大汉没跳，碧峰也不好意思进舞池，尽管丁香眉来眼去。

沉默了一会儿，马大汉招招手，叫碧峰坐到他的身边去。马大汉嘴巴咬着碧峰的耳说，酒厂还要贷款 20 万，你看怎么办？过去什么事都是马大汉说了算，哪有征求碧峰的意见？这次把这么大的事和他商量，把他当作知己，使他受宠若惊。酒厂的事他早知道，再把钱投进去，就等于担沙填海。碧峰不敢表态，实际上表态也没用，马大汉要干的事，谁反对也阻挡不了，现在征求他的意见，无非是想多找一个支持者而已。碧峰说行长你定嘛！马大汉说以前为了贷那100万，我与周副行长闹了好长时间的别扭，为了团结，我不敢独断专横啰！碧峰说你征求一下周副行长的意见吧。马大汉说我就是这个意思，你是办公室主任，你先把这件事和周斌吹吹风怎么样？碧峰爽快地答应，说我今晚就找周副行长说说。

这时舞厅的灯全黑了，酒城独创的"情人舞"时间到了。绵长幽怨的舞曲营造出一种让人心跳窒息的醉人气氛。不知马大汉是心情放松了还是专等这迷人的一刻，这时他拥着穿白色连衣裙的李莉滑向了黑暗的舞池。丁香把红唇凑到碧峰耳边说，行长都带头了，咱俩是不是来一曲？碧峰犹豫了一下，最终还是站了起来。

绵长的15分钟终于过去了，碧峰仿佛觉得自己一下子从黑夜中苏醒过来，对马大汉的为人也清楚了几分。离开富丽堂皇的"蓝月亮"时，碧峰不失礼貌地说声"再见"！马大汉与李莉钻进了轿车。丁香打的走了，碧峰跨上自己的单车。

碧峰回到家就给周斌挂电话，转达酒厂贷款的事。周斌说酒厂的情况你比我还了解，你说应不应贷给他们？碧峰说这些应该领导定，我不敢发表意见。周斌说哪个领导敢定就由谁定去，不必在群众中放风，造舆论，如果光明正大的事，就摆在桌面上来大家讨论。碧峰唯唯诺诺，只好放下电话。

碧峰一夜没有睡好，他不知明天如何回答马大汉。弄得不好，两个行长之间的矛盾就会升级。

次日早上上班时，李莉拿着一份马大汉签了字的贷款申请报告进来说，麻烦陈主任盖个章办个手续。碧峰一看报告，一股火气顿时窜出额门，昨晚不是说先和周副行长通气统一以后再说的吗？怎么又叫盖章啦？这个马行长看来是老糊涂了。他没好气对李莉说，把报告放这里吧！李莉说，好，我到马行长办公室坐一会儿再过来取。

碧峰没有作声，拿着报告找周斌，周斌看都没看，说既然行长签了字，还找我做什么？边说边给司机小邓打电话，叫小邓开车接他，他要出去一趟。去哪里没有说。出门时对碧峰说，公章你管着，但你要记住，我们的公章不是木茄刻的。碧峰不知如何是好，愣愣地站在那里。这时丁香过来对他说，张局长来电话叫你回县局一趟。碧峰没问出了什么事，就把李莉的报告交给丁香说，你先放好这个报告，我回来再说。他有了走开这个是非之地的借口。

碧峰刚走，李莉出来了，双颊潮红，样子很兴奋头发也有点乱。她到办公室见碧峰不在，就问丁香陈主任呢？

丁香说他回公安局去了。

李莉说我的报告盖章了吗？

丁香说还没盖。

李莉说为什么没盖？

丁香说不知道。李莉好看的脸马上变了形，转身又钻进马大汉的办公室。一会儿，行长的办公室传出细细的哭泣声。

碧峰回到张局长的办公室。张局长正在耐心等他。张局长问碧峰，那边很忙吗？

碧峰说，刚才忙着为一家客户办贷款。

张局长说，而今国家紧缩银根，款不好贷吧？

碧峰道，是的，不过对优秀企业工行历来实行倾斜政策的。

张局长点了点头，点燃了一根烟，然后神色凝重地对碧峰说，刑侦队刚在宾馆抓获了一伙吸毒犯，想不到丽丽也在其中。丽丽曾是碧峰的妻子，所以张局长特地将消息告诉他。

吸毒？碧峰有点吃惊地问。

张局长说已相当严重了，看来需要关押一段时间强制戒毒。张局长停顿了一下说，而今丽丽很需要人关心。自从离婚之后，其父母与她闹翻了，那个大款也不要她了，寂寞中她与几个烂妹在一起，吸起白粉来了。钱花光了，便去赌和偷，甚至卖血……审讯时她哭了，说后悔跟那大款，让你受了耻辱。还说这是命中注定的，而今落到这地步，你更不会再理她了。生不如死，想一死了之。所以我想你应该去探望她，让她鼓起重新生活的信心。

碧峰深深地叹了一口气，重重地点了点头。

碧峰赶到收审所，见到丽丽已没有往日娇媚的容颜了，白皙的肌肤变得灰青瘦得只剩皮包骨，双眼深深地陷了进去。碧峰简直不敢认她了。一见面丽丽便失声痛哭。哭声带着忏悔，带着悲伤，边哭边问碧峰，你还恨我吗？

碧峰十分宽容地说，恨有什么用，不恨了。接着鼓励她说，你要有信心把毒瘾戒掉，重新振作起来。有空我再来看你。说着从上衣口袋拿出300元放在桌面，离开了收审所。

夜里，碧峰躺在床上翻来覆去怎么也睡不着。一闭上眼就仿佛看到丽丽那张毫无血色的脸，看到那双深陷进去的眼睛。

碧峰与丽丽是在一次邂逅中认识的。

他26岁那年与战友一道成功地破获了一起发生在滨城师范学校的特大抢劫案，学校邀请碧峰去做报告。碧峰艺高人胆大的气概征服一位名叫丽丽的女学生。不久，丽丽分配在滨城实验小学当教师。她千方百计地打听，终于探听到碧峰的电话号码，就通过电话频频向碧峰表述衷肠。后来碧峰患急性阑尾炎在县医院手术治疗，丽丽对碧峰关心体贴，终于打动了碧峰的心。命运把他们联结在了一起，最初的日子天是蓝盈盈的，空气也变得甜蜜。

如果不是那个叫秋的大款，或许不会导演出悲剧。秋捐赠了5万元给实验小学，成了学校的座上宾。当年轻貌美的丽丽进入秋的视野时，秋就像猎人发现猎物般兴奋。秋有的是钱，秋会哄女人开心。几个回合之后，天真的丽丽陷入秋设计的情网。她对秋说，她选择橄榄绿只是一种虚荣与狂热。嫁给碧峰她得到什么呢？他不是出差就是忙得团团转，带给她的只有烦恼和孤独。她在秋的身上得到了许多在碧峰身上得不到的东西。秋带她上卡拉OK入高档舞厅进茶坊，秋出手大方，不仅给她金耳环还有金项链。碧峰办不到的许多事秋办到了。丽丽心中的天平向秋倾斜了。秋还许愿待丽丽离婚后，他即娶她为妻。

于是演了一幕闹剧。丽丽故意让秋开车到公安局的大门口，公然在那里拥抱接吻，让碧峰丢人现眼。碧峰闻讯从宿舍里冲出来，暴怒得像一头雄狮，只一个勾拳，秋的肋骨从下而上断了三根，当场昏了过去。为此，碧峰受到了处分。

碧峰与丽丽分手的那天夜里，突然下了一场暴雨，在楚楚的心境支配下，碧峰写下了一篇颇动人心的诗篇。他在诗里这样写道：

雨，从此无法灿烂绽放，花，丧失醉人温馨……

你，为何会如此漠然：双眸冷冷的如冻结了的湖？那曾经天绝地灭的海誓山盟呢，那系在你情魂上的蝴蝶结呢，那方飘逸如浪花的红纱巾呢……

遗憾，遗憾如那忧伤的墨蝶缀满夜空，而我，即使仰天长叹即使顾影自怜，又能怎样？于是，我果断地撑开了五彩的雨伞，撑开了沉实厚重的夜幕，撑起了大山的脊梁撑起了人格的自尊！

诗毕竟是诗，现实毕竟是现实。秋伤好后自个跑到深圳去了，丽丽受骗上当，痛苦中陷入吸毒的深渊。

命运真会捉弄人！碧峰在心里悲叹道……

碧峰一夜没有睡好，早上上班无精打采，显得疲倦不堪。丁香关心地问，陈主任，公安局叫你回去做什么？碧峰如实相告。丁香说你不是和丽丽离婚了吗？碧峰说虽然离了，但是……丁香问你还爱她吗？碧峰说又爱又恨。丁香说你在骗我。碧峰说我骗谁也不会骗你。一夜夫妻百日恩，我和丽丽有过三年的夫妻生活，说断就断了？丁香脸一扭，咯咯地跑下楼去。

外面下着大雨，丁香发疯似的走在地坪上，任凭雨水的淋洒。碧峰看见她在雨中乱走，说她该清醒清醒了。

六

碧峰正站在阳台上看雨，看雨中着连衣裙的孤独身影，突然听见马大汉在叫他。听见行长叫他，他的心禁不住跳起来。一定是问酒厂贷款盖章的事，他想，怎么向行长说呢？如实转达副行长的意见？这样不好，会加深他们之间的矛盾。怎么办？他一边想一边走进行长的办公室。

告诉你一声，我今天回老家，家里有事。马大汉只说了一声就走。

马大汉没提盖章的事，这使碧峰很纳闷。这样也好，可以有时间慢慢和周副行长商量一下。但周斌昨天出去以后还没有回来。他打听了几个科室，问周副行长会去哪里，但没有人知道。

两个行长不在家，许多平时常来要求贷款的人像知道信息似的也极少露头，工行也就寂寞静了许多。偶尔有人把投诉电话打到办公室来。说某某储蓄所小姐态度不好，某某办事处给客户兑换的都是小票，大票留给亲友云云。碧峰听到客户的投诉，都去处理妥当了。他虽然到办公室不久，一般业务性的工作，都能处理了。这一切进步，得益于平时勤学好问，得益于周斌的指点。因为周副行长曾任办公室主任一年，对办公室工作很是熟悉，因此他经常和周斌聊天。周副行长是个很能神侃的人。周副行长虽然是金融科班出身的人，但也曾挚爱着缪斯，他的诗作还获过滨城迎春诗会诗歌优秀奖。那是过去的事，现在一忙田地就丢荒啦！周斌自嘲道。接着他叹了口气说，而今咱工行摘掉了"专业帽"戴上了"商业"帽，丢掉了政策优势，许多人一下难以适应。而今虽然还算平静，不出多久，暴风雨就会来的。这叫山雨欲来风满楼，肯定会人人自危。弄不好，会陷入尴尬的境地。而今砸了"铁饭碗"，我们实质上成了高级乞丐。形势逼人啊！一次，周斌和碧峰散步时，周斌这样说。

碧峰觉得周副的话很有见解，对工行将来的命运含着深深的忧虑。

碧峰从周斌那儿学到了不少新东西。比如"水牛"银行、"飞行"银行等过去闻所未闻的金融知识，就是碧峰和周斌聊天时听周斌说的。一次，他们散步碰到下雨，两人在一家屋檐避雨。周副行长对雨也有独特的见解。周斌说，浪漫的诗人喜欢把南方比作雨的故乡，接近雨就等于接近南方。两个恋人分手就喜欢把分手的氛围放在雨打湿芭蕉叶的晚上，离别前就总有剪不断的霏雨。实际上雨作为南方一种晶莹的精灵，有其说不清道不明的生命韵味。细雨给人以温馨与浪漫，比如雨中的回忆，雨中的思念等；中雨使人们清爽，大雨和暴雨呢就会给人们带来不便甚至是灾害。当大雨过多形成洪水，洪水便变得冷酷无情。这时，雨已失去了滋润土地，沐浴万物之功能，变得不可理喻，让人深感恐惧和不安。可见物极必反。因此从某种意义上来说，金钱就像雨水，少了不行，着急时不能让它泛滥，泛滥就会成为吞没人心的洪水猛兽。

有一天，碧峰与周斌不知不觉地谈到了文学。当谈到美国作家马克·吐温的小说《百万英镑》时，周斌给碧峰讲了一个故事。他说百万英镑在马克·吐温创作小说时，只属作家的虚构而已。但小说改编拍摄电影时，货真价实的百万英镑真的问世了。

目前全世界只有两张百万英镑，其中存号为000007号的已列入《吉尼斯世界纪录大会》，是世上现存面额最高的钞票。

百万英镑由英格兰银行于1948年8月30日在伦敦发行，上面有英国财政大臣签字。当时主要作用是记录美国根据马歇尔计划向欧洲提供援助基金的流通情况。发行极少且不足45天就宣布失效，被销毁。仅存的两张当时赠给了英美两国管理马歇尔计划基金的官员做纪念，现究竟落入谁手成了一个难解的历史之谜。

这两张"百万英镑"虽已被宣布作废，但因面世数额巨大，又被文学名著提及和引用，所以身价不凡。

会不会流入中国呢？碧峰听完故事好奇地问。

周斌说，某些别有用心的人正是抓住人们的普通心理想鱼目混珠借机发财。去年夏天就曾有那么几个人宣称有"百万英镑"。消息传出，滨城几家银行的头头脑脑无一例外地拜倒在他们的大裤裆之下，争着想吸存那稀世之宝。马行长别出心裁，让几名年轻貌美的"储蓄小姐"去陪他们，结果有的小姐被奸污了。最后谜底洞开——纯属虚构，但却不了了之。

碧峰感到周斌讲话不但幽默，还有很强的哲理性。

周斌不在，碧峰感到空落落的。

第三天上班，碧峰发现两个行长办公室的门都开了。真巧，两个行长同时回来了。碧峰借送阅文件之机走进了马大汉的办公室。马大汉说话有点沙哑，明显有些憔悴了。他对碧峰说，他家侄子结婚，他回去喝喜酒。碧峰心里明白，他老母亲八十岁了，他是回去为老母做八十大寿。这是张局长告诉碧峰的。张局长说他为老马的母亲买了一双高档棉鞋，祝贺老马母亲的生日。老马在说谎，碧峰想，但他没有戳穿他。

碧峰从马大汉办公室出来，就走进周斌的办公室。一见面周斌就问，李莉要求贷款的事你盖章了吗？碧峰说没盖，周斌说你做得对。我这两天到沙岗镇做了详细调查，酒厂的事比你了解到的情况还严重。你安排个时间，我要向马行长做专题汇报。你也参加。

尽管马大汉不大愿意和周斌坐在一起，但人家是汇报工作，即使马大汉有一千条理由也无法推辞。

汇报就在马大汉办公室进行。周斌介绍说，沙岗酒厂的"神鞭酒"质量差，客户纷纷退货。发不出工资，工人情绪十分波动，到了破产的境地。邓学礼和李莉为了支撑下去到处借款，新欠农行信用社的款超过50万元。酒厂唯一值钱的固定资产就是那间"香满楼"酒家。农行已经向他们追贷了，我们放给他们那100万已逾期，如果不抓紧追回来，就会付之东流！

马大汉突然冒出一句：你说怎么办？

周斌说，不瞒你说我已请示省分行领导。分行领导明确指示，说最近中央有精神，过几天要召开行长会议传达。主要精神是压缩放贷规模，追收各种逾期贷款。收不回来的贷款要诉诸法律，请求法律的保护！

马大汉听到这里，脸白一阵黑一阵的，头上沁出细细的汗珠。

周斌汇报完定定地看着马大汉，等待他的表态。马大汉沉着脸挥挥手。意思很明白，他要周斌他们先离开他的办公室。

汇报没有结果。马大汉挂电话给公安局，要张局长出出主意。张局长在电话那头说，老马这事你必须清醒，感情是代替不了原则的，可不要在阴沟里翻船啊！

马大汉一甩电话，大骂：墙倒众人推，他×的屁！他又挂电话到省分行，省行领导的指示和周斌汇报的精神是一致的，明确指示要压缩放贷规模，要千方百计收回逾期贷款，并要他写出存、存款的专题材料在行长会议上汇报。

约莫过了半个小时，碧峰走了进来，递来一份省分行发来的传真电报，上面白纸黑字写道：

工行滨城支行：

你行所报领"三菱日吉"的环城所存款逾亿元之数字，经分行研究，对所报数字，需要进一步核准，因此，请暂停使用该车，并立即封存。

省分行

××年××月××日

马大汉拿着传真电报的手都软了，裤头湿湿的出了一身虚汗。

马大汉嘱咐碧峰说，此事暂不让周副行长知道。合适我再和他商量，车子你先管起来，先别用。

于是他走进周斌的办公室，对周斌说，周副行长你刚才的汇报我考虑过了，是该采取措施了，你看怎么办好？态度从未有过的诚恳。

周斌说，我的意见是组织人员下去追收逾期贷款，追不回来的如沙岗酒厂就要向法院起诉，请求法律的保护！

马大汉长长地叹了一口气，说只有走这一步了。

一声炸雷传来，震得玻璃窗吱吱作响。马大汉说要回办公室关窗子就走了出来。他走到阳台，看见满天乌云翻滚，知道大风雨要来了！

七

南国的天气像十八岁姑娘的脸，说变就变，刚才还晴朗的天，此刻布满了乌云，不一会便下起了倾盆大雨，而且没有半点停的意思。路面潮湿光滑。雨雾白茫茫的一片。沈杰虽然已有多年的驾车经验，仍十分谨慎地驾驶，车速不敢加快。在弯曲崎岖的路面上慢慢地驶着。到了一个急转弯处，突然听到沈杰喊了一声，接着听到两声闷响：撞车了。被撞之后，只见一辆大货车重新起动，呼啸着向滨城方向逃去。因车门被撞破人一时无法出去，只好眼睁睁看货车逃跑了。碧峰眼尖，一眼认出是酒厂的车，脑中立即闪过"谋杀"的念头。沈杰气得拔出手枪欲朝货车开枪，碧峰拦住沈杰说算了哥们儿，打不中的。货车已超出"六四"手枪的有效射程，只看见车屁股了。碧峰说，目前紧要的是向周副行长报告，让行里派车增援。账，待以后再算。

周斌从电话中得知撞车的消息，吃惊不小，急切地问碧峰，伤着人没有？碧峰说没有伤人，但车被撞坏了，不能动弹。周斌说，恐怕是我们的行动走漏了风声，邓学礼来个鱼死网破。里面肯定还会有阴谋，必须小心应付。现在我马上派车过去。接着周斌又说，我马上向公安局和法院的领导汇报，请求他们的支持。在支援人员到达之前千万不要轻举妄动。

约莫两包烟的光景，小邓驾驶行里的"三凌日吉"来了。不一会儿，一辆武警部队的大卡车也来了。车上站着30多个全副武装荷枪实弹的政法干警。身穿迷彩服，十分威武。碧峰、沈杰及刑警大队商量定出了执行方案。全体人员分二批进厂。由沈杰、碧峰、刘勇打头阵，先做说服教育，确实不行再由刑警队长率干警进场，排除干扰，强制执行。

碧峰他们进入酒厂，邓学礼早就带领本厂的职工等在那里。也许他没有想到碧峰来得那么快，见到碧峰开始一愣，接着便露出一脸奸笑，向旁边人群做了一个眼色，一个"瘦猴"便带一群老弱病残围了过来。一帮年轻力壮的人在外围打气助威。老弱病残者说要是封了酒厂酒楼的屋，职工就无法活了，与其这样等饿死，还不如拼死。外围的人趁机起哄说，鱼死不如网破。喊声此起彼伏，气氛十分紧张。沈杰沉着冷静反复解释：查封并不是钉上钉子让人进不去。只是办一个手续，未经法院同意，不允许买卖或者转让，这又叫活封……

你们法院真管得宽，老子的房子凭什么要你们同意才能卖？难道你是我们的爸爸？封屋也可以，你们给我们十万八万发工资，不然……那伙人使劲起哄，若不及时制止事态就会扩大。邓学礼躲在一边正暗自得意，冷不防被碧峰像抓小鸡似的提了起来，未待他回过神来即夺过他的手机，迅速呼通了刑警队长的 BP 机。武警部队的军车飞驰而来，车未停稳，身怀绝技的干警纷纷跃下控制了各种有利地形。

邓学礼一看呆了，脚也软了，灰溜溜走了。群龙无首，围攻的职工逐渐散去。

查封工作终于顺利进行。

碧峰和沈杰他们回到工行若无其事，马大汉站在门口迎接，问工作进行得顺不顺利。

碧峰说基本顺利。开始邓学礼想要无赖，政法干警进去以后他就溜走了。

马大汉说顺利就好，你们辛苦了。说完笑笑。碧峰看得出，他的笑是挤出来的。

马大汉用手机打电话给周斌，说沈庭长他们辛苦了，是不是到"蓝月亮"订个包厢，答谢沈杰他们。周斌说应该应该。

当天晚上，两个行长和碧峰、沈杰他们边唱歌边饮酒，气氛热烈。

正喝着，马大汉的手机响了。他只听不讲话，只是唔唔地应着，听完电话抱歉地对大家说，对不起，我还有点事先走一下，周副行长与大家继续 OK。说罢便告辞了。

马大汉匆匆走进 808 号房，见李莉披头散发躺在那里，一脸怒容，心里就有些发怵。他正想问李莉上来干什么，话未出口李莉就像泼妇似的揪住他往墙壁撞，质问他为什么封他舅的酒家。他耐心地解释，说形势很紧，不这样大家都活不了。李莉骂他怕死，如果不开封就和他没完。他说做人需要讲点策略，你在你老舅那里得了那么多钱应该满足了，不要顾那么多了。李莉大骂，说她得多少都是付出了代价的，你马大汉不解救我老舅的酒厂，我就把我知道的事情都捅出去，到时候别说我绝情！李莉说完把他推出去，砰一声把门锁上。

马大汉喊李莉开门，喊了许久门也没开，他就大声骂：妈你 × 的，真是婊子无情！

八

滨城传来一个噩耗，公安局张铁局长牺牲了。

张局长是在执行任务中牺牲的。那天他率30多名干警去捣毁一个贩毒集团的毒窝。丧心病狂的贩毒分子不甘束手被擒，开枪顽抗。张局长在指挥战斗时，不幸被一颗罪恶的子弹击中胸部光荣牺牲。干警们哭着呼喊着局长，用正义的枪弹击毙了三名歹徒，活捉了另五名。

消息传来，干警们万分悲痛给他召开了隆重的追悼会。追悼会上庄严肃穆，干警们身穿橄榄绿，肩戴黑纱，满脸伤悲。

县政府领导和各人民团体的领导参加了追悼会。马大汉也带着老婆、孩子来了。马大汉号啕大哭，老泪满脸。碧峰也失声痛哭。

人们缓缓地沉痛地向张局长的遗体告别。

公安局全体干警在张局长遗体前发誓要严惩一切严重犯罪分子，确保一方平安。

碧峰缓缓来到张局长遗体前，久久凝视张局长刚毅的脸，心里反复叫道：张局长你安息吧！我一定不会辜负你的期望！然后，他深深地向张局长遗体三鞠躬，作最后告别，然后，迈着沉重的脚步慢慢走出去。

张局长的牺牲对碧峰来说，是个沉重的打击，他痛苦极了，整天阴着脸。令他更气愤的是，张局长尸骨未寒，马大汉就将他唤到他的办公室，向他提出了一个问题，说张铁生前向工行贷3万元，逾期三年了，该追回来了。碧峰说，人死了哪有钱还？马大汉说当时他贷款说是盖房子的，没钱还就把他老家的房屋卖掉抵押。你就负责去追这笔债吧！碧峰不敢相信自己的耳朵，但看见马大汉的态度，知道是要坚决追这款了。碧峰于是质问他道，你不是多次表示要做呆账处理吗，怎么又急着追债啦？马大汉说，我这是按上边的指示办事，酒厂的酒楼都封了，不采取强硬措施，逾期贷款怎么追得回来？碧峰火了，说你这样做无疑是雪上加霜，还有一点人性吗？这种伤天害理的事，我绝对不会替你去做，要追你自己去追！

马大汉放大嗓门说，这话可是你说的，要明白，我现在还是行长。

碧峰火冒三丈，讥讽地说，我知道你是行长，不然也不会有那么多贷款收不回来！

周斌听见他们争吵就走了进来，把碧峰劝了出去。

马大汉狠狠地摔办公室的门，说不识抬举的东西！

周斌平静地对碧峰说，马大汉的事刚暴露一些，还没有结论，他还是行长，还会利用权力做出一些强硬的事来，我们千万要注意。碧峰说他欺人太甚了，我实在忍不住，周斌说，他有一个侄子在那次贩毒中被抓了，他是拿张局长出气。

碧峰憋着一肚气回到自己的办公室。他想到张局长，就想起前妻丽丽。他摊开稿纸准备给丽丽写一封信，劝她下决心戒掉毒瘾，鼓起勇气重新生活。正写着，丁香不知从什么地方跑回来，兴高采烈的，问他写什么，他说给丽丽写信。丁香问，你真的只有她没别的人了吗？他说没别的人了。马行长调我来你这个办公室是不是人？谁叫你来这里你就跟谁回去！丁香双手掩脸咚咚地跑了出去。

碧峰心情坏透了。把写到一半的信撕成两半，向丁香的背影扔去。他掏出烟猛抽。他过去是不抽烟的，自从丽丽进了戒毒所以后就抽上了。这时沈杰走了进来。

你这家伙这么长时间究竟跑到哪里去啦？碧峰埋怨道。

沈杰说，出差去哈尔滨办案，刚回来。张局长牺牲了你知道吗？沈杰沉痛地说知道了。想不到那次晚餐，竟成了我们最后的晚餐，令人心碎呀！

碧峰告诉沈杰，说他为张局长的那笔贷款与马大汉干了一仗，与他彻底闹翻了。

沈杰竖起拇指称赞道，好样的，有志气。马大汉真是狗胆包天，做事从不考虑后果。检察院的兄弟透露，他们收到很多检举老马放贷受贿的控告信，其中有几封是李莉写的，揭露他受贿不下 100 万元。还有上次我们去查封酒楼时，撞车之事邓学礼也用检举信捅了出来，说全是马大汉一人蛊惑和指使的。目的是制造事故，阻碍查封工作。用心险恶！沈杰骂道。

碧峰说听说省分行也收到不少这样的检举信，看来狐狸尾巴长不了了。

沈杰说，农行今日派人到法院咨询，准备动沙岗酒厂的财产，想封"香满楼"，可惜他们迟了一步。

碧峰说那幢楼估计只值60多万元，连地皮卖了也还不了我们那100万。

沈杰说，总比一分追不回好嘛。碧峰说那是那是。

沈杰坐了一阵就走了。碧峰送他走过人事科的门口时，见马大汉在人事科讲话。马大汉见到碧峰就闭口了。

碧峰走到一楼营业大厅里，见不少人在叽叽喳喳。走近一问，才知道是别的银行来工行拉客户。他们拦住来存款的客户就往外走，口口声声称该行条件优厚，协储奖到千分之十六，挺诱人。这叫竞争吗，分明是抢钱！周斌副行长火了，下令今后再遇上此种情况保卫科先扣住再说，出事我担着。

银行长时间没有下雨（放贷），房地产骤然降温，人们的情绪如煮沸的开水沸沸扬扬，常常会碰上一些客户到工行要求解户（取款），一开口就是数十万，甚至上百万。在这危急关头，周斌召开全行干部职工动员大会，提出"领导带头，层层落实，保支付，保开门"的口号，号召全行员工奋力拼搏共渡难关。

周斌召开大会的第二天，马大汉也突然召开全行职工大会，大谈人事制度改革的重要意义。然后宣布科室人员的变动决定。其中提拔丁香为办公室主任，免去陈碧峰办公室主任的职务，保留公安执勤室主任的职务。

听了马大汉的宣布，台下一片哗然。

周斌与碧峰交换了一下眼光，大声质问这是党组的决定吗？我是党组副书记，这么大的事为什么我也不知道？

我们是企业单位，企业讲的是厂长负责制！马大汉说。台下再次哗然，干部职工说，太独断专横了。

周斌声明：我无法同意这不符合原则的决定，我将在任何场合任何时候保留我个人的不同意见，并向上级反映情况。

马大汉刚回到办公室，检察院来了两个人，说有事要他谈谈。

一个星期后，省分行一位副行长率纪检、人事、监察、会计的处长、主任们组成工作组进驻滨城工行。进驻之日即责令马大汉停职检查，交代问题，争取宽大处理。同时宣布由周斌副行长主持全面工作，碧峰依然回到离开数日的办公室任主任。

工作组还称将在全省范围推行人事制度改革，人员实行双向选择、优化组合以及建立承包奖励机制。丁香哭着问碧峰，陈主任你还会要我吗？

碧峰宽厚地说，会的，只要你自己争气！

丁香说，我一定从头做起。

下班的时候，下雨了。路上的行人纷纷躲了起来。碧峰在心里说，其实用不着害怕呢，淋湿才会更清醒。他骑着自行车在雨中像箭一样向前飞驰，溅起一串串美丽的水花……

哦！好一场南方雨！

逻辑学

  律师陆锦华在滨城虽然称不上一言九鼎，但也是小有名气的。五年前，他毕业于西南政法学院法律专业本科，对逻辑学颇有研究，很喜欢说句口头禅："不符合逻辑呢，不对书吧！"

  果然，逻辑学帮了他的大忙。

  一次，在庄严的法庭上，面对近千名旁听群众，他依据精心调查得来的事实，运用严密的逻辑推理，加上雄辩，把对方当事人及诉讼代理人驳得哑口无言，不知所措。从此，陆锦华的名字不胫而走，有官司的群众都找他。一时，他所在的律师事务所，变得门庭若市，"生意"红火。

  陆锦华除爱钻研逻辑学之外，还有一个嗜好——照相。每逢他的生日他都要到照相馆拍个照，至今已近二十年，风雨不改。"相是一定要照的，这叫留住青春！"他说。

  转眼又到了他的 26 岁生日。那天晚上，他穿上一件新"乔士"，还打了条红色领带，很神气地来到滨城一家名为"名仕"的照相馆，留下了一张自认为很满意的生日标准照。开发票时，他大方地说："零钱不用找。"那张粉红色的发票上清楚地写明取相的日期——星期天。他想："现在各行各业都兴竞争，服务与质量都上来了，适者生存，这应该感谢市场经济！"

  两天很快过去了。

  或许是星期天的缘故，陆锦华到"名仕"时，那里竟排起了长队。好不容易轮到他，他被告知"相片还未晒好"。他听了服务员的话，有点失望。但回想往年都是三四天才能取的，现在人又那么多，心想算了。

第二天所里有件急案子需要他去办，陆锦华便出差去了。

南国的夏季挺炎热的，没几天陆锦华便被晒黑了。"幸而已拍了照，不然像个黑炭似的，怎样留住青春哪……不对书的。"他想。案子办得很顺利，待他返回滨城时，正好又是星期天，于是他再次光顾"名仕"。人不算多，他想这回该取得相片了吧。但是，当他掏出那张粉红色的小发票时，被告知："对不起，请过两天再来，因为发放相片的人病了。"

"天有不测之风云，何况人乎？"陆锦华虽说雄辩，但极富于同情心。于是默默地收起发票，转身走了。三天后，他又一次来到"名仕"，取相处歪坐着一个陌生的面孔，瞧了瞧发票便有点蛮横地说："叫你星期天取，今天是星期几啦？"他历来吃软不吃硬，听到质问，一股怒火直冲脑门，平素养成的修养都抛到哇爪国去了："放屁！我已经等两个礼拜了。什么话嘛……"

"管你什么时候，叫你星期天取就是星期天取。"陌生面孔毫不示弱。

"你懂不懂逻辑，一年有那么多的星期天……"话说到此，陆锦华顿觉心头一惊，脑子如电脑屏幕般迅速反映出讯号——糟了。上当了！一年那么多星期天……再仔细看发票，发票上分明未写照相日期，只写取相日期——星期天！

陆锦华跺了跺脚，心里骂道："浑账东西，竟欺负到了我的头上，这几年逻辑自是白学了！"

无奈，他只好转身而去……

编辑老科

老科——滨城文坛的元老。说其老，其实也不外六十挂零，上月刚从《滨城日报》副刊部副主任的位置退下来。

老科本来不姓科而姓柯，原名柯耿。柯耿名如其人——老实且耿直。出任编辑不久，柯耿便替自己起了个笔名——老科。

老科天生是做编辑的料。既富于同情心待人也热情，而且文字功夫很扎实。只是他一心为人作嫁衣，平常极少动笔写自己的东西。遇到作者生活困难，老科就竭力资助；遇到作者对写作失去信心，老科便发封热情洋溢的信去鼓气。终于使滨城不少无名小辈崭露头角，有的甚至成了作家。而所有这一切，老科都认为属于本分之事，压根不值得去张扬。

滨城对老科这样一个难得的热心人是感激的，平常文坛有什么活动，总不忘给他留个位置。老科对此十分感动，不管编务多忙，总想方法挤时间参加，"以文会友嘛，难得难得"！老科每念及此，总津津乐道。

但是，近几年发生了变化。

随着滨城文坛知名度的提高，文联所属各个协会诸如作家协会、美术家协会、书法家协会、摄影家协会等相继成立。协会自有协会的规定，凡与会者必须首先是会员方有资格参加。这样就难为了老科，不，应该说是难为了协会的组织者，请老科吧，以什么身份参加呢？国家还未有编辑家协会，即使有，老科当时还不是名正言顺的编辑，让他列席吧，列席往往比正式代表低一截，想想老科的为人，又于心不忍。还是小 C 聪明，他灵机一动向会长提议，将老科当作特邀嘉宾岂不两全其美，既体面，又让老科有个亮相机会。老科历来善解人意，对协会此番好意，心领了。以文会友，老科总是乐于参加的。但是，有一次，在参加作家协会的座谈时，发生了一件很出人意料的事。那天下午，会议主持者，原在偏僻山村供职外号"铁公鸡"的B，居然当众羞辱老科。那天不知何故，会议后气氛沉寂，不像以往那般活跃。这时"铁公鸡"点名："小柯同志，既然大会如此看得起你，把你当嘉宾请来，你不带头发言，不觉得不配参加这次大会吗？""铁公鸡"说罢还故意看了看老科，这分明是话中有话。

起初老科还不相信自己的耳朵，看到B不怀好意地盯着自己，方明白是"铁公鸡"冲着自己来的，尽管老科一千个善良，一万个好心肠，也难容下这口气。老科平素温和的脸此刻因激愤而涨红。在全场目光十分同情惋惜的注视下，老科愤然退场。

"B算老几，还不是靠了他一个在某局当局长的姨丈，出了本集子就瞧不起人。想当初分三日两头跑，科老师长科老师短的。目的不外是想在报上发点东西。而今竟狗眼看人低，真是！"回到办公室，老科忍不住向总编诉苦。德高望重的A总编，素有"文胆"之称，听罢老科的诉苦，也十分恼火。对老科进行了一番安慰之后，语重心长地说："看来您老科也该拿起笔了！"

老科感激地点了点头，一种从未有过的冲动掠过了心头。

或许是得益于数十年的生活积蓄与文学修养，老科的创作竟一发不可收。仅一年时间，老科就出了三本厚厚的集子。诗集名曰《自然的回声》，小说集叫《迷人的远山》，理论（评论）集《朝贝夕阳》。老科总算为报人争了口气，作为《滨城日报》第三个加入省作协的人。而且在临退休三个月之前终于获得了中级职称——编辑！

捷　径

　　在蕉乡这个不大不小的圩镇上，居然出过青果，吉静等几个小有名气的作家真教蕉乡人钦佩和羡慕。刘兵虽说只有初中文化，但他酷好文学，心里自然渴望成功，可惜爬了多年格子还未有什么建树。

　　转眼又快到年关，时下人们喜欢向亲朋好友寄赠贺卡，刘兵闷在家里，忽然突发奇想——我何不给自己寄上一张？

　　于是，匆匆忙忙找了一张还算精美的贺卡，反复想了好一会，于是在上面写道：

刘兵先生：

　　近日敝刊将刊发您的力作《迟发的神鞭报告》，特向您表示祝贺，并希望你多多（得）出力作。

　　　　　　　　　　　　　　　　　　　　《滨城文学》
　　　　　　　　　　　　　　　　　　　　牛年马月

　　接着，刘兵一笔一画地写上单位地址，然后一溜烟似的骑上"飞鸽"自行车将贺卡踌躇满志地投入了信箱。

　　刘兵还在家过年，贺卡早已飞到了刘兵的所在单位——第三人民医院。终于有好奇者发现了这一"奇迹"，犹如一个重磅炸弹立即引起了轰动。

新年的几天假期还未休满，刘兵便有点迫不及待地返回了医院。他立即成了年轻人心目中的英雄，连平素瞧不起他的"院花"张青小姐，投向他的目光也变得温情脉脉了。为了答谢同事们对他态度上的改变，刘兵豁然大方地在"马山黑山羊庄"请大家吃了一顿全羊宴，那天晚上刘兵与大家开怀畅饮，差点醉成一团，但他心依然如旭日初照好不惬意。为了庆祝这一"成功"，他花费了整整两个月的工资。

但时隔不久，细心的人们发现刘兵有点变了：不仅变得沉默寡言，人也一下消沉了许多，人也消瘦了一圈儿，究竟是什么致使他变成这样？

只有老天爷和他自己心里明白……

虚　构

　　王福和张晋是一对喜欢文学的好朋友。王福写小说，张晋攻诗歌。时下诗歌被读者冷落，张晋见势不妙，便改行写小说，小城无高人，王福很自然很乐意就当上张晋的启蒙老师。

　　这天，王福在省文学杂志上发了一篇小说。张晋闻讯赶来求教。王福扬扬自得地说：“你知道我是怎样构思小说的吗？”张晋摇摇头，“那还不简单？”王福接着说，“一次我到女朋友家玩，因匆忙忘了买礼品，尽管女朋友的爸爸对我挺客气，但事后女朋友对我说，其父说我人品不好。我真是丈二和尚——摸不着头脑，还是女朋友的父亲的话使我开窍，‘这人品嘛，顾名思义就是人情和礼品，受这一启发，我的小说便虚构出来了。’”王福娓娓而谈。“那么文中的小雪他爸，强调人情与礼品，他是不是你女朋友之父呢？”张晋好奇地问道，“或许曾经是，但现在已是我。”王福说到此眼中忽地闪着贪婪之光。“可是，你还没结婚哪，怎么……”张晋困惑了。“傻瓜，这就是小说的虚构嘛。”……

邹伟的学问

邹伟老了，老了的邹伟宝刀不老。自从退休（邹伟原在某军区任创作室主任，听人说这是目前滨城五十年内在外面任最大的官——少将，因此邹伟自然成了滨城人的骄傲）邹伟十分愉快地回到滨城——这片生他养他的神奇土地。邹伟曾在一篇散文《山魂》中写道："……是故乡的十万大山养育了我。当年，我就是背着故乡的大山走出大山，故乡的山是我心中最伟大的山。当我在人生的路上走出很远，回过头来扔然看得见故乡的大山——那就是永远铭刻在我心中的山魂！"精彩！凡读过邹伟《山魂》的朋友，无不为文章的华彩而拍案叫绝，更为邹伟对故土的热爱而感动。

初识邹伟（邹伟的大名如雷贯耳，陈碧峰幼年时就常听人提起邹伟的大名，但真的见面还是最近的事）是那晚在当年邓世昌欲撞沉"吉野"的"致远"号旋转餐厅，陈碧峰有幸请到邹伟共进晚餐，陈碧峰是共青团的头，邹伟呢把自己多年积蓄的二万元，捐给了"希望工程"，为了替孩子很好感谢邹伟伯伯，共青团少先委共同在旋转餐厅答谢邹伟。陈碧峰就有机会目睹邹伟依然英气勃勃的将军风采了。吃饭时，恰好陈碧峰的位置与邹伟的并列，这样便有机会与邹伟深谈。碧峰先说了几句感激的客套话，然后说"邹伟老师，人生既有相识之缘分，肯定会有重逢之缘分"。邹伟听罢陈碧峰的话，显然十分高兴，频频与陈碧峰碰杯，不为了别的，就为他那句"重逢之缘！"碧峰心里清楚，人生的相识与重逢对于一名六十二岁的老人是如何珍贵，尽管他是个名震四方的将军！

半个月后，邹伟为滨城大学海角文学社及全校师生做讲座，知道消息碧峰怀着仰慕的心前去听邹伟的课。只见偌大的大礼堂师生济济一堂不少于一千五百人，而且静悄悄的没有半点杂音。这时邹伟健步走上讲坛，"哗——"掌声雷动，热烈欢迎的掌声长达十分钟，邹伟显然十分感动，顿了顿调整一下情绪，亮起了洪亮若铜钟的声音："尊敬的同学们——这并不是什么深奥的理论讲座，而是一名文坛老兵的心声。同学们，不知你们注意到没有，写作的确很有学问，而且是一门教人终生研究不透的学问。比如写小说吧——同学们，小说都是虚构的，当然也会含有真实的成分，写作离不开真是。平时，我们聪明的作家们，当他挑灯夜战熬红了眼镜，终于写出了一篇文章，那是一种激动人心的时候，自然是令人兴奋的事儿。但是不巧的是，文章里的一些地方恰恰触痛人们骄傲的神经，这样文章肯定难以发表。不焦急，你可以考虑给它机会生存，给它一条保护神——小说。小说是虚构的，即使与生活中的某些事物完全相同，但生活终归是生活，艺术终归是艺术。同学们，我讲到这里，或许你们会懂得我当年之所以从写诗改为写小说、散文了吧？"

掌声又一次雷响。啊，邹伟老师！师生们十分感激你的一片至理至诚（直到这时人们似乎明了作为文学皇冠的诗为何被冷落，而小说则受青睐的原因了）。

"同学们，在这里我想给你们讲两个故事，大家一定知道《滨城日报》的编辑老科吧，老科这个人长得慈眉善目的，心肠好得很，脾气也好得很。但有一次，老科为了一名业余作者的一篇评论文章与当时一名管编务的副总编辑大吵了一场，这是为什么呢？我们滨城原有一名姓石的小伙子议论文章很有见地，他读了本地一名作家的一篇小说之后，深有感触写了篇洋洋千言的力透纸背的评论文章，老科心里高兴啊，滨城一直缺乏评论作家，小石的出现无疑是一枚发光的金子，老科将评论送审，但印出来时，千言文只剩下二行，第一行是读者读了作者的小说很感动，第二行是感动得流下热泪。而对小说的思想，艺术方面的赏识全部删除，老科呢竟事先一点不知，于是善良的老科也是爆发了，质问那名副总编辑'为什么这样？'副总编辑压根不当一回事，只反问了老科一句，'他石小子凭什么对名作家的作品指手画脚？'"凭什么？'"老科无话可说。同学们，文学评论本身也是一门学问啊，爱好这方面的同学们，老科曾自嘲地对我说'办报社是一件十分无趣的事，这无聊并非空虚，也并非无所作为，是无奈的啊'！"邹伟有点激动了。"第二个故事，是涉及一位年轻女作者的事，女作者很有才华，可惜现在她不再写作了，滨城有些别有用心的人曾在她的背后说三道四，以致伤了一位姑娘的自尊，而远走他乡了。同学们，我们都应当做君子，做堂堂正正的君子，不做那种扯是生非的小人。做人也是一种学问。要做学问，应首先学做人。老科培养出无数作家，最后他竟被一名多次受他恩惠的人羞辱，咱们滨城人可不能做忘恩负义的小人啊！我所要说的就这么多了，感谢同学们的捧场！"

邹伟在一片掌声中完成了这次讲座，一位滨大的女同学把一篮鲜花献给了邹伟，陈碧峰则双手紧握邹伟那双温暖的大手，说"邹伟老师，我们又重逢了"！邹伟笑了，笑脸像菊花那样灿烂……

公厕风波

　　小院环城只算是个小单位，仅六科十二人。人少厕所自然少，且今年新建的，只有两个，男女混用。

　　起初谁也不觉得什么，用起来还挺方便。忽闻上级今日将莅临进行精神文明大检查。如若公厕男女不分，是否有伤风化？院长细细琢磨，认为此番绝不能因小失大，遂指令，由擅长书法的周建负责此事。周建得令，大笔一挥，一个龙一个凤便分别标在公厕的最佳位置。

　　之后，最初两天，公厕用起来感觉还可以，男女各司其职。时间稍长，问题就来了。原来小院十二人中，仅李莉一人为女性，而平时上班李莉是极少上公厕的，据说这是李莉多年养成的习惯。

　　李莉自然不打紧，可苦煞了另外十条铁骨铮铮的男子汉（院长除外）。何故？道理很简单。此十条男子汉像都受过什么特殊训练，大小便均选在刚上班的六十分钟，形成了习惯。原先两个厕所以每人十二分钟计算，恰好。而今一个厕所划归了女同胞。无奈，尽管有时便急，然还没走到门前，瞧着斗大的"女"字却不敢越雷池半步，于是强忍排队。

　　一日，黄一峰不巧吃了臭肉，虽早早已轻松了一次，刚坐下，便觉得那玩意儿又迫在眉睫，便三步并作两步急急赶至公厕。糟！里面已有人！黄一峰内心叫苦不迭，尽管另一扇门敞开着，自认是要忍住不进的；但那玩意儿却越迫越紧，眼看再也挺不住了，只得求救："里面是那位仁兄请快点！"里面是周建。周建历来雷厉风行，善解人意，说一不二，可今日因与夫人连连发生口角，心急火燥，便秘，用劲用力也只肯泄一点出来，

南方雨韵

NANFANGYUYUN

觉得挺难受。适才听见脚步声，周建聊到准是来了"十万火急"，于是更急。不料越急越不行，致门外连催几次之后，周建额角便冒了汗。忽闻门外一声低而带哭的惊叫，不管三七二十一草草清洁一下便出来了。只见黄一峰愁眉苦脸，面色苍白，大汗淋漓，屁股收缩夹紧。

周建自然知道黄一峰发生了什么事，抱歉说了一句"对不起，让你久等了"。黄一峰苦笑一下便急钻了进去。

事后某一天，黄一峰、周建两人联名向院长提议：厕所不分了。并摆出影响工作团结影响正常秩序影响感情等诸多理由。院长当然明白部下此中苦楚。但院长也有院长的苦衷，文明大检查在即，去年虽条件挺优，唯因无厕所而榜上无名，今年决不能再成憾事。院长极力说服，两人虽心中不畅，但院长既定，事关重要，也就暂且忍耐。

不久，小院果然获得一块光彩夺目的奖牌。

而不知从什么时候起，公厕两个门口"男女"二字已被白灰水盖住。本院之十条男子汉充分利用了上班后六十分钟和绝无仅有的两个公厕。

好男不和女斗

劳酷男是个"90后"，"90后"的男孩儿腼腆害羞，甚至还有点害怕生人。穷养男儿，富养女儿。都怪他爸妈把他当女孩儿养了，其实酷男家里也不富。

好不容易通过助学贷款，酷男从省师大艺术系顺利毕业。算是完成了学业。尽管是师范生因为不是定向生，国家自然不包分配。几经周折，酷男在人才市场投出了十六份简历之后，终于有一个"星光"私立学校向他伸出了橄榄枝。校长姓袁名艺自称是袁世凯下面的第几代孙辈。是一个长相普通的女子四十出头的样子有点凶，只是袁乃卖国贼便无人考究过真伪。只有酷男觉得创业艰难而且校长名中有"艺"应该是个爱惜人才之人吧？

开始几天，袁校对酷男和新来的几个大学生还算客气，不过几天，便开始发难了，只要是迟到10分钟签到就收回，如果接连三次，奖金也就泡汤。酷男心想这个女人真的有点狠！

起早摸黑酷男上了一个多月课嗓子也喊沙哑了许多，到财务室领第一个月报酬时，酷男才发现仅得1300元，比袁艺招聘他时承诺的少了整整500元，温顺的酷男觉得被骗了有点压不住火气，一下冲进校长室冲着袁艺说道："校长，你干吗不守信用的？"校长没有半点愧意，嚷嚷道："吵什么？吵什么？每月帮你们存点钱作为绩效！不扣你工资就算对得住你了？你以为学校容易吗？"酷男说："那我们又容易吗？1300元，除了交屋租和伙食，都变月光族了。"酷男见袁艺不接受他的意见，只有怒气冲冲地走了。（第一个回合以酷男失败而告终。）

尽管被克扣，酷男一时由于找不到更合适的单位，只好委曲求全，继续在"星光"混日子啦。

又过两个月，袁校长突然在全体老师面前宣布一项政策。"凡本校老师，招进一生，奖50元，多招不限，奖金不封顶。"酷男又一次看到了希望。

经朋友介绍，酷男尽管不是本地人，也招进了12个学生，而且都是跟他学画画的。酷男想，这下损失的500元，该补回来了吧？

不料，袁艺又一次戏弄了他，还有同批进来的8名大学生老师。他们辛辛苦苦招进两个班，一分钱都得不到，年轻的90后愤怒了，在"70后"、"80后"老教师的鼓动下，联名写了一封致袁艺校长的信！劳酷男不假思索，第二个在这封声讨校长的信上签名。这一次，老师们都以为会讨回了公道，不曾想，笑眯眯的校长找来酷男和第一个签名的老师，袁说："酷男，你是个不错的老师！可惜你带头签字反我，这个学校就再不容你了。你被炒了！"

本来就胆小的酷男，被吓得脸都变了，当他带着哭腔向远方的母亲报告时，只听母亲在电话那头说："好男不和女斗……"

第二辑 | **散 文**

这种情绪激发了他心中的灵感，他觉得钦州人的奋发、钦州人的努力，正是在追求他们心中的梦想。他们的梦想是富裕之梦、和谐之梦、希望之梦。这不仅是钦州人的梦想，更是中国老百姓心中的梦想……

中国梦，复兴梦

——小记蒋开儒老师的《中国梦》

2013 年的春天来得特别早。在全国"两会"，习近平当选为国家主席，他发表重要讲话时，再一次深入阐释中国梦。"中国梦，归根到底是人民的梦！"令人振奋，催人奋进，如春风回荡在早春的中华大地上。

我心情激动，立即拨通了远在深圳的蒋开儒老师的电话。蒋开儒老师是中国著名词作家，他创作的歌词《春天的故事》、《走进新时代》已红遍大江南北。而作为它们的姐妹篇《中国梦》亦将唱响。和蒋开儒老师谈着谈着，我不禁想起，多次走近蒋老师和他的《中国梦》的情景……

梦的诞生

"中国人，爱做梦，千年美梦，一脉相通……"十八大前夕，当《中国梦》抒情、优美、流畅的旋律在全国多家电视台播出时，每一位听众都会被这首旋律激昂的歌曲感动。蒋老师的《中国梦》把现实与梦想结合，向人们呈现了一幅无与伦比的繁荣盛世画面，放飞了人们心中的小鸟，飞向千百年来梦寐以求的美好家园。

蒋开儒老师《中国梦》的创作灵感源于钦州。2007 年 5 月 27 日，蒋开儒老师到钦州采风、体验生活，看到了钦州以及北部湾开放开发的建设热潮，一下就找到了 1992 年在深圳的感觉。钦州的领导干部和广大群众努力落实总书记和党中央关于建设北部湾的指示，群情振奋，快速发展，处处表现出和谐与理性。时任自治区党委常委、市委黄道伟书记对他说："现在我们不仅有了深圳当年那种激情燃烧的热情，而且我们有了科学发展观的指导，更加理性了。"蒋老师听了心中很激动，脑子里马上跳出两句歌词，"激情拥抱理性，时尚嫁给经典"。

此后，在钦州的 15 天里，蒋老师在时任钦南区委庞卡书记、宣传部长裴明等领导的陪同下，几乎踏遍了钦州的山山水水。钦州港、三娘湾、刘冯故居、八寨沟、白石湖、康熙滨海浴场等都留下了蒋老师的足迹。蒋老师一边看，一边思考，一边酝酿歌词。夜深人静，蒋老师更是精心研究《美国梦》、《欧洲梦》、《中国梦》。1776 年《美国独立宣言》激进宣称："每个人都拥有不可剥夺的生命权，自由权和追求幸福的权利。"成为美国人的梦想，激发出有史以来空前强大的人类力量。但部分年轻一代省略了"追求"两个字，缩成"都有幸福的权利"，只要幸福不要追求，使美国梦日益暗淡。而在中国，党中央的指导思想则更贴近人民，以人为本，科学发展观，可持续发展，建设繁荣小康，构建和谐社会……蒋老师心中涌动了，所有这些不正是中国人民千百年来所追求的"中国梦"吗？

梦的实现

蒋开儒老师的歌词《中国梦》得到各级领导和专家的肯定后，7 月 3 日，著名作曲家肖白应邀来到了钦州。8 月 10 日，肖白老师三易其稿精心地为歌词谱好曲。8 月 20 日，时任自治区党委常委、市委黄道伟书记，市委常委、副市长、宣传部长白志繁，时任钦南区委庞卡书记等领导亲赴北京，请著名歌唱家张也演唱歌曲。8 月 22 日，当张也清亮、甜美且激昂的《中国梦》第一次从录音棚传出时，所有在场的人都为此欢呼雀跃。

就这样，《中国梦》从钦州飞了出来。

《中国梦》唱响主旋律——

"中国人，爱做梦……梦桃源，梦大同，梦一个天下为公……"这是

《中国梦》的歌词。

"这不正是中国的千年之梦吗？"蒋开儒说，《中国梦》唱出了中华民族渴望复兴的心声。

世界上的每个民族都有梦。中国近代 170 年来，尤其是改革开放 30 多年以来，中华民族有了自己的梦。"梦回归"，港澳已回归；"梦嫦娥"，"嫦娥"已飞天；"梦小康"，小康从全面建设到全面建成。

"'中国梦'带有广西的元素，北部湾扬帆起航，西江黄金水道通江达海，GDP 超过 1 万亿，实现了富民强桂新跨越。"蒋开儒说，广西还成为国家东盟战略的重要"门户"。

"中国梦"更带有钦州的元素，当年的"三大"梦渐行渐近，5 年间从农业经济向大工业时代迈进，从"大农村"走向现代化滨海城市。从 2011 年以后，钦州连续保持多项指标领先，财政收入迈入了百亿元俱乐部，并稳稳保持前四位。

在中国，个人的梦是小康和大同，与中华民族的复兴梦高度统一。小康梦与复兴梦的碰撞，产生了强大的共鸣，使"中国梦"成为流行语，成为民族的共识。

"学有所教，劳有所得，病有所医，老有所养，住有所居"，正是古人"大道之行也，天下为公……鳏寡孤独废疾者，皆有所养"之说，这是"千年美梦一脉相通"。

梦的延伸

"'中国梦'既是对国家繁荣昌盛的期盼和希望，更是对幸福，美好生活的向往和追求，是一种乐观向上，积极进取的人生态度。老百姓的梦想实现了，'中国梦'的实现就不远了。"蒋开儒老师在谈到《中国梦》时激情慷慨地说。

蒋老师说，每次到钦州，他都被一种激情牵引着，是钦州市领导干事创业的万丈豪情让他心潮澎湃，是钦州日新月异的发展让他振奋不已。这种情绪激发了他心中的灵感，他觉得钦州人的奋发、钦州人的努力，正是在追求他们心中的梦想。他们的梦想是富裕之梦、和谐之梦、希望之梦。这不仅是钦州人的梦想，更是中国老百姓心中的梦想，他要通过《中国梦》这首歌把这种情感唱出来，唱出钦州人的理想，唱出千万老百姓心中的美好夙愿。

《中国梦》作为向党"十八大"献礼歌曲，充分反映了钦州、北部湾乃至全国人民加快发展，全面建成和谐小康社会的信心。目前，广西北部湾经济区已被广泛认同，北部湾开发建设如火如荼，而在此推动下，地处北部湾中心区域的钦州，发展也将会越来越快。当前，钦州正在重点推进石化、能源、造纸、粮油加工、冶金工业、修造船六大基地建设，着力打造北部湾核心工业区。钦州，正迈着矫健的步伐走向现代化滨海城市。

蒋开儒老师的《中国梦》是繁荣盛世、民族复兴、人民幸福的"中国梦"。我们期待蒋老师的《中国梦》能唱响北部湾，唱响全中国，唱进每个老百姓的心坎上……

背后的感动

阳光明媚，春风送暖。党的十七大胜利召开，标志着我国的社会主义事业又迈向了新里程。由中共钦州市委、市人民政府，钦南区委、区人民政府联合打造的献礼党的十七大的歌曲《中国梦》和中共钦州市委、市人民政府、广西北部湾规划建设委员会、钦南区委、区人民政府联合打造《北部湾》等歌曲，在党的十七大召开期间，在中央电视台、广西电视台等媒体滚动播出后，在全国引起强烈的反响。北部湾、钦州、钦南又一次成为人们关注的焦点。

"中国人，爱做梦；千年美梦，一脉相通……""北部湾，北部湾涌动着激情，涌动着希望"、"激情拥抱理性，时尚嫁给经典，我快乐的海家园"，每每听到这熟悉而悦耳的歌词，和这充满激昂、充满理性、充满韵味的旋律，骄傲和自豪早已填满心头。因工作关系，我有幸参与并见证了《中国梦》、《北部湾》、《快乐海家园》这三首歌曲的创作、制作活动和诞生过程，回想起来真是激情澎湃，感慨万千。

2007年5月27日，应市委、市政府，钦南区委、区政府的邀请，《春天的故事》、《走进新时代》的著名词作家蒋开儒老师第一次踏上了钦州这片热土。蒋老师来钦州的主要目的是应中共钦南区委、区人民政府的邀请，来作"春天的故事荡漾北部湾——中国著名词作家蒋开儒先生报告会"的演讲活动，遵照区委庞卡书记的指示，区委办负责蒋老师的接待工作。为做好接待工作，我们制订了详细的接待方案，协调有关部门做好演讲和采风活动的接待工作。在蒋老师到钦州的第二天，经过区委庞卡书记的介绍，蒋老师认识了自治区党委常委、市委黄书记。黄书记与蒋老师两人都有一种相见恨晚的感觉。蒋老师和市委黄书记、钦南区委庞书记一起畅谈了钦州和钦南区的发展，并为宣传钦州、钦南在构建和谐社会中取得的成果、向全国推介北部湾旖旎的滨海风光而创作歌曲《快乐海家园》提出了殷切的期望。之后的几天里，我一直陪同蒋老师参观了三娘湾、八寨沟、刘冯故居、泥兴陶艺以及钦州、钦南区工业化、城镇化项目建设。所到之处，蒋老师都赞叹不已。蒋老师被钦州秀丽的滨海风光所吸引，被钦州深厚的文化底蕴所感染，被钦州人民的热情所感动，被钦州领导干部主动融入北部湾开放开发的豪情壮志所激励。

6月28日，蒋老师第二次来到钦州。他这次来钦州，是应市委、市政府、钦南区委、区政府的邀请来进行歌词创作的。我们细心周到体贴的接待工作让蒋老师很感动。他说，来到钦州就有了回家的感觉，有了创作的冲动，仿佛找到了1992年小平同志南方谈话之后的感觉。在接下来的一个多月里，蒋老师的创作可谓是一发不可收拾，他连续为我们创作出了《快乐海家园》、《中国梦》、《北部湾》、《梦园广场》、《满天飞白鹭》等多首歌曲。期间，著名曲作家臧云飞、肖白也应邀到钦州为《快乐海家园》、《中国梦》、《北部湾》这三首歌谱曲。

当时，蒋老师在创作《北部湾》的歌词时，有些词语用得不是很贴切，为此市委、市政府，钦南区委、区政府专门举行了歌词赏析会和歌词修改讨论会，歌词经过蒋老师和专业人士七八次的精心修改后才最终定稿。

为确保歌曲制作后所有权的合法性，从7月底起，我就开始起草作词、作曲、演唱《授权书》和音乐电视（MTV）的《协议书》。由于歌曲创作、制作工作对我们来说是一个全新的事物，制作过程涉及许多细节问题，需要我们在协议书上反映注明。我运用我曾在法院工作时学到的知识，通过走访咨询了有关的专家，查阅了大量的资料，制定出了比较缜密的《音乐作品制作协议书》，协议书对双方的权利和义务都作了翔实的规定。

8月20至26日，我随同自治区党委常委、市委黄书记、区委庞书记等领导一起前往北京，进行《中国梦》、《北部湾》、《快乐海家园》录音制作工作。在北京期间，我负责录音活动的联络接待工作，从机票预订、酒店联系、录音人员的联络、协议签订、接待活动的筹划、工作人员的起居安排等许多工作都需要亲力亲为。由于人生地不熟，工作压力就更大了。在北京录音的几天里，我们根本无暇顾及北京繁华的都市景象，每天的行程都是宾馆到录音棚"两点一线"。录音工作通常是通宵达旦的，自治区党委常委、市委黄书记，钦南区委庞书记等领导为确保歌曲录音工作的顺利进行，也是不辞劳苦守候在录音棚内。由于工作辛苦，休息不好，包括我在内的好几位工作人员都感冒了。钦州人奉献敬业的精神，感动了肖白老师，他更投入了，经过连续五个晚上的奋战，第六天凌晨，肖白老师把CD碟交给了庞书记。

由于歌曲要在党的十七大召开前完成MTV的制作，所以歌曲录音完成后，我们紧锣密鼓地筹备MTV的拍摄工作。区委庞书记亲自主持了工作会议，研究部署MTV拍摄相关工作。为确保拍摄工作顺利进行，我参与了总体方案制订工作，并担任联络接待组组长，负责与拍摄组人员的联络和后勤接待工作。由于这是钦南区第一次实施拍摄歌曲MTV，不仅时间紧迫，而且没有经验，有些准备工作做得还不够充分。9月11日晚上9点，歌曲《北部湾》的曲作者，也是这次摄制活动的导演臧云飞老师从北京飞往南宁，我负责到南宁机场迎接，回到钦州已经是凌晨3点，还没来得及合眼，第二天一大早就陪同臧老师进行踩点选景，并布置好有关接待工作。12日晚上9点，著名歌唱家阎维文等拍摄组的其他人员从北京飞往南宁，还是我负责到南宁机场迎接，由于拍摄器材需要办理托运手续，时间耽误了不少，回到钦州已经是凌晨4点多了。说真的那时真的好累，两个晚上没合眼了，整个人都瘦了一圈儿。但是我知道接待工作一点都不能马虎，住宿安排、车辆调配、后勤保障很多的工作都要做到周详，因为摄制组有阎维文、臧云飞等著名艺术家，接待工作好坏直接关系到拍摄工作是否能顺利进行，关系到钦州市、钦南区的形象。正是这种信念给予了我源源不断的工作动力。

摄制工作在第二天即 13 日早上 7:30 首先在梦园广场正式开拍。这一天自治区党委常委、市委黄书记、钦南区委庞书记等领导在百忙之中亲临现场指导拍摄工作，给全体工作人员极大的鼓舞。

9 月 15 日《北部湾》MTV 摄制工作刚顺利完成，9 月 17 日，《中国梦》MTV 又要开始拍摄，有了《北部湾》MTV 拍摄的经验，《中国梦》拍摄组织活动有条不紊地进行。至此，在不到十天的时间里，我们顺利完成了《北部湾》、《中国梦》MTV 的拍摄工作。钦南区人民再一次向世人彰显了锐意进取的精神。

9 月 18 日，是我难忘和经受考验的一天，那天早上我接到姐姐从防城打来的电话，说我母亲病危要我火速赶回。一边是责任重大的拍摄工作，一边是病危的母亲，我徘徊着犹豫着。自古忠孝难两全啊！我咬紧牙关毅然地坚守在工作岗位上，等到当天的拍摄结束后，我才匆忙赶往防城守候在母亲的病床旁。在医院门口，当我接到区委庞书记发来的短信："照顾好老人家。"坚强的我禁不住掉泪了。

在 7 月底至 11 月初尤其是拍摄 MTV 期间，我主持区委办全面工作，由于拍摄活动联络接待工作千条万绪，一忙起来就是一整天，白天基本抽不出时间处理办公室的文件，办公室很多的文件只能到晚上加班批阅，忙得像散了架似的，真的很累。但想到这几首歌顺利完成，心里充满了满足感，的确这几首歌蕴含了我们太多的感情。

从 7 月份到 9 月份，这短短几个月的时间里，我们就完成了《中国梦》、《北部湾》、《快乐海家园》这三首脍炙人口的歌曲创作和制作，并且歌曲在群众中广为传唱，很好地弘扬了时代精神，这样的速度、这样的效果，不得不让人折服，这也向人们昭示了一个道理——感动钦州。

我们为钦州人民的热情而感动。正是因为钦州、钦南人民的热情好客让蒋开儒、臧云飞、肖白等一大批著名艺术家眷顾着钦州这片热土，以艺术形式倾情，为北部湾、钦州、钦南的经济社会发展呐喊助威，让更多的人关注北部湾，关注钦州，关注钦南的发展。

我们为钦州领导干部的魄力而感动。市委、市政府，区委、区政府领导审时度势、高瞻远瞩、着力构建文化钦州、文化钦南、提高城市的软实力。在资金困难的情况下，敢想敢干，克服重重困难，多方面筹措资金，高要求、高质量，精心打造和推介《中国梦》、《北部湾》、《快乐海家园》这三首歌曲。

我们为钦州人民创业的壮志而感动。全市人民群情振奋，以昂扬的壮志努力实现"大港口、大工业、大旅游"三大目标，积极创建中国优秀旅游城市，主动融入北部湾开放开发建设，发展新一极。

"新一极的北部湾，风生水起，浪高路远，海阔天空。"钦州、钦南正是因为有了许许多多的感动，我们相信北部湾、钦州、钦南的发展海阔天空！

肖白音乐创作上的"千手观音"

金秋八月，我有幸成为"中国梦"赴北京考察团的普通一员，跟随自治区党委常委、市委书记黄道伟，市委常委、副市长、宣传部长白志繁，钦南区委书记庞卡等领导到北京，在难忘的六天制作期间，与肖白老师共同度过了三个不眠之夜，对肖白老师多了一份尊敬与认识。肖白，姓白名常伶，是中国人民解放军二炮文工团副团长，著名作曲家。

1992年毕业于沈阳音乐学院的肖白以一首雄壮的《奥林匹克风》轰动乐坛，从此以后他的作品如潮喷涌，不断问世，并被众多歌星演唱，深受全国观众听众的喜爱。多年来创作了大量音乐作品，其中歌曲《奥林匹克风》获1992年中国十大金曲作曲金奖第一名；歌曲《不能没有你》获1996年春节晚会观众最喜爱的歌曲一等奖；歌曲《公元一九九七》获中国音乐电视MTV大赛作曲金奖等各种国家级奖项十余个，歌曲《相约九八》获2000年中国音乐电视MTV大赛最佳作曲奖。不仅如此，肖白还先后为电视剧《突出重围》、《康熙大帝》、《国家使命》、《国宝》、《海棠依旧》、《非常案件》等作曲共200余首，为大型动画片《西游记》创作的歌曲《白龙马》、《猴哥》；《哪吒》创作的歌曲《小哪吒》等，成为国内顶尖的多产作曲家，受到业内人士及观众的好评，作品广为流传。

音乐可以让人感动，作曲家用他们的旋律来解读生活的点滴，让听众心潮澎湃，浮想联翩，多少美好的感受、印象和记忆涌上心来。"千手观音"肖白，他用"刚""柔"并济、风格迥异的作品为听众演绎了一幕幕惟妙惟肖的画面。崇尚唯美是肖白音乐创作的理念之根，呈现不同的音乐风格又是他不懈的追求。《奥林匹克风》、《相约九八》的迥异曲风可见他的艺术质感。

肖白老师早期创作还是以晚会歌曲和影视歌曲为主，从《相约九八》后他的创作明显开始转型，在创作《你的女神》就显示出他对民族民间音乐的浓厚兴趣，他试图在古老传统的文化资源和现代审美观念中找到一条通道。在素材选择上，肖白老师看来有意拉开了反差，这也是云南极为丰富的民族民间音乐的特点——所谓和而不同，在地域特色具有的某种共性的基础上，更注意了其间色彩斑斓的差异，从而使得整张专辑风格趣味上错落有致。

在写作上，肖白看来更强调在民族民间音乐资源上的创造性。这体现在旋律上不一定绝对的"原汁原味"，也体现在编曲手段上的不拘一格，当地原生态歌手的采样，室内乐的写作方法，包括流行的多种元素均可拿来为特定的作品服务。他的作品中有注重叙事性和戏剧性的交错发展的《火把节的传说》，有追求传统谣体的轻灵活泼的《四方街》，有重在美妙意境的营造，飘逸清远的《女神》、《神秘姑娘》和《格姆谢纳咪》。

2006年6月在纪念二炮组建40周年大型音乐舞蹈史诗《东风颂》上，肖白担任副总导演、音乐统筹，《东方颂》体现的音乐形象是打破定式的，不仅突出现代高科技下带来的那种挑战极限、征服天涯的节奏"现代感"，甚至有些浪漫主义化。而且音乐听起来充满"时尚感"，音乐形象中包括对一些传统的品味和对一些目标的探索。

今年7月份，肖白老师应市委、市政府，钦南区委、区政府的邀请，做客北部湾为著名诗、词作家蒋开儒老师作词的《中国梦》、《快乐海家园》谱曲。《中国梦》是蒋开儒依据胡锦涛总书记在3月7日的政协会上提出的"在共建中共享，在共享中共建"理念而创作的，歌曲的旋律要求荡气回肠，要体现出党中央以人为本，科学发展，共建和谐的豪情壮志，同时表露出中国人正在追求和享受和谐之梦想的热炙情感。《快乐海家园》则是一首赞美北部湾旖旎的滨海风光，向人们呈现一个海湾、沙滩、海豚、氧吧的快乐家园，歌曲充满了愉悦、舒畅。面对两首不同风格的音乐作品，肖白欣然接受了我们的邀请，开始为这两首歌词谱曲。7月5日，在会见了自治区党委常委、市委书记黄道伟时，肖白老师的信心十足，"北部湾的开放开发感动了我，钦州的领导感动了我，钦州的人民感动了我，钦州的美景感动了我，我一定创作好这两首歌曲，为钦州市、为北部湾的开发建设鼓劲"。

一部音乐作品创作的每一个环节里都渗透着人的思想和感情，它体现了作者的个性、风格。在歌曲的创作过程中，肖白老师展开联想的翅膀，翱翔在神州大地，用心感受中国人追寻和谐之美的豪情气概，北部湾旖旎的滨海风光让他陶醉，他尽情挥洒自己的情感，迸发出的是一串串激情、悦耳的音符。两首风格迥异歌曲创作一气呵成，8月底已经在北京录制成功。《中国梦》一曲中，肖白老师把歌曲和旋律完美地结合，呈现给观众的是神州大地的坦荡和大气，韵律的荡气回肠，把中国人追梦的热忱表现得淋漓尽致，充分体现了肖白坚毅的军人气概。《快乐北部湾》旋律流畅、脱俗，高潮的和声处理夸张但不失巧妙，让人如入仙境，北部湾的秀丽风光尽收眼底，流连忘返，流露出肖白老师个性柔情的一面。

音乐除了给人以听觉的享受，还可以陶冶人的情操。一首好歌唤醒一个民族，一首好曲唱响一个国家。肖白老师用他对音乐事业炙热的情感，为我们演绎了一首首动听的旋律，他用音符为我们鼓起了远航的风帆，给我们留下无限的遐想空间。

我们衷心地祝愿"千手观音"肖白老师为我们创作出更多更好的歌曲，为我们的生活铺就更多的五彩斑斓。

钦州让我感动

肖白：《中国梦》、《快乐海家园》曲作家。1992 年以《奥林匹克风》轰动乐坛，之后他的作品不断问世，被众多歌星演唱，深受全国观众的喜爱。主要作品有《一九九七》、《相约九八》、《举杯吧朋友》，电视剧《突出重围》、《西游记》、《爱在他乡》。"北部湾的开放开发感动了我，钦州的领导感动了我，钦州的人民感动了我，钦州的美景感动了我，我一定尽力谱好《中国梦》、《快乐海家园》这两首歌曲，为钦州市、为北部湾的开发建设鼓劲。"近日，著名作曲家肖白老师，在北京会见自治区党委常委、市委书记黄道伟时动情地说。

"钦州让我感动"是肖白老师与我们朝夕相处的几天里出现频率最高的话语。肖老师到钦州采风期间身临其境感受了北部湾开放开发的热潮，领略了北部湾旖旎的滨海风光。肖白老师说，在钦州，他为这里的碧水蓝天而惊叹，为这片热土地上的人们在进取中迸发出的昂扬斗志而动容。

一

风生水起北部湾，发展提速新钦州。肖白老师说，是北部湾的开放开发的热潮感染了他，是钦州务实争先的发展劲头感化了他。的确，随着中国东盟自由贸易的建立、南博会的举办，自治区"M"型战略的实施，北部湾（广西）经济区的开放开发，广西沿海掀起了新一轮的开发热潮。北部湾，这一块生机盎然的热土，迎来了前所未有的发展新春天。地处北部湾中心区域的钦州市紧跟时代的步伐，吹响工业化、城镇化"两大主战场"的号角，"大工业、大港口、大旅游"的宏伟目标引领着钦州搏风击浪，昂首潮头，迎来了新一轮跨越式发展。今年以来，钦州工业经济继续保持高速增长，上半年工业总产值和工业增加值分别实现76.54亿元、23.87亿元，工业总产值和工业增加值位居全区第一位。如今，钦州工业的"名片"——钦州港经济开发区正在如火如荼的建设中，大开发大建设的场景让人目不暇接；钦州旅游的"名片"——三娘湾、刘冯故居被评为国家4A级景区，品牌效应使钦州旅游驶入发展的"快车道"。钦州，正迈着矫健的步伐向现代化滨海城市走近，钦州的发展、钦州的腾飞让人激动，让人振奋。

二

用真诚赢得感动，用热忱换来真心。在钦州，肖白老师说，他始终被一种热情和真诚感动着，钦州领导的真诚感动了他，钦州人民的热情融化了他。为请肖白老师给《中国梦》、《快乐海家园》两首歌谱曲，从钦州市委书记黄道伟到钦南区委书记庞卡，前前后后做了大量的工作，不仅亲自接请肖白老师到钦州来，在节目制作后期8月22日，市委书记黄道伟，市委常委、副市长、宣传部长白志繁，钦南区纪委书记庞卡等领导还飞赶北京，亲自到肖白老师的歌神录音棚里听张也、谭晶两位老师录制《中国梦》和《快乐海家园》两首歌。不仅如此，在北京期间，钦南区委庞书记还不顾旅途的辛苦连续三夜陪肖白老师一起创作，一起研讨，和肖白老师共同度过了三个不眠之夜。肖白老师说，钦州市领导对艺术的真诚和热忱让他钦佩，也让他感动。

"我到过很多地方，没想到钦州有这么好的创作环境，钦州人感动了我，通过在钦州的采风，让我亲身感受到钦州的'大港口、大工业、大旅游'三大目标建设是一种胆识、是一种精神、是一种心声。"肖白老师在钦州采风时发出的由衷感慨。肖白老师说，是钦州人的真诚、纯朴、热忧和大气感化了他，他在为之动容的同时也心甘情愿尽其所能地为《中国梦》和《快乐海家园》两首歌谱好曲。

三

盛夏的钦州，天高海阔，海豚鱼跃，白鹭翻飞，海湾、沙滩、海豚、氧吧，旖旎的滨海风光呈现了一个美丽迷人的海家园。钦州正以其深厚的文化底蕴、秀美的滨海风光，独特的扩张力和表现力，彰显着滨海城市的无穷魅力。

"此生无计作重游，五月垂丹胜鹤头，为口不辞劳跋涉，愿风吹我到钦州"齐白石的诗句，让无数世人魂牵梦萦。"钦州的美丽感动了我"，在钦州游览三娘湾时肖白老师发出由衷的赞叹。肖白老师说，钦州的风采让他对《快乐海家园》有了更为深刻的理解，美丽的北部湾，迷人的钦州，是绝妙的海家园，他的曲将会和着轻柔的海风，动听的涛声，奏出旋律和美的《快乐海家园》。

是的，钦州是一个美丽的地方，是一个能感动人的"人间天堂"。勤劳朴实的钦州人正在这片美丽的热土上辛勤劳作，激情飞扬的建设自己的美丽海家园，营造一个可以感动世界、征服世人的大家园。

泪洒舞台，大爱无疆

——《第一书记》拍摄现场小记

2014 年 11 月 13 日晚上 19：30 至 22：09 广西电视台《第一书记》录制舞台现场，可以毫不夸张地称为"爱的海洋"。在五颜六色多彩缤纷的灯光照耀下，善良的人们一边鼓掌，一边流泪，一边举起一个个爱心的捐款牌牌，1000 元、2000 元、5000 元、10000 元……数字在更替着，爱心在流淌着……

时光要追溯到今年 3 月，市里派出第二批第一书记，市群众艺术馆多才多艺的罗云同志到钦南区黄屋屯镇屯利村担任第一书记，他放下架子沉下身子，起早摸黑，走村串寨，带领屯利村 2440 多名群众搞产业修道路，村里一下子热火朝天。屯利村是国家级的贫困村，基础条件很差，开始连主干道也没修通。市委常委、分区徐司令员和军分区政委唐立福等军分区领导曾挂点屯利村，他们多次带领军分区官兵到学校，到贫困农户深入调研，召开座谈会，现场办公会，市各联谊挂村单位，市侨联等，有钱出钱，有力出力。钦南区党委、政府、扶贫办也是想群众所想，急群众所急，从有限的经费中，筹集了 100 多万元，用不到 2 个月时间就修通了长约四公里的主干道。屯利村 2440 多名群众的行路难问题基本解决了，群众心里笑了，军分区首长对此也给予充分肯定。

基础设施完善了，剩下的就是如何带领群众致富解决造血功能啦。这时，罗云第一书记走马上任。他团结带领村两委一班人经过多方考察认为，屯利村气候、土壤条件比较适宜种植牛大力和油茶树。于是在罗书记的宣传发动下，全村群众种起了牛大力还专门成立了专业合作社，致富能人朱三哥担任社长，群众脱贫致富奔小康的梦想就要实现了，他们开始描绘屯利村的蓝图。

这个时候，屯利村发生了一起感人的故事。罗书记陪超模杨逸菲到屯利村体验生活，走进一边杂草丛生的荒地，蓦然发现一个小小身影在捡榄子，他们两人赶忙上前一打听，原来捡榄子的小女孩名叫曾丽敏，今年14岁，是黄屋屯中学初一学生。她父亲在她小时候不幸逝世，母亲改嫁他人，家里只有一个年过70岁的老奶奶与她相依为命。因为奶奶老了，还有风湿病，无法做工，只有靠小丽敏一个人利用课余时间捡榄子卖为生。更凄惨的是，由于风暴，祖孙两人原来居住的地方也倒塌了，只好临时搭个帐篷遮风挡雨，艰难为生。来自大都市的超模小杨哪曾见过这样的苦难哪？一下子便哭了起来，倒是坚强的丽敏在一旁不停地劝小杨："姐姐不哭了！"

后来，随着小杨采风体验生活深入，又发现了另外一个村子一名年仅9岁的张枝红命运也是十分凄凉。枝红8岁时，其父亲因病逝世，母亲外出打工，一下没有音讯，家中只有一位八旬老奶奶与枝红相依为命。杨逸菲又一次哭得昏天地暗地。

正巧，广西卫视到钦州拍"第一书记"的故事，选中了罗云和两个命运多舛的小女孩儿作为励志儿童来到了广西电视台。当丽敏讲述了自己的故事，倔强地说了一句："我不能哭！我不能示弱！我要保护好奶奶！"全场的掌声一遍又一遍热烈地响起，这是善良的人们对丽敏的亲切鼓励。转到枝红上场，当9岁的女孩从口中吐出一句"奶奶是爸爸托付给我的"。所有在场的每一个人无不为之动容！北海诺贝尔幼儿园的李老师说："今晚流了多少泪啊？要喝上多少水才补得回来呀？"善良的人们啊眼泪是宝贵的，正是泪洒舞台，才见证了人间大爱。人们争先恐后涌上了舞台，将一份份爱心交到丽敏、枝红手上，我也快步走上舞台坚定地对丽敏、枝红说："丽敏、枝红加油！在座包括电视机前的爷爷奶奶，叔叔伯伯，阿姨，哥哥姐姐们都会关心疼爱你们的！你们放心好好学习吧！国家有扶贫政策，也会像旭日阳光一样照耀着你们！"

平凡中，我为钦州流过汗

2006 年底，我离开了工作多年的市中级人民法院到钦南区委办公室任副主任兼督查室主任。一年后，区委常委会一致决定由我到东场镇接任党委书记职务，从此开始了三年半摸爬滚打的基层生涯。

书记是个让人尊敬而又权威的职务。我小时候见过最大的书记是大队支部书记。那时家里穷，无钱读书。母亲带着我去大队借钱。会计说要支书同意才能借。母亲就去找支书。支书说我们家不算穷，不够条件借款。不管母亲如何说，支书都不理睬。我是哭着跟母亲回家的，是哭着帮母亲捉几只鸡去卖的，是哭着拿着卖鸡的几块钱去学校报名的。书记的权威从小就在我的心中打下了烙印。从此，我就对书记这个职务有了敬畏。

我做梦也没想到二十多年以后我会当书记，而且是比大队支书还大的书记。我除了感谢上级组织对我的信任，更多的是忐忑不安。我生怕胜任不了这个职务，更担心当不好百姓心中的父母官，不能促使东场经济的发展，给群众带去实惠。我为此几天睡不好觉，一直在谋划今后的工作。我想共产党的干部是人民的公仆，只要全心全意为人民服务，处处为群众着想，就一定会得到群众的拥护，把工作做好。

我上任后，几乎走遍了全镇七个行政村 113 个自然村。当时，东场因纠纷引起的各种上访占整个钦南区一半，城镇环境卫生差多次被新闻媒体曝光，综治工作还被市综治办一票否决。因此书记、镇长同时被组织交换岗位，一时镇干部职工士气低落。为迅速改变面貌，我依靠广大干部职工，凡事从自己做起，每天迎着朝阳我是第一个到办公室的，暮色沉沉，下了班拖着满身疲惫我是最后一个离开办公室的。每天到办公室第一件事就是拿起扫把招呼大家一起行动打扫政府大院和大院周边的环境，我用当时领导的一句话来激励大家"一屋不扫，何以扫天下"？在我的带领下形成了三天一小扫，五天一大扫的制度，风雨不变。脏乱差现象很快有了改变。

也就是我正大力改变面貌时发生了两件不可思议的事。一件是一个办事员在办公室借着酒疯竟殴打分管领导，另一件是一个选调生放假回家超期不但不回来上班而且把手机也关了。两件事的同时发生考验着我的智慧和处事能力。如果处理不好或不敢处理都会映响班子的团结和威信。我征求一些老同志的意见和经过再三考虑后，当机立断地召开党委会，对那两位同志的错误作出了严肃的批评。会议做出决定：让那两个同志在全体干部职工大会上公开检讨，打人者还必须向分管领导赔礼道歉！打人者在念检讨书时声音是颤抖的，态度是诚恳的。分管领导接受了他的道歉时，我提议他们相互握一下手，化解了怨恨。人心凝聚了，一切就迎刃而解了。

在东场镇有两怕，一怕风雨尤其是台风。东场是海边的小镇，仅水库就有十一个，大一型一个，小二型十个。风雨来临就要派人巡查，坚持水库值班。作为"一把手"这种揪心与压力是不言而喻的。毕竟责任重于泰山啊！二怕火灾，农村老百姓安全意识淡薄，动不动在砍了甘蔗之后放把火烧东西，一不小心就造成火灾。一天我刚躺下来，办公室小甘就马上报告上寮又发生了一起火灾。我马上下令"敲钟"组织人员去救火。很快由政府干部职工，派出所，镇直机关一支数十人的救火队伍便火急火燎地赶去二十多公里的上寮去救火。到了现场只见群众和几个村干部正在扑火，但火势太大了，燃起的火光冲天，我看硬拼不行，马上组织大家挖隔离带，防止火势蔓延，造成更大的损失。大家拼了命，很快挖出一条长长的隔离带，有人手受伤了也浑然不顾。一场大火终于灭了，群众的损失降到最低。我也长长地舒了一口气。

2009年农历七月十四，东场发生了一件非常不幸之事，有三个小孩儿不幸掉进修水坝的大风江，小孩叔父下去救人也被水冲走。闻讯后我立即组织全镇力量进行营救，终因小孩子太小江水太急，四人不幸遇难。死者家属把对市丰源公司（负责修建水闸）的怨气全部撒到镇政府身上，甚至扬言要抬着尸体到政府上访。此事惊动到当时的市委书记和区委书记，两位书记都明确指示"一定要安抚好民心，妥善处理好"！遵照两位领导的指示，我召开班子会从有限的工作经费中拿出两万多块钱帮助他们处理好后事。我代表镇党委政府对死者家属表示慰问，我劝导他们说："人死不能复生还是先安葬好死者入土为安吧！"死者家属听从了我的意见，默默地将死者全部安葬。

事情虽然处理了，但我的心情十分沉重。那是四条鲜活的生命啊！安葬时我也到那个村子去了，看见死者的家属走一路泪洒一路，我的心也碎了。

事故的发生，让我更注重安全工作。我要求学校和家长在假期教育孩子要远离水火，注重生命。我到村里检查工作，总要把安全工作强调再强调。一天，我看见一位大妈领着一位孩子到江中捞蚬，就说江水太急，叫她上来。大妈说不是她不知道危险，是实在没办法啊！她说她的这个儿子明天就要到市里读中学，还差几百块钱无着落，只好带他来捞蚬仔去卖了。大妈说话时是带着泪的。我看见她突然想起我小时候为几块钱学费去求支书借钱的事。我顿时无语，只有同情和伤感撞击着那无奈的心灵。我掏出几百块钱给她，央求她带儿子离开那危险之地。大妈不断地说感谢我，我说不用谢，是我对不起你们，因为我没有做好工作，我这个书记有愧！

东场林地资源丰富，全镇共有林地十四万多亩。林权制度改革时，全镇共有二十个公务员和十余个事业编制人员，但是当时抽到市区工作人员多达十三人，九个党委委员就有五人被长期抽调，要开个班子会都难。但我就是依靠这支队伍，走遍山山岭岭进行勘察，为民解决纠纷，还主动抄录登记本，抄公告，天天忙到深夜，完成区委区政府下达的任务并荣获钦南区林政工作先进单位等奖！

我调离东场时，有个妇女在路口拦住我的车。我打开车门一看，是那个捞蚬仔的大妈。大妈把一篮青菜放上车，说谢书记你怎么走了呢？大妈没什么送给你，这是我自家种的青菜，没放化肥没打农药，你放心吃。我说我放心。只说了这句就说不下去了，我已被大妈感动得喉咙哽咽……

多好的山水多好的人啊，东场是我心中神奇而又深情的土地。我在东场虽然没有干出轰轰轰烈烈的业绩，但东场的山山水水也留下了我的足迹，是我心中永远的眷恋。

悼念恩师杨松主席

2015 年 8 月 6 日下午，当我拖着疲倦的身体从乡下回到办公室，打开电脑，市作家群里便看到杨松主席不幸于今天上午病逝的噩耗。我的心一下沉重起来，双眼也变得模糊，不争气的泪水……

4 月 1 日，我上市扶贫办开会，收到市文联世林副主席的信息，称"杨松主席病了，病得不轻，问我明天是否有空一起上南宁探望他"？我当即表示同意。因为我离钦是要报告的，我立即向分管扶贫工作的领导请假。

第二天一早，世林兄亲自开车，搭我和小朱三人匆匆从钦州出发赶往南宁。由于首府南宁修地铁，许多道路都要改道而行。历尽千辛万苦最终才到杨主席所住的广西电视台宿舍区，到了大门口，我给主席打电话说我们已来到宿舍区，主席道"让我们稍等"，他让夫人何姨来接我们。片刻，何姨从宿舍下来将我们引了进去，在一幢较旧的宿舍里，我是第一个走进屋的。杨主席缓缓地走过来，显得非常开心地抱住我连声说，"兄弟，兄弟"！见到我们，主席是相当高兴的，只是抱住主席瘦得轻飘飘的身体时，我的泪水忍不住掉了下来，这是得知杨主席病后，与他第一次见面的情景，仿佛就在眼前。

之后不久，我与世林兄又一次来到杨主席钦州家中，探望他。主席夫人何姨贤惠地泡着茶，静静地陪伴在主席身边。那晚主要是世林兄与杨主席讨论创作上的事，我只是更多地坐在旁边聆听。心里则默默地祈祷老天保佑杨主席，让他早日康复。

之后，我出发到山东潍坊市党校学习，回来时世林兄告诉我，文联准

第二辑 散文

备为杨主席的《情感老屋》作品，举行一场作品研讨会，让我准备一篇评文。我立即答应了下来。而且凭着我对杨主席为人为事的了解，很快写出了一篇《情感的寄托与心灵的寻找——杨松老师的系列散文〈情感的老屋〉》文章中我把对杨松老师的尊敬，祝福等情愫淋漓尽致都写了出来。然而，做梦也没有想到，研讨会还没开。杨主席却走了，到另一个世界去了。用主席小女杨英的话说："我爸是急着上天堂和徐主席一起办天堂杂志。"

痛失了文学上两位德高望重的前辈，亲朋好友无不深深地陷入一片悲痛中，难道连老天爷也一直在哭泣。

人生无常，逝者如斯，活着的人们当好好地珍惜！

谨此短文，寄托我一位文学爱好者对痛失恩师的追思！愿您天堂路上一路走好！

神奇的钦南

英雄故里

"千年古城，英雄故里。"这是人们对钦南区的美誉。

广西钦州市钦南区地处北部湾（广西）经济区的城市中心区，是钦州市委、市政府所在地和全市的政治、经济、文化中心。它下辖四个街道办事处、12个镇和1个华侨农场。辖区总面积2225平方公里，耕地面积45.7万亩，海岸线长520.8公里，总人口56万人，其中市区人口20多万人。

钦南区拥有独特的区位优势。它位于广西西部沿海，北部湾的顶端，东连北海市，西接防城港市，南临中国南方的天然良港——钦州港，北距绿都首府南宁仅百余公里，处于南北钦防经济区的中心地带，中国大西南最便捷的出海通道，广西与东盟联系的"桥头堡"。而且，桂海、钦防高速公路和南北、黎钦等铁路干线贯穿全境，是广西沿海地区水陆交通的枢纽。

钦南区拥有丰富的山海资源。大蚝、对虾、青蟹、金钱龟、石斑鱼、海鸭蛋、黄瓜皮、冬辣椒、火龙果、百香果等不胜枚举，各种名优产品闻名遐迩。

钦南区，一座神奇的、底蕴厚重、风光无限的城区。1400多年的古老名城，这片古老的土地上孕育了刘永福、冯子材两位民族英雄。刘冯两位民族英雄成为钦南人民的骄傲，钦南人的敬仰，刘冯英雄更是感动一代又一代钦南人的精神食粮，正是因为有了刘冯精神和刘冯文化、刘冯故居等名胜古迹才能成为钦南人仅短短两年就铸就成国家4A风景点的传奇故事……而且，荟萃了1400多年历史文化神韵的"中国四大名陶"之一的钦州泥兴陶便出产于此。

碧海蓝天，风光旖旎，山清水秀，独特的历史人文景观和滨海风光，使神奇的钦南成为钦州市以及广西壮族自治区乃至西南省区旅游的新热点。

钦南区，一座悄然崛起的滨海城市中心区。按照钦州市委"大港口、大工业、大旅游"的目标，尤其是广西壮族自治区九次党代会所提出的中国——东盟"一轴两翼"区域经济合作的战略构想，更是把钦南区推上了北部湾（广西）经济区开发建设的潮头。立足市区，依托港口，以海兴区，工业强区，旅游旺区，文化盛区，钦南区四次党代会的发展战略，成为影响推进滨海城市中心区建设的号角。突出把发展工业放在首位，着力推进工业集中区和沿海经济走廊，构建"川"字形工业发展新格局。蓄势待发，神奇的钦南区充满商机与活力，是海内外宾客前来观光、合作、共谋发展的理想之地。

奔向大海

翻开《新视野》创刊号的扉页，赫然入目的是《开放潮涌钦州湾》的卷首语，钦州地处沿海地区中心位置，建市十年利剑磨就蓄势待发。有着无比的区位优势和资源优势，随着一大批重大项目落户钦州，前所未有的机遇将使钦州的"大港口"横空出世，"大工业"梦圆今朝。广西经济发展的希望在沿海，发展的潜力在沿海，发展的后劲在沿海，沿海将成为广西经济一个新的增长极。……咿呀！北部湾畔开放的惊涛拍岸，犹如声声贯耳的春雷！恰似声声进军的号角！

钦南地处钦州的主城区，是中心的中心是沿海的沿海。这就注定了钦南人民在冲锋的号角声中，在春雷的轰鸣声中，拥抱大海，奔向大海，融入大海。

大海是钦南的母亲，大海孕育了钦南千千万万优秀的儿女，钦南离不开大海母亲，只有奔向大海，钦南才有自己的生机与活力。

正是基于这样的认识，钦南区党委、政府一班人与时俱进地提出了加快发展的"336"工作思路（即"三个主动"：主动融入城市管理，主动接受钦州港、三娘湾等新型产业中心的辐射带动，主动把重心由抓农村、农业经济向抓城市经济转变；"三个提高"：提高财政收入水平，提高机关干部和农民的收入水平，提高钦南区的综合实力；"六个战略重点"：抓工业、港口、旅游、城市管理、农业和文化建设，提出了立足市区、依托港口、以海兴区、工业强区、旅游旺区、文化盛区的发展战略）。

不难看出，区委、区政府的一班人，把深邃的目光投向了大海，投向了浩瀚无边、魅力无穷的大海，他们将钦南区的产业布局不断推向沿海，不断主动奔向大海，融入大海，进而依靠千年海疆，构建灿烂海洋文化！

锁住三江口

自古至今，江河并流之地必然是经济社会发展的繁荣之地，而钦南正是具有这种区域优势的神奇之地。在这片神奇的土地之上，竟然有三条横跨两个地级市（钦州市、防城港市）的江河，它们分别是钦州、大风江、茅岭江，纵横千里，浪花奔腾，在钦南形成了合流，这是大自然给钦南人民的恩赐，这是大自然对钦南人民的青睐。

对钦州尤其是钦南人民来说，临海工业的峥嵘初露已令周边城市和外界刮目相看，当大工业园纷至沓来的时候，不少人会说，钦南获得了好机遇。然而，我们更清醒地意识到：机遇从来都不是上天所赐予的，只有强者才能把握机遇，只有智者才能创造机遇，只有勇者才能获得机遇；而弱者则永远是坐失机遇。

作为钦南人，从来都是敢为天下先，他们不等不靠，卧薪尝胆，玉汝于成，走前人不敢走的路。因此，面对在钦南形成合流的三江，钦南人大胆做出了自己的选择：锁住三江口。

锁住三江口，就是锁住了希望，就是锁住了机遇，就是锁住了明天。让希望永远在钦南人民的牢牢掌握之中，让机遇永远不会与钦南人民失之交臂，让明天的太阳在钦南这片神奇的土地上永远不会西落。

有了江河，才有繁华，有了河流，才有昌盛。钦南人明白：自己离不开大海也离不开江河。

锁住三江口，是钦南人明智的选择！

拥抱钦州港

2005年至2006年是钦州港发展锐不可当的一年。钦州燃煤电厂获国家核准并开工建设，目前已累计完成投资11.68亿元；广西金桂浆纸业浆纸一体化项目获国家核准，正在卡共；中石油广西石化1000万吨炼油加工项目开工等，昭示着钦州港发展的春天来到了。

滨海有港者先发。钦州港要充分发挥深水良港、腹地广阔、交通便利、环境容量大的优势。从这个意义上来说，钦南区作为钦州港的大腹地，承载着将钦州港建成西南地区最大的天然良港的希望。钦南的发展与钦州港的发展悠悠相关。只有钦州港发展了，才能更好地带动钦南的发展。因此作为钦南人来说，主动接受钦州港等广西新兴产业中心的辐射带动，主动对接落户钦州港经济开发区一期投资100多亿元的中石油1000万吨炼油项目和一期投资80多亿元的金桂浆纸一体化项目，一期投资50多亿元的钦州燃煤电厂等重大工业项目，积极引导重大工业项目的下游产业向钦南聚集等，是钦南人民最明智的选择。

时代在召唤，发展在召唤，包围钦州，拥抱钦州港，主动融入那片海，主动奔向那片海，是历史的必然，更是历史的选择。

作为钦南神奇土地上的一员，我将义无反顾，奋勇向前！

冬日情思

一

雪花飘尽，心，徒有一腔热血。

你，是否明白：遗忘，也是一种悲壮。阴雨霏霏，发霉的信封邮不出感叹；心，盼着阳光，明知雨中孤独，偏喜欢走泥泞的雨巷，而且故意不带雨伞，而且故意让寒风冷雨抽打，莫非这样，才能把思念拉长？

岁月蹉跎，江水汩汩，难以剪断的是如丝如缕的情思；楚楚目光，只好沿你被放逐的荒原流浪。

令人心愁的晨昏，滋生美丽的阵痛，磨难与痛苦，又分外见人间真情。你真诚的微笑，绽开羞涩的桃花，我萌生变蜜蜂的幻念。

盼你，这头温柔善良的小鹿；想你，这棵活泼多情的柳树。静夜如水，心中念你到天明，声声呼唤，都是你如萤的名字。

二

一首歌，可以将生命之树唱绿，两只青鸟在无忧的下午在枝头欢唱，轻轻传递春天的讯息。

谁会知道，我在雪花飘飞的日子，读你北国的晶莹，读成潇洒挺拔的白杨树。然而，当我从晶莹的梦中醒来，我忽然发现你伞下那位爱捉蜻蜓的翩翩少年不再是我。我，拥有的，只是浅浅回眸中滴着几点带涩的甜蜜，只是把以往写给你的书信在烈焰中发出孤独的蓝色。在我普罗米修斯被缚的悲剧中，究竟扮演了什么角色？

三

不幸是由于病痛，大幸是由于相遇，心灵在你纯真的笑容中净化，世上还有什么比理解宽容更令人忘怀呢？

人生，不求终生相伴，只祈求心心相依；无言，也是一种情绪，受伤的心若有你无言相对，也是莫大的慰藉，而我，属于我的橘色夜晚究竟在哪里？

你，洁白手帕挥一挥，拴在心上的痛苦就如惊鸟逃遁，可是，那天你远我而去，只把梦留给昨天，留给落日的余晖？

等你，等你于岁月的槐树下，历尽人间风雨，相遇不枉人生一次，但是，如果爱你是一种伤害，我会像一颗流星先消失……

为你精巧的心灵结晶，为你五彩的梦，我是否能献上一首诗？我想把你摄进心底，让岁月的流水无法冲去，你愿不愿意？

泪眼，瘦成一条相思河，一条河的相思。无声的淡月下，我孤单的影子，拖得很长很长，我常常踩痛自己。

如果，我苍白的小屋，容得下真诚的你，无论今生还是来世，我不会再相信关于世界住房紧缺的传奇。

不知从什么时候开始，春风已将蓝色的窗帘高高扬起，我的心飞上广阔的天空，愿是一只鸟，可俯瞰你的世界，愿是一首歌，挂在你的芳唇。

黄山归来不看岳

　　萌发登黄山之念头。约在中学念书时。据书本载：号称方圆五百里的黄山位于中国安徽南部，是以自然景观为特色的山岳旅游风景区。有名可数的七十二峰，或崔嵬雄浑，或俊俏秀丽。其中：奇松、怪石、云海、温泉素称黄山四艳。景区上下"无石不松，无松不奇"；怪石不可胜数，千姿百态，妙不可言……当读到此段文字时，自然而然产生登山念头。而萌生强烈愿望则是最近的事。

　　一位好友从南京来信，大谈特谈登黄山之趣，甚至称"黄山归来不看岳，五岳归来不看山"，把我的心思都扰乱了。我产生了不游览黄山内心便难以宁静的感觉。恰巧最近有机会赴江苏苏州城开会。我特意多请几天假，会毕便邀南京那位朋友，稀里糊涂地往黄山赶，以祈饱饱眼福开开眼界。

　　中午十二点二十分我们乘坐南京至黄山的列车，经过九个多小时的颠簸及辛劳，夜晚九点三十五分，列车终于开进了黄山市，满以为已到黄山身边，下车一打听，距黄山还有七十五公里之遥，一下傻了眼。尽管自己爱好文学，善于想象，但压根也想不到，到了黄山还不能上山（原来此处是黄山市政府所在地叫屯溪。屯溪老街是一条长1272米的古代商业街，一色的褐色石板路面，店铺鳞次栉比，小青瓦、白粉强、古朴典雅，被誉为"东方古罗马"及活动的《清明上河图》——笔者注）。

　　当夜虽累，一夜难眠。次日早天还蒙蒙亮，那位火急火燎的好友便一个劲催我起床，为赶路，我们打了一辆"的士"，风尘仆仆赶往黄山。

经过一个多小时，车来到黄山脚下，我们便开始登山由于没带导游图，从山下左边爬了半个多小时，才发觉走错道，只好悻悻退下。改走右边，并沿石阶上，才真正登上黄山之途。而黄山究竟有多大，谁也说不清，只知道是山连着山，而且都雄伟挺拔，满目奇松怪石比比皆是，方知是对书本的，并未有假冒。虽然上午的阳光不算强烈，但走着走着却已汗流浃背。气喘吁吁。只好走上百步来，又歇息几分钟，艰难地走着，攀登着。时至中午十二点多钟，方才登上黄山的第一个小站——半山寺。这时游人很多，大多在此吃中餐。我们一打听，方知这些游客都是从后山搭索道上山，而且是昨日上山；今天悠悠然下山的，不像我们从前山上那样苦累。小憩后，我们继续登山。约一点多钟，我们来到一个岔路口，往右是天都峰（是黄山三个主峰之一，最险峻）从左上则上别的峰，我的意见往左，但那位好友指着路牌那行字"到了黄山不游天都峰，等于一场空"。固执地坚持登天都峰，我拗不过他，只好依他。一起进军天都峰。天都峰都名副其实，山很陡，也很险峻，我们只爬了一小半路，手中所捧着的饮料亦不得不丢掉。因为需要两手用力向上攀登，方才安全。这时我真正体会到爬山有多么艰险。此时，整个天都峰从前山登天都峰的，只有我及好友和来自浙江温州英俊潇洒的杨先生及其美丽秀气的女友。起初杨先生的女友提出不登此峰了，后经不住杨先生的劝说，或者是爱情的力量起作用，杨先生与其女友展开了登山竞赛。我和好友见状，真有点自愧莫如。但男子汉不服输的气概顿时从心底油然而生。于是，我们暗暗地和杨先生他们展开了比赛。这时，双脚很酸疼，每登一步亦非常不易。但我们仍咬着牙关坚持着。从后山上从前山下的不时有三三两两来自祖国各地，操着不同口音的朋友，他们下来时，我们便主动等他们下来，然后我们才上去。虽然我们素不相识，但在天都峰上，却亲如兄弟姐妹提醒要小心再小心，彼此鼓励，继续前行。身虽累，心却漫溢着幸福温暖的感觉，再苦再累也真值。此时也怪，力气倍增了。因此，我们抓住机会一个劲地往上攀登，衣服湿透了，不管它，汗淌满脸也顾不上擦，整个心力都献给天都峰了。终于我们比浙江朋友先到达天都顶峰。"会当林绝顶，一览众山小。"放眼平川，原来江河是那样宽，天空是那样蓝。视野一下拓宽了。我与好友异常兴奋，选了几个最佳角度做了留影。浙江的两位朋友也登上了峰顶。当我们照相时，他们已先行下山，目送他们的背影，我心里直感叹：真是天生的一对！今日若不是遇上他们，恐怕我是无勇气登上天都峰顶。可见人类有时的确需要一种竞争精神，才能鼓足勇气，坚定信心。同时，我又想起一句至理名言：山不在高，有仙则灵。说句心里话，黄山不算太高，我们足下的天都峰海拔是在一千八百米以上。但它雄伟挺拔，尤其险峻，令多少勇于攀登者为之倾倒，千万里慕名而来，只为了征服这一雄伟险峻的名山。或许从深层意义来说，爬天都峰所产生的这种心距拉近那种同胞的血肉亲情，其意义远远超过了登山的本义。

说来也奇妙，当我从黄山下来，尽管腿疼得很厉害，走在天都峰的鲤鱼背（只一尺宽异常惊险）和其他崎岖道路时，我的心从来未有过这样的安宁与坦然。没有半点紧张和害怕。或许，我是直到此时，才似乎完全明了：黄山归来不看岳，五岳归来不看山，所真正蕴含的极为丰富的人生哲理。

尊敬的朋友，你说呢？

放风筝

风起的日子常常有些喜欢放风筝的大人带着小孩儿，将风筝放飞。放风筝的时候，大人的神态是那样悠然自得。或许是他们觉得他们是风筝的主人，完全可以操纵风筝的命运。而小孩呢还不太懂事，只觉得好玩。好玩之余，他们或许还会发出疑问：风筝为什么会飞呢？而大人或许永远也不会告诉小孩，风筝会飞的秘密在于：风筝只是借助风势升高，只有风，才有风筝自下而上的价值。而谁注意到风的生命意义呢？人们的眼光都只集中到风筝身上了。人们还记得牢牢抓住纤绳，抓牢纤绳便可以随意驾驶风筝，掌握风筝的命运。

风筝高高地飞在蓝天上。放飞风筝的人们放着放着，竟忘了自己，似乎也和风筝一样高高地飞在蓝天上，与蓝天白云为伴，甚至连思想灵魂也飞上了蓝天，达到天人合一的境界。这时候，仿佛人世间的一切烦恼也被放飞了。这，恐怕就是人们所享受到的放风筝之乐吧。

童年的时候，当我看到别家的小孩儿在大人的带领下，在河堤或是高高的山坡上放风筝的时候，自己的心里也痒痒的，也曾萌发过放风筝之梦，无奈家里太穷，我只有饱眼福的份。因为那时候，父亲被下放到"五七"干校参加劳动，母亲起早摸黑为全家人的糊口而操劳，压根就没有那份悠闲的心境。

长大以后，随着改革开放的春风吹绿神州大地，党的阳光雨露温暖滋润了千千万万寻常百姓的心，我家经过勤劳致富也摘掉了穷帽。自然而然从此以后每当看到别人成群结队去放风筝的时候，自己情不自禁跃跃欲试：去买一个巨大的漂亮的风筝，选择一个有风的日子，放飞风筝满足一下童年的渴望。但念头只一闪，很快就被我打消，毕竟自己已长大并日益成熟。想到童年时父亲被困在"五七"干校，自由也受限制那种苦楚的滋味。我实在不忍心去操纵别人的命运，哪怕它是无思无想无生命的风筝。何况，当风筝失去风势时，在高高的天空上摔下那种难以言状的情景，令我难以接受。如果我放飞的风筝有朝一日真的因我而落个粉身碎骨的结局，我会终身感到遗憾的。因此，而今看到别人放风筝时，我只远远地看着。看着看着，心里竟不知不觉地涌出了几句这样的句子：

借风势升上蓝天，

却被风折磨得苦不堪言。

啊，谁叫你把命运托付了——

随时会断的纤绳？！

愿做绿叶

　　红花是光彩夺目的，在生命的长河里和神圣的事业中，能成为一朵灿烂的红花是令人自豪和骄傲的。但是，红化需要绿叶衬。能做一枚映衬红花的绿叶也是令人自慰的。我，不是不想做红花，而是甘愿做绿叶，映衬红花的灿烂与辉煌。

　　所在的钦州市中级人民法院的审判机关，代表人民行使审判权。审判工作是一项神圣的事业。穿着笔挺的法官服、头顶国徽、肩扛天平，端坐在审判席上审理案件，那威严的样子，的确令人羡慕。而我虽然已在法院工作了好几个春秋，从事的却都是行政工作或者法官培训教育工作，这些工作都是为审判工作服务的，工作的性质决懂了鲜花与掌声不属于自己，威严的审判台前见不到我的身影。但我无怨无悔，把青春与热血洒在平凡而光荣的岗位上。寒来暑往，几度春秋。每当我看到经过"业大"园丁辛苦培育的法官学员，领到了国家承认学历的烫金的大专毕业文凭，满怀喜悦与豪迈的心情，走上审判工作岗位；每当我看到"业大"培养出的法官学员，运用所学精湛的法律知识，驳倒貌似强大的诡辩，促使犯罪分子低下顽固的头颅；每当我看到"业大"培养出来的法官学员，因工作出色荣立三等功，带上鲜艳的红花或被提拔到领导岗位，等等，许多时候，我从心底里感到自慰与满足。

　　是的，茫茫宇宙，人世沧桑。生命对每个人来说都是十分珍贵的。珍惜生命，首先就要明了自己生命的意义，寻找出属于自己的真正的人生价值。只有"自重、自省、自警、自励"、才能保证在人生的道路上不迷失方向。只有树立全心全意为人民服务的宗旨，敢于做人民的公仆，才会不至于为自己的职业而自暴自弃。所以，当我站在五尺讲台上，为法官学员讲授法律知识；当我在知识的海洋里遨游，吮吸知识的甘露时，我会感到海是那样辽阔，天空是那样蔚蓝与高远，一切都那样神奇美妙。

因此，我想说，能成为一朵灿烂夺目的红花是值得自豪与骄傲的，能做一枚映衬红花的绿叶也是值得欣赏的。为了点缀祖国的春天，我甘愿做一枚默默无闻默默奉献的绿叶。

星

今夜没有月,只有那璀璨璀璨的星。

许斌穿过热闹的街市,快步走上一条小径,微风习习,饱含着泥土芳香沁人肺腑,他不禁深深地吸了一口。哦,确比边土浓烈的硝烟气好闻哪。他感到很兴奋,白天热烈的气氛依然历历在目。

……身披战争的硝烟,怀盛对祖国的眷恋,面挂骄傲的微笑,在凯旋门前,许斌与战友们受到了热烈的欢迎;数不清的一束束鲜花,经久不息的暴风雨般的掌声,震耳欲聋的欢呼声,构成了一幅浓烈的如火如荼的音响画面。他透过夹道欢迎队伍。竭力寻找那张熟悉的温柔的脸;可是人太多了,可能么,当时,他的心忽然莫名其妙地涌起一丝淡淡的惆怅,不过很快就被热烈的气氛所淹没……

今夜,他草草地吃了些饭,洗过澡便匆匆出来了,身上穿着一件发黄的军装,他向来是不大修边幅的,她则说最喜欢这样!

他抬了抬头,蓝色的天幕上镶着几颗璀璨的星,正调皮地冲着他眨眼睛哩。但觉一股暖流悄悄地潜过他的心田。"啊——不见朗月,伴我夜行,只有星……"自然而然地又轻轻哼起那支他与她都喜欢的日本歌曲《星》。哦!整整四年的相爱,记不清,唱过多少遍啦。她的声音是那么甜美动听,每次他都感到如痴如醉。不知怎的她温柔的声音又在他耳边回荡,"待到凯旋时,我是花啊,你是蝶。"多么富于诗情的话语,使他青春的热血沸腾。而在边疆每每目睹可亲可爱的同胞兄弟姐妹惨遭越寇的杀害,他是何等的气愤,把满腔仇恨集中在枪口上,英勇杀敌,屡立战功……

奇怪的是最近三四个月他写给她的信一封一封如石沉大海，杳无音讯。尽管如此，他还是很放心。平时战友们偶尔开玩笑，"大嫂"变心啦，不要再单相思。他呢总是淡淡的一笑不以为然。我是理解她的，他常常这样认为。

　　好快！不知不觉便来到她的家。这是一间古朴的宿舍，原为一间旧仓库，她的父亲离休时，由组织上改建的。

　　一扇绿色的门，连接希望与梦想，曾使他心驰神往。然而此刻，举着的手迟迟不敢敲下，他借助门上的灯看到雅门上"囍"的金光，是那样温柔又那样刺眼。一副崭新的对联更像一把刀深深刺入他的心，"锦瑟声中鸾对舞，玉梅花际凤双飞"。

　　他，似乎一下明白：锦瑟不就是自己中学时的同学么，据悉数月前刚从劳改场出来；那么玉梅，他的玉梅究竟……啊！他要问个究竟，他要……

　　然而，良久，良久，夜，依然静悄悄……

　　凝重的呼吸渐趋平缓，"不！军人的心能装下祖国博大的爱，忌容不了儿女情长的缠绵"？实在不忍心惊扰那满星屋淡绿的幽梦。咬一咬牙，他依然转身而去。

　　"哟，这不是亚斌吗？"迎面是三四个人影，从声音可辨出，这是玉梅她妈亲切熟悉的声音，"瞧。听那嚓嚓有力的脚步声，我就知道是亚斌啦。"玉梅她妈妈挺得意地向身后说道。可以想象其身后一定是张伯——玉梅的爸爸。

　　"是我，伯母，是我……"许斌欲言又止不自然地应诺着，那略带沙哑的声音，与往时那雄壮有力的男中音相比简直判若两人。

　　"亚斌见到俺玉梅了吗？她说等会你若不来，她要去看你，向你道歉呢——很久没有写信给你了是吗？这丫头不大不小啦却整天忙七忙八地搞什么革……你可莫怪她啊！"老人说道，未容许斌作答，又说："哦，亚斌哪，这里还有一位玉梅哩，你说巧不巧？锦瑟还是你的同学呢。怎么，记不起来了？"

　　站在伯母身后的锦瑟上前与许斌紧紧握着手，他没有半点失落与困惑感。疑团早已烟飞云散，大家互相握手，相互致意。许斌看锦瑟眼里闪烁着，就像天幕上两颗璀璨的星星。爱情的力量多神妙哟。他想着。

"噢，大家还待在这里干啥，快进屋里坐坐。亚斌，俺玉梅天天盼着你回来呢。而且，这两个苦命的孩子能结成夫妻不易，应再庆贺庆贺哟。"老人提醒着，跟在后面的张伯微笑地赞许着。许斌知道老伯一向是严厉的。

"是的，玉梅姐天天盼着斌哥，但她确实太忙了，担任厂的团支书，整夜整天地忙着，不是带着青年搞创新，就是给后进者、失误者抑或生活有过失者送温暖，鼓励与支持他们重新做人。……玉梅姐的心肠的确太好了，为了解决我与锦瑟的婚事，她甚至让出了她的房子。"田玉梅由衷地赞叹着。

许斌不觉心头一热，既惭愧又激动。"总想玉梅理解自己，但自己理解玉梅实在不够。因为二三封信和一个相同名字差点造成误会，看，自己还是个军人。——千同姓万同名，上次牺牲的一位战友，不也叫许斌吗？理解呀理解，难怪战友们高呼理解万岁。归队时我一定将这些故事带回连队让战友们也听听。"许斌默想着，不觉又到了玉梅的家门。想到立即会见到自己日盼夜盼的玉梅，他心上装着的星，他的心情更是激动。

夜色更浓，春风轻拂，星星依然眨着眼睛，在那一瞬间许斌的心海蓦地升起那支《星》："明日谁步过，这星也带领！"

书，伴我成长

我喜欢看书是受父亲和哥哥的影响。

童年时，参加过"文革"串联的哥哥，不知从哪弄到一本脱了皮的书（长大之后才知书名叫《烈火金钢》），书中的英雄人物八路军排长史更新与日军的猪头小队长"肉搏"直看得我如痴如醉！从此自己幼小的心灵便爱上了书。小时候，家里很穷，一家六口，靠的是父亲当干部那点微薄的工资。但父亲对我所提出的购买书籍的要求，总是想方设法给予满足。此情此景，至今仍令我感动！或许是因为我爱逛书店，新书书店的两位阿姨，杨阿姨和凌阿姨，慢慢地注意到我，并知道我是谢叔的儿子。我父亲和他们的爱人都是老熟人，因此对我十分照顾，遇到好书籍来，总是不忘给我留几本，让我先睹为快！长大后，到外地读书，书店仍是一个好去处。由于自己的普通话很差，表达时十分生硬地说要"那本"！不过对书籍虔诚的神态，还是感染了书店的营业员，赢得他们的关照！寒窗数年，未曾多买一件衣物，书籍倒是拥有了沉甸甸的几箱，毕业时托运弄得气喘吁吁的，不过心里却有一种充盈的感觉。因为，书，给予了我很多很多，使我从一个无知少年，成长成一名拥有一定文化知识的人民法官。岗位的光荣，责任的重大，使自己感到肩上的担子沉甸甸的。而且我将努力做到像珍惜自己生命那样珍惜自己的岗位。

书，看多了，感动多了，自觉不自觉地也学着拿起了笔，在洁白的稿纸上留下一行行歪歪扭扭的痕迹，那是对美好生活的渴求，那是心声的自然流露，情感的倾吐。对人生的生与死爱与恨的感悟。在许许多多文学前辈、老师及单位领导的关心帮助下，1995年初春我终于拥有了一本薄薄的由广西民族出版社、全区新华书店发行的散文诗集《轻轻地对你说》。这本属于自己的小册子，虽然在我拥有的二千多册、许多是大部头的树丛中，像一棵小草毫不显眼，但它毕竟属于自己心灵的结晶，因此我还是把它珍藏起来，并决心发奋学习，努力创作，争取在若干年后，再出一二本属于自己的著作。在人生的道路上，或许我失去了许多，但我决不后悔！因为我拥有一大批良师益友——书！

因此，我要说，书是我成长的伴侣！书使我忘却痛苦，书使我的人生更充实、更富于意义！

村边的龙眼树

　　一直以来我以为自己是属于滨城的，是在这座美丽的滨海城市长大的。未料到自己的根却在一个古朴的小山村里。那个名叫久果的小山村在巍峨挺拔的十万大山群山的环抱之中。当初父亲的父亲从福建迁徙而来，选中这个古朴的小山窝，是因为村前有条清澈透明的小河，河水清甜可口富含矿物质，口感很好丝毫不亚于厂家出品的矿泉水。有了这条河水，便可免了打井之苦，加上小河距村庄不到百米，担水很方便，夏日还可接纳许多喜欢戏水的光屁股的小顽童。更重要的是，村边的龙眼树或许得益于久果村肥沃的水土灌养，长势很旺郁郁葱葱充满生机。茂盛的枝叶浓绿得像一把撑开了的巨大绿伞。天气热的时候，有限的人们喜欢在树下乘凉，树纳着凉风阵阵，那清凉的感觉惬意迷人。而最惬意的季节应算成簇拥金黄的龙眼果成熟时，皮薄肉厚，甜似蜂蜜，吃上一颗足以令人陶醉一生。

　　树是村庄的旗帜，树是村庄的象征。老人们总喜欢这样那样说，而我想既然村庄离不开树，每一棵树便一定蕴含一个或轰烈或悲壮的故事。这样一想，我想到了村庄几位令人尊敬的长辈的故事。公祖——一位性格豁达，体魄强健，声音洪亮的热心肠老人。数十年前为了抗击企图强行入村烧杀掠夺的"黄大牛"土匪帮，率领村里强壮的青壮年组成自卫队与土匪展开了惊心动魄的生死搏斗，经过一天一夜的激战，迫使土匪撤退，保住了村里大大小小近百人的生命和财产的安全。此事经过了数十年，知情的人们常称赞道："公祖不屈强暴，率领人抗击匪帮，使村庄免遭屈辱，是久果村的一大骄傲。"多少年来村人的确引以为豪，并以先人为榜样。自觉协助当地政府维护社会秩序和治安，从未发生过一起刑事案件。村里的人梦想祥和与安宁，绝无干扰。亚妈——即父亲的母亲，是村里第一个起床，最后一个歇息的勤劳妇女，亚妈自从进了村庄，她的勤劳贤惠是村里人有口皆碑的。亚妈心地善良以助人为乐，遇上那家子有病有痛或夫人生小孩便会出现亚妈硬朗忙碌的身影。亚妈尤其爱树，无论是先辈或是他们这辈人种下的树，亚妈总帮着施肥、浇水、照料。还想方设法地用农药杀灭害虫。亚妈总爱说前人种树为后人乘凉。还极力主张村中的小孩子去念书。亚妈喜欢教小孩黄金不比黑金贵的道理。亚妈成了村里人尊敬的人。沉默寡言的父亲在评价他的母亲时是这样说的"如果树可以代表村庄，那么亚妈应该算是一棵树，而这棵树是受人爱戴的……"受人爱戴的还有六公。这是一位与我亚公同辈的老人，早年毕业于广东中山大学，是他带着我父亲参加山区革命的。父亲参加革命时才十六七岁，是一个真正的红小鬼。六公自己参加革命，还带领别人参加革命，这对于当时是一个书生的六公来说，是多么的不容易。六公为我父亲选择了一条充满阳光的革命道路，自己亦甘为孺子牛，几十年如一日默默奉献，为党工作。而今六公老了，退休了，身在异乡仍然惦记着故乡的发展。这几年久果村陆续有几个后生考上大学。我大学毕业后，经过基层锻炼，迈进了钦州市中级人民法院神圣的大门，穿上了笔直的法官服，为祖国的长治久安而努力工作，喜得六公吟诗作对曰："党的政策似阳光，阳光恩泽后来人。"

今年中秋节后，我陪同满头白发的父亲一起回到生养父亲及祖辈的村庄。父亲由于种种原因，参加革命后极少回故乡。应了那句古诗所云："少小离家老大回，乡音未改鬓毛衰。"父亲回到阔别几十年的山村，自然感慨万千。双脚总闲不住地走动，东张西望地看从中感受故乡的巨变。而且父亲的话题又涉及了树。"你们知道树为什么会向村子倾斜吗？"一日父亲指着一棵较老的树问我们，我们看着父亲，不解地摇了摇头，父亲极动感情地说："那是树在护我村哪！"树果真会守护村庄吗？我忽然又一次想到父亲对亚妈的评价，以前我不太懂父亲的话，现在我懂了：当人世间的风风雨雨袭来时，树，就像一把把撑开的绿伞，为守护村子顽强地与风暴搏击，颇有一种树在村庄在的精神，浩气长存。就像公祖、亚妈等祖辈，虽然他们已长眠在青山绿水之间，默默地守护着脚下这片可爱的土地。或许他们正牵挂着他们的子孙，用一种不泯的精神守护着古朴的小山村。

村边的龙眼树郁郁葱葱。树的根在村里，也在我们心中……

寂寞寒山寺

　　二年前，我从北海飞往上海，之后从上海乘旅游列车直达苏州，旅途虽有点累，但心情很愉快，因为第一次乘飞机，那种感觉很新奇。当飞机将要在上海机场降下时，从高空上往下看那高耸入云的楼房竟像个火柴盒似的，心里直惊叹自然的伟大与人的渺小。当夜下榻的苏州寒山饭店环境还不错，晚上早早休息岂料一同去学习的北海老乡睡觉时响声如雷，让我心中直叫苦不迭。睡不着，干脆半夜挑灯夜战，写了两篇散文，其一叫《飞行的历程》，其二是《凝视森林的火焰》属于象征性的有点诗味，有一段是这样写的："在寒冷无眠的冬夜，寂寞的寒山，孤独的灯影下，坐着同样孤独的我。或许注定，今夜苏州无梦，古老的寒山寺传来沉闷的钟声。钟声敲碎了宁静的夜。夜的碎片散落在我心灵的窗前。"其实，写这些文字的时候，只是我虚拟的想象罢了。那时，我还不知寒山寺在哪里，钟响是怎样的？根据资料介绍寒山寺位于苏州市阊门外的枫桥镇。始建于梁天监年间（502—519）现存的寺院为清末所建。寺内主要有藏经阁、钟楼、寒山、拾得塑像等。建寺初期寺名叫"科普明塔院"，唐朝寒山、拾得两高僧进驻寺院后，改名"寒山寺"。唐代诗人张继途经船舶枫桥镇，面对夜色中的寒山寺，他诗兴大发，挥笔写下了千古绝唱《枫桥夜泊》，诗以寺起，寺因诗传，诗韵钟声使寒山寺远近闻名，蜚声中外。正写着那位可爱的老乡醒了，问了一句，写东西吗？"嗯"我应了一声。随即老乡翻转身，只一瞬间雷声又响起，惨了。

　　次日便是投入了紧张的学习班学习，学习如此紧张，夜里却无法休息，来苏州之前听许多朋友介绍苏州是个人间天堂，尤其是寒山寺等苏州园林更是美不胜收。谁知到苏州后，因紧张及休息不好，我竟有度日如年的感觉，没有半点心思去欣赏。忽一日来了一名在南京进修医学的铁哥们儿，便与他结伴去看了苏州夜市，夜市很热闹，商品是琳琅满目，苏州城尤其繁华。从街市回来，打了个的，我向"的士"司机说明我们住在寒山饭店，车子便载着我们飞驰而去，约莫十分钟后，车在一片黑漆漆的地方停住了。司机说请下车吧，到了。我下车看了一下，不对吧，怎么多了个大门呢？我不解地问了司机，司机反问我们，不是要到寒山寺吗？

哦，眼前的大院里面竟然是寒山寺。但见一个高高的黑塔，尽管无星无月，但黑暗中仍透出一点淡淡的光，我在心里面叫道："佛光！"这时，司机催上车了。我有点舍不得离开寒山寺。回到寒山饭店一看计程表20元，比出去时还多了4元。司机说就收16块吧，我说算了横竖表打出20块了，就收20块吧，遂拉那位好友下车。好友说，你这么这样笨，他是敲你呢？我笑笑说算了。当夜回宿舍那位老乡还未睡，我那位好友很友好跟他吹了牛。然后大家睡了，然而我哪是睡呀，简直比熬夜还难受。次日早起床时，北海老乡外出散步了，我打趣地问好友，昨夜发现什么吗？那位好友眨了眨眼睛，一副不解的样子，没有哇，真教我气得七窍生烟。不过心底也暗暗佩服，学医的人真是好样的。

学习班结束的那天下午四点多我独自一人从寒山饭店沿着枫桥路慢慢走，凭着那夜"的士"走的感觉只花了十余分钟就来到了寒山寺。这时游人稀疏，古老的寒山寺显然过于冷寂，我真的有点不敢相信自己的眼睛，怎么街上游人如梭而作为千古名寺的寒山寺竟如此冷冷清清呢？眼前的寒山寺，夕阳下尽管辉煌，但没有游人的踪迹，也未听到其震撼人心的钟声，我不免有点失望。快步地走向售票处，我好想穿过朱红的大门走近寒山寺，听听它的心音呵。然而在售票处，肥胖的女服务员拿着我这张一百元的大票，左看右看，最后冷冷地说了一句，"没钱找"。我因此而被隔在寒山寺的大门外，无法接近寒山寺里的钟楼、藏经阁，更无法听一听那古老的钟声。我身上的确找不出半分零钱了。只有丧气地往回走了。离开寒山寺约几十米处，我不忍又一次回头，夕阳下的寒山寺，尽管辉煌，但我仍强烈感受到它的孤独寂寞。我忽然萌发了这样的疑问：古老文化与现代文明真是必须经过这样的寂寞，才不至于断层吗？如果古代的张继能超越历史的时空，不仅看到今日的这种情景，而且还遭受如此的礼遇，他笔下的枫桥夜泊又将是如何一种景况呢？或许这千古绝唱就会成为昙花一现或云梦一场吧？（只有天知！）想着走着，寒山饭店到了。来自全国各地的学子们兴高采烈，因为学习班结束，今夜加菜。而我一点胃口也没有。此后二年多时间里，我常想起夕阳中寂寞的寒山寺……

无锡有座"三国城"

　　1995 年 10 月秋风吹爽，笔者有幸到素有人间天堂的苏州城参加最高法院举办的一次培训班。会毕，来自全国各地的法官们结伴去无锡，参加中央电视台为拍摄三十八集电视剧《三国演义》而兴建的大型影视文化景区——"三国城"。

　　三国城位于葱茏苍翠的嶂山麓、烟波浩淼的太湖之滨，占地三十五公顷，城内建造了具有汉代风格建筑面积达八万多平方米的"吴王宫"、"甘露寺"、"曹营"、"吴营水寨"等几十个大型景点，场景壮阔，气势磅礴，将一千七百多年前群雄争霸的恢弘场面真实地再现在现代人的眼前。为丰富景区内容，三国城设立了"火烧赤壁"特技场，竞技场，九宫八卦阵，同时还开发了游客可以亲自参与的古战船游乐、草船借箭、跑马、甘露寺进香、"桃园三结义"、"汉代购物街市"等旅游活动项目。

　　我们进入三国城时，虽说时间还早，却已游人如梭。平时严肃得一丝不苟的法官们，入城后，纷纷被众多景点所吸引。我和小李还有四川来的小刘正在欣赏一些石雕古战马，忽然看到一所用高科技手段操纵的特技场面，只见火光冲天，又闻战马啸啸，场面甚是壮观，技术之先进，国内罕见，正在沉醉，忽闻前方一片锣鼓喧鸣，匆匆前往，原来是三国城艺术团（据悉是当地艺术学校师生）的演员们正在为游客表演大型节目——"刘备招亲"。"招亲"场面很豪华热烈，由 300 多名演员组成，服装五颜六色，令人眼花缭乱，刘备的扮演者显得英俊风流倜傥，新娘则年轻美貌。尽管是为游客演戏，每个演员都非常认真，无论是扮演卫队或迎宾和伴娘，都演得惟妙惟肖。我们步出"吴王宫"，走上"烽火台"，仿佛看见当年烽火台上烽烟四起，赤壁战场万马奔腾。小刘他们游兴颇浓，硬是把我拉入"九宫八卦阵"，这"九宫八卦"完全是按当年的战争局面，具体地说即按九宫八卦图阵设计，若进入阵中，无章法时则入得了阵，出不了阵，表面看似乎平淡，实则玄妙无穷，体现出"欲速不达"和"九九归真"的战略思想。坦途之时藏杀机，险恶之处反平安，在"九宫八卦"阵中最能体现出来，由此可见古代先人不仅有勇，而且有谋，智勇双全。我们在阵中，起初是"乱转"，渐渐用心体验，用脑分析，方略有所悟，逐渐有了信心，经过半天波折，总算走出阵外，心中自然很高兴……参观"三国城"，亦好像浏览一本古书在漫漫的历史长河中，得以浮想联翩，尽管时隔半年，心中常回味无穷。三国城集展现历史人文景观和旅游为一体，它带给我的回忆是美好的。我常想什么时候有机会我一定重游——三国城！

遥遥心路

上　篇

在似夏似秋令人心里有几分凉意，说不清，道不明的季节里，漫步在苍翠美如画的六峰山上，旖旎的风光无法引起我的兴趣，到是滴滴冷雨似乎不是滴在地板上，而是重重地敲在我的心坎上。曾几何时，因我的懦弱，我的自卑，失去了本应属于我的，比生命更可贵的东西。或许这便是命运之使然，大学时心仪了四年的女孩儿像燕子飞了，当我鼓起二十万分的勇气向她和盘托出，她闪动着带有泪光的秀眸，幽幽地说了那么一句"如果，生命可以分成两半，我真的愿意分一半给你"！一切已经不用言喻，充满血泪的心，只依稀记得一句"祝福你"！从此，荒原上只有我孤独的影子，我的心是怎样的苦啊！蓦然却没有归途。但我不愿沉沦。尽管，我始终无法摆脱令自己苦难的重重自卑。但我毕竟顽强地种下属于自己心灵的诗歌种子，并学着从缪斯女神那里获得一丝丝慰藉；得不到的，全写进了诗，这该算幸福，还算悲剧？

记得你说过自己是个爱幻想的女孩儿。我呢？又何尝不是？正是依靠着虚无缥缈的幻想，我活在自己的诗歌里。如果那是个王国——国王偏偏是自卑深重的自己。曾有幸读过一篇以凡·高为题材的文章。凡·高是个画坛巨人，却被人推进了精神病院。因为，说他是个疯子。结局是凡·高为了追寻落日，在黄昏，用手枪自杀了，结束了三十七岁辉煌的一生。一个巨星就这样陨落了。我背负着沉重的十字架，像个精神劳役，一个囚犯在空荡荡的监狱里，心底着实会很害怕！在春天，孤寂无助的我，却有幸遇上了你。你是一个属于诗的女孩儿，准确地说，你本身就是一首拨动人心的诗——善良青春稚气，你因可爱而美丽，因秀气而诗意。尤其是你那叫人心生爱怜的红毛衣，红衣少女，正是我梦中千百寻觅的知己。

上苍开恩，让我遇见了你，只是我仍然自卑，或许上苍注定要惩罚我，让我永远做一颗流浪的恒星。

上回旅行，我一生中第二个心仪的女孩儿也嫁人了，这也是一个心仪三四年的历程。尽管，从未表露。因我已"曾经沧海"，但我的心意她肯定领会。如果，她嫁个好丈夫，谁都会祝福她。偏偏娶她的是个又黑又矮又瘦比她低一截，而且一口烟雾满口脏话的像个猴子。看着她消瘦苍白无血色的脸和一副无可奈何的样子，天知道昨天是一个怎样的故事？旅途一个星期，我失眠一个星期。闭上眼睛似乎就看见如怨如艾的梅子。我的诗人气魄呢？我的勇敢胆识呢？失落痛苦之时梦中的你来到我身旁。红衣女孩印证了我今生的认定，我曾经发誓：用亿万财富做赌注爱你！你是个善良的女孩儿，说真的我从来也没有想过伤害你。

数年之间，我有几个亲朋好友，皆因车祸及其他意外事故，相继遗憾地永远离开人世，给我留下悲凉的记忆。不久以前，我一位兄弟的两个双胞妹妹，还未能多一天享受人生的乐趣，美丽的灵魂便升上了天国。那天与你在一起，你说你差点发生车祸。不知怎的，我竟糊里糊涂想牢牢抓住你。结果导致你慌乱而去。目送你匆匆离去的红色背影，我才清醒了过来，但一切都迟了。我已失去了倾慕的你，生命揭掉了生命的底色。我非常悔恨！这些天来我时时念着你的名字，你还年轻。今后的路还很长很长，只要你活得幸福快乐，请相信远方有一颗流浪的心会永远真诚地为你祝福……

下　篇

整个夏季，时风时雨，心绪因你而牵动，我可以忘记整个世界，唯独偏偏无法忘记你。但回忆只有徒然增加伤痛……今日偶读《羊城晚报》被一则消息所震惊《从桂冠诗人到杀人恶魔》中国十大先锋诗人之一的阿橹（鲁荣彬），用他那诗人"圣洁的手"杀害了无辜的四条人命，属于谋财害命，消息传出文坛一举震惊。从阿橹的身世来看他是个可怜的悲剧者，但沾着四条人命的血手再来广州某书店为购买他的诗集《雾的草原》、《墓地与摇篮》、《阿橹之死》的读者签名，这本身就是一出闹剧。也许阿橹高估了自己，满以为破案是下个世纪的事。你崇拜诗人但无论什么时候请你不要忘记，诗人并非圣人，诗人也是社会上的一分子，诗人也有喜怒哀乐，诗人的生命历程也充满风风雨雨，诗人的道路也会泥泞崎岖。如果有朝一日诗人因一念之差或一失足成千古恨，他也会沦为阶下囚，成为人民的罪人。我这样说，并不是为诗人辩护。实际上诗人拥有什么呢？只是徒有一顶虚缈的桂冠而已。阿橹自暴自弃，制造血案，酿造悲剧，这本身说明人性的弱点，贪图、虚荣或其他什么东西。

　　人往往是非常奇怪的东西。虽然我每月祈求你的原谅。却千万次在心底希望得到你的原谅。未见到你之前，我就千万次构架了你的形象。知道吗？你的形象在我的诗中是这样的：手托香腮，温柔微笑，世界因此诗意得灿烂明媚。红红的曙色中，你传递着春天醉人的气息。哦，红衣女孩儿，当世界沉淀翠绿，你选择了红作为生命的底色。我倾慕你，血红的曙色中，有我对你红红的相思……诗写好后，我一直想献给你看。那天见到你时，我也带在身上，却不知怎的，就是拿不出来给你，而今你还会再看一眼吗？

　　还有我要送你的那本诗集，因你生气而遗留在凳子上，从此这本写着"祝福你——红衣女孩儿"的诗集少了一双秀气的双眸的注视，心中啊，有千般绞痛与万般的失落，只怪自己不会好好珍惜！

　　醉后方知酒浓，失去了方知珍重。如果上苍允许我再度留住你红色的背影，那么我真的甘愿受尽人生一切苦难了！真的！

　　寂寞的夜晚，淡淡的灯台下，我孑然一身用心灵的微波来呼唤你。可是你现在到底在哪里？我后悔最初为什么不向你要个地址，让我放飞思念，有个去处？但是我心里想若你还在生我的气，那么可爱的使者的结局会落个粉身碎骨——尽管你是个善良的女孩子，谁叫我伤害了你！而今唯一安慰自己的是拿出你的三封来信，一个字一个字地念，一个字一个字地记，追忆已逝的往昔，想你的音容想你的笑貌，不以物喜，唯以己悲。

我已决定放弃我追求多年的缪斯。

记得你问我："你写的诗是真的吗？"

当时我无从对答，现在我想告诉你，那一切只是雾里看花，水中望月之虚拟。我实际上骗了自己。当然，我希望、希望那是真的。诗中的那个女孩儿是真的。但她目前真的还不知在谁家的香闺里。以前我实际上是活在自己虚构的故事天地里。这本身就令人啼笑皆非。有朋友说，我这个人有时真的不可理喻！噢，谁叫我想当诗人呢？！

诗人的生活，浪漫洒脱富于色彩富于传奇，其实与我相距十万八千里。

我只是普通的生活在芸芸众生中的一滴不起眼的水珠。无意中曾能引起你的注视，我真的要好好感激上苍的恩赐，可是我为什么不会好好珍惜？

有时，我扪心自问，活在世上，除了会写几首歪诗，我得到什么？又失去了些什么呢？直面自己，我发现自己是多么虚弱，多么可怜及可悲？

生活中自己是个彻底的失败者。一点也不曾拥有，通通都是失去——包括你！

可是内心的虚荣，使我常常不敢直面人生，正视自己。

诗远离了我。你离开了我。今后我的道路如何走？我该如何在孤寂的人生之旅如流浪的恒星在天际流浪？我问今夜的清风，问今夜的雨滴？——风雨不语！

访诗人丁辉

　　2002 年 7 月低至 8 月初，我有幸作为市"三代"办赴北京、天津学习参观团的一员，去学习参观全国农村"三个代表"重要思想学教活动的先进集体北京韩村河村和天津的王兰庄。由于时间很紧，待参观完之后，距返程最后期限已不足一天了。我抱着试一试看的心情，拨通了诗人丁辉的电话。在电话那头，诗人丁辉盛情邀请我到他家做客，并详细地说明了乘车路线。盛情难却，我欣然答应前往。于是，我向领队的市委何敏成副秘书长告了假，何副秘书长听说我去拜访大名鼎鼎的诗人丁辉，便叫我带上参观团从钦州带来的黄瓜皮、茶叶等一些土特产。叫我心里十分感激。我信奉君子之交淡如水之理。与丁辉先生算是神交多年的笔友了。1994 年刚开始双休时，我利用双休日为《沿海侨报》编辑故乡月副刊，从一大堆的来稿中，我发现了来自北京国防大学丁辉先生的大作，由于这份编辑与作者的缘分，与丁辉先生的神交就这样开始了。我还探听到丁先生是国防大学某大队的政委，对人热情好客，他是浦北人，凡是广西去北京拜访他的人，丁先生都会热情地招呼。这样对丁辉先生的人品，便多了一分了解。

　　按丁先生的路线指引。我乘上 2 路通往国防大学的公共汽车。国防大学在北京算是偏僻了，是 2 路车的终点站，8 月的北京气温炎热，我浑身大汗，但想不到很快就会见到我所尊敬的大诗人，心情依然十分舒畅。终于，在中国人民解放军的最高学府国防大学的神圣大门前，我见到神交 8 年多的诗人丁辉，中等身材，一双剑眉下，慈祥的脸庞掩饰不了从军多年的勃勃英姿。我叫了一声："丁教授！"两双手紧紧地握在了一起。在丁先生的带引下，我来到丁先生的家，这是一套年供师级干部居住的房屋，三房一厅，客厅里显著的位置上挂着一幅风景画，蓝天、白云、大海、椰树构成这幅明显带有南国风味的风景画。画的旁边有一副书法："文章千古在，仕途一时荣。"这是丁先生的诗句，一位部队的书法家抄录然后送给丁先生的。足可见证丁先生对艺术的挚爱和追求。丁先生已从领导岗位上退下来几年了，退下来之后对文学艺术进行了孜孜不倦的追求，他是广西区作家协会会员，中国老摄影家协会会员，主要作品有诗集《昨日风采》、《今日情操》、《明日展望》三部曲，他的摄影作品功底深厚，艺术底蕴十分丰富，不少作品入选诸多国家级摄影作品展并收入摄影作品集。丁先生温文尔雅，待人和善，很好客，遇到来北京找他的老乡从来没有半点推辞。对妻子、儿女，丁先生也厚爱有加。他的大女儿，现已是博士研究生。在他的客厅里，丁先生给我讲了一个故事，那是关于他女儿的故事。其女儿一岁半时，他的妻子带她到团部队去探望丁辉，不巧丁先生下基层连队去检查工作了。其女儿不幸患急病，发高烧 40℃，说来也怪，或许是父女连心吧，丁先生在其女病重时，坐卧不安，于是连夜从十几公里的连队连夜步行回来，及时将女儿送到部队医院急救，这才捡回女儿一条命。我为丁先生的那种厚重的父爱所感动。《给女儿》一诗是丁先生在其女儿经历那次劫难之后，数十年后用心写出来的。我在《沿海侨报》隆重推出来，几乎是一字未改，洋洋洒洒数十行的诗能以大篇幅在一家向海内外公开发行的侨报上发出来，因为诗人的诗是用心写的，他打动了报社老总，打动了广大读者，更打动了我。听罢丁先生所讲他与他女儿的故事，我对丁先生更多了一分理解和尊敬。傍晚，丁先生的夫人亲自下厨做了不少可口的北京菜来招待我。丁先生拿出了平时舍不得喝的茅台与我畅饮，那天晚上，真是令人感动啊。我差一点喝醉了，丁先生老两口将我送上公共汽车，汽车远了、更远了，丁先生还在挥手并目送我。丁先生的身后，远远的天际，瑰丽的晚霞正灿烂和燃烧着，好一幅美丽的夕阳图啊！

过把编辑瘾

　　那是几年前的事了。那时刚刚实行双休，人们从繁忙的工作中挣脱出来，休闲自在，充分享受休息的权利。于是"八仙过海，各显神通。"有的结伴去钓鱼，有的去踏青，有的砌"长城"（搓麻将），有的比赛"拖拉机"（打扑克）。我没有这方面的特长，只有继续在那孤独的灯影下"爬格子"。

　　忽一日，一位文友给我来电，称广西钦州《沿海侨报》（系一份国内外公开发行的周报）余姚人帮编副刊，问我愿不愿意干？我竟然毫不假思索地答应了。敲好我刚从武汉参加一个全国性的笔会，解释了一批热爱缪斯的青年朋友，为保证稿源，我立即向全国各地的朋友发函约稿。编辑部为方便我联系工作，特意为我赶制二盒名片。从此，不仅本人多了一个称谓，也"庄严"宣告"编辑"生涯的开始。很快，吉林一位自称北国冰凌花的女孩儿吴永灵寄来了一叠笑话稿，湖南的刘丹宁寄来了诗歌，深圳的谢晨寄来了小说，我不用愁"稿荒"了。

　　于是，当双休日别人去"潇洒"时，我独自静悄悄地坐在编辑部里专心致志地修改、润色稿子。稿子要具备知识性、趣味性、可读性，保证"有看头"，受读者喜欢，这是编辑须下苦功努力做到的。有时为了提高报纸知名度，还要讲究一定的"名人"效应。于是，我发函向全国著名的诗人李发模，广西著名诗人何津，作家田景丰，四川诗人赵雪梅，北京国防大学丁辉教授等约稿。不久，发模兄寄来组诗《邀饮》，何津老师寄来《心海升起的太阳》，景丰兄寄来一组散文，雪梅和丁教授分别寄来佳作。我心里十分高兴，在征得老总同意的情况下，每一名作家的佳作同时配发一篇评论，丁教授的作品有河北作家马树芳撰写，其余均由本人撰写。为体现本报充分尊重作家的劳动和慎重起见，发表前均将评论寄去请他们批评指正。在发模兄受到评论时，我与这位全国著名的诗人通电话，他很谦虚，表示评论《与酒无关》写得不错，他很喜欢，并热烈邀请我到贵州做客，我心里十分激动。何津老师接到评论后，传呼我指出评论中关于他荣获的并不是广西铜鼓奖而是壮族文学奖，避免了失实。而景丰兄则热情洋溢地来信鼓励说"故乡月"副刊，办得很有特色，报纸能用四大开的整版刊登纯文学作品显得大气。排版亦十分讲究，所以是成功的。我及编辑部的同人均深受鼓舞。以后每一期副刊我在版面设计时都努力做到"新、奇、特"办出特色。

此时，应钦州师范专科学校文学社的邀请，我以副刊编辑的身份与文学社的同学们见了一面。我做了题为"用眼睛去观察，用心灵去体验——艺术的感悟来源于自然与生命"的文学讲座，那晚天气酷冷，但一百多人的教室座无虚席令人感动。我同时深深感受到文学事业的兴旺发达，后继有人。之后我选发了文学社增娜菲、龙起珠、林瑶、叶翠、莫冬梅等同学的稿子。从此之后，师专的稿子如雪花般飘来。在我担任副刊编辑一年多时间里，这支文学生力军一直成为支持报纸的重要力量。我大约发了三十余名同学的作品，他们之中如增娜菲等人进步神速，加入了广西钦州市作家协会，并在《钦州日报》发了专版作品，成为钦州文坛上的"新星"。

和众多编辑一样，看到新人成长是值得高兴的事。因为培育、发现、扶持新人是编辑的又一神圣使命，至此，我才真正体会到编辑是无名英雄。默默无闻地为他人作嫁衣的真正含义。体会到做一个编辑的甘甜苦辣，编辑一辈子扶持了无数新人，但往往会牺牲自己……

一年后，广西钦州市中级人民法院党组织将我提拔为该院中层干部，工作忙自然担子也重了。为了无愧于"编辑"的称号，对得起读者。我只好忍痛放弃这份我们热爱的业余的"编辑"工作，但不管怎样，我常常有一种自豪感，毕竟我曾经做过"编辑"，过足了一把"编辑"瘾。

红五月的祝福

　　走进红五月，一如走进玫瑰般炽烈的季节，阳光是灿烂且热烈的，红五月的风鼓满了心域涨潮的帆。人世间的一切是那么幸福美好，令人忘却曾经的痛苦与失落。在红五月风甚至都是多情且善解人意的，雨则弥漫着温馨与甜蜜。

　　在充满生命意义的红五月，我终于接到远方一位几近不惑之年的友人的报喜，并应他的玫瑰之约，走进他充满诗情画意的结婚礼堂，于是有幸看到，当他挽着其美丽温柔贤淑的妻子缓缓地走进婚姻礼堂，全场响起热烈的经久不息的掌声。这时，白发苍苍的母亲情不自禁地掉泪了。这是幸福之泪！自豪之泪！喜悦之泪啊！因为这位母亲的儿子不再是长空里孤独的大雁，也不再是大海里漂泊的红帆，他终于找到了属于自己生命里温馨宁静的港湾。

　　鲜红鲜红的玫瑰捧出来了，它代表着全体人们对这对新人爱情生命的美好祝福，醇香醇香的美酒捧出来了，人们盛着美酒频频举杯为新人祝福，同时也分享着他们的幸福与欢乐！

　　我呢，由于不断地为新人鼓掌，连手都拍疼了，但为友人祝福，我忘却了自己曾经的伤痛，心底亦潜过了一缕缕幸福的暖流，于是我悄悄地离开了礼堂，我好想把自己的感受告诉朋友们：当我们拥有了幸福与快乐，就应该好好去珍惜啊！

怀念父亲

又是一年一度的清明节，站在父亲的墓前，青青的坟草又勾起我对父亲无限深情的回忆……

从小我就是父亲最疼爱的儿子，或许是自己有几分小聪明的缘故吧。当然，我知道父亲疼爱自己的孩子，是不需要有太多的理由的。很小的时候，父亲就教会了我五个字：毛主席万岁！父亲对党是怀有很深的感情的。父亲走了上革命道路，全靠党的指引。父亲15岁的时候，上山参加了游击队，在当时被人们称作"红小鬼"，在不少战斗中，父亲都变得很勇敢。像父亲那样的资历要当个带长的干部是够资格的。但生性正直的父亲却选择了学农，组织上满足了他的愿望，新中国成立初期便选派他到广州一家农学院深造，学得了一二门农技。可以说父亲对农技十分喜欢的，对农民群众也有着深厚的感情。从我懂事的时候起，就知道父亲在农村与许多农民群众交成朋友。东兴楠木山的"英明伯"等农民群众，一有空就到县城找父亲咨询农事。每月领微薄工资，极少喝酒的父亲，一看到有农民朋友来找他，便高兴得像个孩子，乐呵呵地炒上几道菜，还特意买酒来招待乡下来的客人。父亲做菜色、香、味俱全，绝不比大酒家的厨师逊色。但我敬重的还是父亲的为人：正直、老实、无私，待人一副热心肠。就我所知道的就有许多农民群众得到父亲的救助。比如上述所提到的"英明伯"，一次其子不幸得了肺炎，危在旦夕，父亲二话不说，掏出身上仅有的30块钱，交给"英明伯"做医疗费，救了"英明伯"儿子一命。使"英明伯"一家十分感激。

在"文化大革命"那场浩劫中，父亲不幸被"造反派"当作牛鬼蛇神，放到"五七"干校去接受改造，"五七"干校是一个距县城十多公里的地方，父亲到那里去改造，主要任务是放牛和挑粪水淋菜。有一次突然来了暴风雨，父亲为了不让牛被淋湿，竟在风雨中奔跑了几小时，结果患了重感冒，一下子就病倒了。那天，我到东兴县人民医院看望父亲，一看到父亲瘦得皮包骨一副弱不禁风的样子，我难过得一下就掉下了眼泪，父亲笑笑地对我说："傻孩子，不要哭，男儿有泪不轻弹嘛。"

有一年，我参加了全县青年书法比赛，获得一等奖，父亲听了很高兴，但紧接着父亲就勉励我说："一个成功的人要坚持做到，得意不忘形，失意不失志。"

我把父亲的话放在了心上。可以说，这么多年，我都是父亲看着一步一步成长的，当我取得成绩，父亲总给予客观评价；当我遇到挫折，父亲总是予以亲切鼓励……

然而，无情的病魔过早地夺去了父亲的生命。我敬爱的父亲已离开人世近三年了，父亲的离去是我一生的痛，失去父亲的最初那段日子，我的内心是非常痛苦的，但我坚强地挺了过来。

而今，站在父亲墓前，青青的坟草在春风的吹拂下呼呼作响，风儿啊，请你给我的父亲托句话：父亲，你安息吧，你的儿子一定不会辜负你的期望！不会辜负这大好的春光！

龙年主题：孝敬父母

一年一度的春节又到了。我怀着喜悦的心情回到父母的身边，享受人间天伦之乐。

父母看到我高兴得合不拢嘴。我拿出姐姐给父母的礼物——新衣裳，并送上儿女对父母的一点点孝心：两个大红包。年过古稀的父母，竟高兴得像小孩儿一样乐。

大年三十，全家老小吃上一餐团圆饭，我吃得特别开心，毕竟这顿团圆饭是我亲自主理的，父母连声称赞说味道好。从那一刻起，我拿定主意，今年过年哪儿也不去，做一次乖乖仔，当一回"伙头军"尽儿子的一份爱心，来孝敬父母。

于是，整个春节假期，我杀鸡宰鸭，忙得不亦乐乎，为了家人吃得开心，我使尽从书本学来的烹调手艺，不断翻新变换着花样，昨日清蒸，今日红烧，明日白切鸡、"梧州鸭"。那味用猪脚做成的"狗肉"竟达到以假乱真的水平。父亲满意地看着我说，"咱们的三儿进步了"！面对你的夸奖，我有点不好意思地说："爸爸您过奖了。"

确确实实，我在钦州工作，虽说距家乡不算远，但由于工作等关系，回家孝敬父母的机会极少。父母双亲均已年届古稀，还要照顾我大哥仅一周岁的孙子，十分辛苦。而我仅仅是为了父母尽了一点孝心，父母便心满意足，其乐融融。相比之下，我觉得十分惭愧。正是这时，电视里传出了那首令人亲切熟悉的歌《常回家看看》"……父母不图儿女为家做多大贡献，一辈子不容易呀，就奔个团团圆圆……"时，为了不负父母的养育之恩，龙年主题：孝敬父母，我一定常回家看看！

门前的礼查树

　　我的家乡是十万大山的边陲小镇——东兴。东兴与越南芒街仅一河之隔，中越两国人民的友谊就像清亮亮的北仑河水那样源远流长，有着山连山水连水心连心的血肉关系。

　　然而，历史总是曲折地发展，24年前越南当局在中越边境上挑起事端，点燃了战火。中国人民在忍无可忍的情况下，奋起自卫还击，捍卫了国家和民族的尊严。由于发生战争，东兴县直机关整体迁到防城。临别故土之时，我的父亲从家里后院中挖出一棵幼小的礼查树带上。礼查是越南语译音，大致意思是一种又酸又甜的果子吧。当时由于年幼，我对父亲干吗老远从边境取回一棵小树的举动表示不解，而父亲对此也未多做解释。日子就这样清清淡淡地过去了。一转眼过去20多年。父亲亲手在防城单位宿舍门前种下的这株礼查树已长成参天大树，枝繁叶茂就像一把巨大的绿伞，为我家及邻居遮风挡雨，那浓浓的绿荫为我家和过往人们送来阵阵凉意。每到夏天，礼查树上的果子便熟了，果子像苦楝树所结的果子那般大，红彤彤的叫人垂涎。邻舍家里的孩子来摘果子，父亲从未干涉过，有时还站在一旁笑眯眯地看邻家的孩子摘下果子贪婪地津津有味地吃着。父亲还多次叮嘱家里人不要摘果卖，说："这是象征中越两国人民友谊的果子，不妨让更多的人来品尝。"听到父亲这么说，我原来心中的疑团一下子就揭开了，心里顿时对父亲多了几分敬佩。边境和平后，父亲又回东兴居住。3年前，父亲不幸患了重病，我把父亲从东兴接回防城来。父亲那天就坐在他亲手所种的礼查树下乘凉，看上去心情很好。但我内心痛楚地知道，父亲活在世上的日子不多了。父亲当时还盘算着，等病好了，在宿舍侧边开个菜园种点菜，为家里提供一点绿色食品，为母亲也分点忧。我的心感动得流血，父亲啊父亲，你一个临终的人了，还惦记着如何为母亲分忧！80天后，因病情恶化，医治无效，父亲在医院里合上了他慈祥的眼睛。目睹父亲就这样走了，我忍不住痛哭失声……接下的日子，我将泪水强吞进心底，料理好父亲的后事，安慰照顾好母亲，然后匆匆赶赴南宁参加西南政法大学研究生班第一学期的考试。怀着对父亲的思念，我拼命似的迎战，三门功课硬是给我拿下来，至今我已通过了全部考试。我想父亲若泉下有知也会安慰的……

说来也怪，父亲走后的次年夏天，礼查树结的果子很稀少，叶也落得厉害。礼查树哇莫非你也通人性，也懂得为主人的离去而悲伤？

父亲走后的日子，母亲常常对着礼查树垂泪。原本身体还算硬朗的母亲一下衰老了许多。毕竟是相濡以沫了几十年的夫妻啊，睹物思人，怎教母亲不伤心落泪？！

转眼便到今年"五一"节。由于工作缠身，尽管母亲很想我回去，但我只有电话告知哥哥让他转告母亲。要迟些日子才回去。不料忽然接到家里人电话，告知单位的人说，爱卫会有通知，认为礼查树影响环境，要砍掉！我一听这还得了，便向领导告假赶了回去。待我赶回去时，发现礼查树浓浓的叶子变得光秃秃了。一群民工围着树，正欲挥动斧头砍树干。我说："你们住手。你们知道吗，这是我父亲亲手种的，不仅象征着中越两国人民的友谊，还为当地群众遮阴，你们就这样忍心？！"民工解释这是爱卫会的文件通知的，通知曰："请于6月1日前拆除院子周围乱搭的棚子。"压根就没有半句要砍树的字眼，我顿时怒火中烧，难道这就是他们砍树的理由和依据吗？我说："我要去法庭告你们。"对方见我十分气愤，连忙说："树可以不砍，但要注意搞好清洁卫生。"难道砍掉一棵树就能搞好清洁卫生？我不知世上还有这样的歪理。看着家门口这棵光秃秃的礼查树，我心里很不好受。在一些人看来，路边的一棵树太普通了，可一棵树也有其生命的意义，也有它展现的价值啊，没有半点理由就要剥夺它这些权利岂不让人气愤和不解。身为法官，我同时感到普法的艰辛。

啊，礼查树又酸又甜的礼查树成了我梦中的隐痛？！

缘

　　五年前的夏天，我与一位挚友结伴游黄山。在巍峨挺拔且险峻的天都峰上，百分之九十九的游客都是从后山搭缆车至后山顶再爬上来慢慢从前山下去。我与那位兄弟因没有导游图，又急于匆匆上山，所以不择路线硬从前山上去了，待发现前山下来是那样轻松自如时后悔莫及。正在此时，突然发现前山还走着一对年轻的情侣，男的英俊潇洒，女的美若天仙，在我们前面艰难地走着。或许是由于受他俩的感染与鼓舞，我与同伴暗中与他俩展开了比赛，终于爬上了山顶。

　　三天后在南京火车站，在人丛中又遇上了那对情侣，显然他俩也认出了我，于是打招呼之后，我们便聊起来，年轻的小伙姓杨，来自浙江温州，那位美丽秀气的女孩儿是他的女友。那天在黄山，起初杨先生的女友是提出不登天都峰，后经不住杨先生的劝说，或许是爱情的力量起作用，杨先生与其女友展开了登山比赛，后来我们又与他俩展开了比赛。杨生风趣地说，他与女友有点害怕我们，因为我与同伴的头发都很长，谁想到一位是法官一位是医生，一个是医人一个是医病的呢。说得我们都大笑起来。之后我们互相留下通信地址，依依不舍地道别。返钦州后，我把那段经历写成一篇散文，寄了一份给杨先生，杨先生回信说我写得那么动听，会把人们都哄上天都峰去呢？哦，是缘，使我们相识，又把我们的心牵引在一起。虽然至今我们尚未有机会到浙江温州，也不知杨先生与其女友是否结成佳偶，但我在远方常常思念他们，祝福他们。

　　我相信缘，常常感到上苍在冥冥中会将众生用缘分牵挂在一起。

　　我相信缘，而且还相信随缘而安，福在心中。

平凡的夕阳

二叔是在落日黄昏时离别人世的。

二叔出生在山清水秀的广西防城区大菉镇久果村。这是一个群山环抱的小山村。二叔年轻时读书非常聪明，写字工整有力，作文优秀常常在班上宣读，凭着聪明才智二叔考上了那良中学（初中），在村里算是为数不多的"小状元"。想不到厄运悄悄降临，二叔有一次在往返学校数十公里之后打了一场篮球赛，在大汗淋漓的情况下，跳到冰凉的山溪水里，由于一冷一热相斥的缘故，二叔大病了一场，由于家中贫寒无法及时治疗，从此瘫痪在床上，一躺就是四十一个春秋。

由于这个缘故二叔一生没有谈过恋爱，没有生儿育女享受人生的天伦之乐。作为侄儿我无法懂得二叔的痛苦有多深，遗憾有多大？只知道，二叔并没有对生活丧失信心，他顽强地凭借坚强的意志与毅力，就这样默默生活着，用一双巧手编织无数款式漂亮的竹制品出售，解决了家庭的负担。为了战胜病魔和痛苦，二叔还自学了中医学，经过数十年的摸索和实践，终于成为一个比较有名气的中医，多次为本村及外地的父老乡亲，医治了不少疑难杂症，赢得了乡亲们的敬佩。由于他有一定的学识，人缘也很好，待人一副热心肠，本村的乡亲有难，他都热心地从道义乃至物资上给予大力支援。所以，乡亲们都喜欢听他的，都喜欢按他的主意办事，几十年来，左邻右舍的父老乡亲，有事都喜欢同他商量，二叔赢得了乡亲们的普遍尊敬。几天前，二叔还与乡亲们计划准备修一个水塔，解决村里的自来水用水困难。谁料到……十二月一日上午9点30分，我与哥哥回到久别的久果村，见到被病魔折磨得面无血色的二叔，显然二叔正与病魔顽强斗争，经历着一场生与死的考验，由于病痛得太厉害，他不得不吞服退热散，借药中的吗啡来麻醉自己脆弱的神经，见到二叔如此痛苦我难过得直想掉眼泪。

下午，我风尘仆仆地赶回钦州想请一位大夫为二叔诊治，刚抵钦州十余分钟我便接到二叔已于太阳下山的时候离开人间的噩耗，一抹平凡的小小的夕阳——我敬爱的二叔谢绍熊就这样沉沉地归去……

二叔啊敬爱的二叔，纵然侄儿千呼万唤又怎能挽回您，落日已归去，一切只留在侄儿的记忆里。二叔，我知道您是带着未竟之志而遗憾地离开人世的。但是，请您放心地去吧，家乡的明天一定会更好。

落日下去了，明天还会有一轮新的太阳。

二叔，您安息吧！

伤逝已如梦

在心情忧郁的夏季，忽一日被友人拉出去散心。男人相聚，难免要喝上几杯。于是就不停地劝酒，不停地喝酒。由于心力交瘁，不胜酒力，很快就不知不觉地酩酊大醉，终于悲壮地被友人挽回宿舍，在一片浓浓的酒意中沉沉地睡去。午夜时分，你突然打来传呼，幽幽地说，无法接受这样的现实，一切，就当是一场梦吧！此时的我刚刚酒醒，听你的声音柔柔的有若游丝，一激灵，心灵好似夏雨过滤了一样清醒，只好不无遗憾地答道，那就当场梦。或许你心里比我更明白：一旦梦醒了一切将不再拥有？

我知道，你指的所谓现实，就是我昨天受过伤后的心灵遗下的创痛（时常隐隐作痛）。而当时的你则十分洒脱地对我道，什么都不用说，好吗？于是我就没有解释，也没有说，我相信缘分，相信随缘而安。记得古人曾慨叹，"曾经沧海难为水，除却巫山不是云"。我以为只有曾经沧海的人，才会真正明了生活之艰辛，幸福之珍贵，情义之无价。然后，除却巫山，何处寻找彩霞之云？！记得你柔声地对我说："为我写篇散文好吗？"或许你知道我是写散文诗出身的，而散文诗篇的确都很优雅，很美丽动人，尽管自己才疏学浅，但直面你柔声的请求，注视你水汪汪的一双大眼睛，我能不答应你的要求吗？谁料到柔情似水，佳期如梦，却寻不到你的踪迹。离别了你，伊人何方？心徒添了几分惆怅与失落。于是，每每跻身于茫茫人海，只希望看到你温柔熟悉的笑脸；每每经过绿色的门前，总强烈地渴盼会出现你的倩影。然而，除却夏季炎热的风，除却夏日冷冰冰的雨，心灵已长满了芨芨野草。人们曾说，不改初衷的人，是最幸福的人。对于缪斯我苦苦追求了十多年，丝毫没有半点改变。扪心自问，我幸福吗？回答是否定的。多年以来，也许我失去的要比得到的多得多（包括你）。孤独与寂寞常伴着我，困惑着我，每每回到独居的三房一厅，宽敞但不明亮的住所除了两个大书柜的千册藏书（其中二本属于个人专著）我还拥有什么呢？当夜幕降临，倒是鼠们吱吱地出来捣乱了，此时便会令人产生这样的感觉，与鼠同住，与鼠同舞，悲乎？于是内心楚楚戚戚地想着下雨。常言道，男人有泪不轻弹，为了不辱男人的称号，我只好将泪水强吞进心底，这是一个不太成熟的男儿在黄昏乃至夜幕降临时的心态。而每当旭日初升，直面霞光万道，人前人后，我依然笑得灿烂。其实我并不是想掩饰什么，也并不在乎失去什么。可以自慰的是，人性本身善良的，因此人的心灵是共通的。尽管每人都有自己难念的经，每人的处世态度不同，生活经历不同，所遭遇的酸甜苦辣不同，毕竟我们还是顽强地生活着，幸福地活着，爱着别人或被别人爱着。因此，不管生活是如何艰难曲折，前进的路上是怎样崎岖泥泞，毕竟我们有支撑着蓝天的不眠信念，更有不折不挠的精神。只要我们堂堂正正做人，公公道道办事，就可以无愧苍天无愧大地，无愧于人，无愧于心，就可以洒洒脱脱地生活（哪怕是十分清贫地生活着）。于是我恢复了往日的勇气与自信，在知识的海洋里遨游，在自己平凡又伟大的岗位上拼搏，努力工作发一分光添一分热。

　　既然伤逝如梦，何必再彷徨忧伤。哦，放眼四方，遍地洒满灿烂的阳光！

116

第三辑 | 文学评论

　　人间百态，喜怒哀乐。哭与笑的确太平常了，不少做父母的不仅不会去注意，而且还会产生厌倦之心呢。而蔡旭同志恰相反，他以锐利的观察力，透过这一哭一笑，成功地捕捉到这组感人至深的散曲，在这组不足五百字的散文诗里……

"南国特笔"在策划中诗意行走

——何石印象

何石，原名何建明，也用笔名少石、老可。汉族，大学文化，湖南新宁人，作家、著名策划家、文化工作者。中国报告文学创作会会员、中国作家协会湖南省分会会员、中国曲艺家协会湖南省分会会员、湖南省县域经济研究会副秘书长、湖湘文化研究会副秘书长、湖南省政协理论研究会会员，《年轻人》杂志月末版执行主编、《湖南政协》杂志编辑部主任，先后在广西人民出版社、接力出版社、《广西日报》、《广西文学》、《作家》、《三月三》、《盾》、《北部湾文学》、《知音》、《家庭》、《黄金时代》等发表各类文学作品 100 多万字。出版个人专著三部，代表作有：社会纪实集《极目南国》，长篇纪实《闯入深圳的娘们》，策划文集《决策传媒》，中篇小说《毒线 VCH》、《第二道战壕》，短篇小说《小渡风流》、《山那边的那边》、《大山的儿子》等。主持策划了"首届深圳文博会"、"健康中国万里行"、"鹤舞爱心——十万儿童助残扶困共平安"、"明天会更好——纪念香港回归祖国 10 周年"、"春天的故事——纪念小平南巡 10 周年"等一系列大型活动；组织策划并编辑出版了《潇湘潮涌》、《湖南百年老照片》、《风雨同舟》、《湖南政协工作年鉴》等书籍，在社会上引起强烈反响，被誉为"中国最具文化潜质的策划大师"。

二十多年来，何石一直在粤、桂、湘三地的传媒界活跃着，且行且歌，艰辛并快乐着，一如他的名字，无论走到哪里，就像一块石头砸在静如止水的湖面，总能激起一波一波的涟漪。

少年壮志　痴心不改

山道弯弯、土地贫瘠的湘西南山村是何石的胞衣之地，与许多抱负梦想、抗争命运的少年一样的是，他把大山浸润的灵性与老成善思的天赋偏执地倾心于对文字的揣摩推敲，以至于中学期间自学了大学语文的全部课本，沉醉于《红楼梦》、《巴黎圣母院》、《安娜·卡列尼娜》等中外名著，并痴迷地通背着《现代汉语词典》的全部词条，以此厚积词汇潜心在不该偏颇的文学创作里。尽管他屡屡在外面的作文赛事中获奖，并有小说发表在县内外的报刊上，毕竟于科举制度无益。就这样，因为偏科导致的不平衡使他没能走进大学的校门。自此，在村小安逸地做着小学教师的何石始终按捺不住对山外的向往，谋想着去部队的熔炉接受锻造，继续他的文学梦想。1985 年冬，他如愿以偿来到南国边陲，服役于武警广西总队钦州支队。在回想部队往事的文字中，一篇《那年春节，百仑河畔没有枪声》的散文里有一段这样的记述："1985 年 11 月，刚到新兵教导队才几天的我，因为一篇小说被驻地的文学月刊《美人鱼》定稿，结果成了 600 多号新兵里炙手可热的人物。这边自从 1997 年中越自卫还击战后，每年春节前后成了惯例的'春节炮战'期。据说此前每年春节期间越南军方都会伺机向过传统春节的中国军民开枪开炮，进而派出特工渗透边区，干尽烧杀抢掠的勾当，挑起战事，我方忍无可忍之下也会奋起还击。适逢春节将至，钦州地区军分区成立了临时 301 联合指挥部，要从我们武警部队抽调宣传骨干到报道组工作，结果正步还走不会的我却被破格要走了。"

从 301 指挥部回来，何石被破格提拔到支队政治处担任新闻报道员，主要负责部队的文化教育和对外新闻报道工作。对于这样一个难得的锻炼自己的机会，何石格外珍惜，虽枯燥却乐此不疲，也为他日后的成功打下了坚实的基础。

钦州是一个滨海临风、风景秀丽的边境城市，当时的对越自卫反击战争刚近尾声，部队生活是那样的丰富多彩而又壮怀激烈，广泛与外界接触的机会使他积累了丰富的生活素材，于是，在他"不安分"的心里，总有一种东西在骚动着，那个色彩斑斓的文学梦始终在蹿动着，他有一种不吐不快的压抑。于是新闻报道之余，他还是会利用一切可以利用的时间去信笔涂鸦，再苦再累都坚持着，虽然那时候他也没想过要把创作当成一种职业。艰辛的探索和实践终于结出了成功的果实，他的名字常常出现在《广西文学》、《广西日报》、《北部湾文学》等报刊，难能可贵的是他参与《广西日报》"桂花杯"首届报告文学征文成为广西唯一的部队获奖者；接着，武警总部组织广西边防武警传奇小说创作，他创作的《毒线VCH》中篇小说被选中，并由广西人民出版社出版，和他的名字同时编在一起的全是当时国内知名作家，只有他是一个普通战士。从此，他一发而不可收，大大小小的作品陆续在全国各地发表，他成了当时部队的焦点人物，但这种精神食粮的丰收却让他付出了现实的代价，因为其"不务正业"，使他与唾手可得的提干机会擦肩而过。然而，文人的傲骨，文人的倔强与叛逆让他并没有因此而怨天尤人。这一切似乎都在他的意料之中，鱼和熊掌不可兼得！是金子，在哪里都会发光的，他需要的是不断地否定自我，挑战自我，超越自我。

南国特笔　一枝独秀

1990年，复员回地方的他被破格安置在县志办编修县志，但每月80元的薪水实在又有点捉襟见肘。还没等县志收尾，他便带着一大摞的作品毅然南下去了深圳。当时的深圳改革开放的热潮汹涌澎湃，是真正的"黑猫白猫捉到老鼠就是好猫的地方"，但颇具戏剧性的是，现实却跟何石开了个小小的玩笑。在农业部的一家公司，办公室主任看了他的简历后却似乎对他的武警出身很感兴趣，拍着他的肩膀说："小伙子，我们这里正缺一个保安，看你还比较合适。"当时的他刚来深圳，为了求得一个安身之所，便欣然接受了这样一份在别人看来似乎有点委屈的工作。

"天将降大任于是人也，必先苦其心志、劳其筋骨……"他需要在沉默中爆发。机会总会垂青于有准备的头脑，半年后，在深圳市政府组织的一次征文活动中，他的参赛作品《打工者礼赞》赢得了众多评委的高度认同，毫无争议地获得了一等奖，并被《深圳特区报》副刊头条刊发。就这样，一个曾经"养在深闺人未识"的保安突然间就被鲜花、掌声还有诸多的光环和荣誉包围着。

绚烂的鲜花，人们只惊羡它现时的明丽，而忘乎它当初艰难萌芽中浸透的辛酸与苦涩。那时候在公司，他住的是十多人的集体宿舍，睡的是双层木板床的上铺，连最基本的桌椅板凳都没有，即使在那样艰苦的环境，他也从未停止过向文学的万仞之巅前进的步伐。为了撰稿，他绞尽脑汁，用自制的小木凳架放在床上，就那样双膝半跪着夜以继日地写，投入的时候，他甚至忘记了什么是麻木和困倦。喧嚣的都市，当大多数人都在花前月下打发着寂寞、空虚和无聊的时候，他却用那种方式坚守着自己灵魂的家园。

当时深圳几家重要的媒体几乎都对他表示出了极大的热情，求贤若渴的《深圳风采》（现《深圳周刊》）总编辑更是亲自向他抛出了"绣球"，力邀何石加盟，并承诺凡是他的来稿，一律破例先付稿费再刊发。精诚所至，容易感动的何石放弃了其他几家报社优厚的待遇，应邀担任了《深圳风采》的记者兼长沙办事处主任。

因为记者的职责和作家的良知，何石最关注的并不是重大的新闻事件，而是那些往往被别人忽视的角落，比如流浪人员的无序与挣扎，民工的困惑与无奈，吸毒人员的堕落，三陪女的蜕变……为了最真实地记录生活中那些鲜为人知的东西，给自己的创作提供有价值的素材，他总是深入第一现场去明察暗访，与各个阶层各个群体的人广泛接触，直面交流，即使冒着生命的危险他都无所畏惧。源于对社会深刻的洞察和新闻的高度敏感，他总是能用自己独特的视角去发现新闻热点，将寻常的生活现象新闻化，将枯燥的数字趣味化，既有真实性又不失可读性，并常常取得轰炸式的效应，甚至一个行业的震动。

不就是一瓶矿泉水吗？人人都在喝、每天都在用，家常便饭，难免有点味同嚼蜡。然而，在何石的笔下，却大有文章，《矿泉水，揭起你的盖头来》，从水源开采、生产工艺，配方的以次充好、粗制滥造、偷工减料以及市场和销售环节中的虚假宣传到矿泉水与纯净水的对比和区别都作了具体而微的分析和透视，给广大消费者上了生动的一课，使矿泉水行业中的种种猫腻和不法行为昭然若揭。一时间，舆论哗然，利欲熏心而置消费者身体健康于不顾的商家惶惶终日，人们对矿泉水的饮用开始趋于谨慎和理性，由此而引发了一场质量意识的觉醒和消费观念的革新。对此，许多媒体都给予了高度评价，称其为"轰动整个矿泉水行业的开斧之作"（据《华声时报》）。

随着媒体竞争的日益激烈，中国期刊市场呈现了多元的发展格局，多数期刊或惨淡经营，或媚俗从流哗众取宠，或昙花一现便黯然隐退，甚至宣告破产，唯有《知音》和《家庭》能够在复杂的市场环境中经受住了风风雨雨的考验和洗礼，独树一帜，并日益深入人心家喻户晓，在这场没有硝烟的战争中从容应对，成为不可动摇的赢家大哥大。面对这种严重的两极分化，许多期刊经营者和研究者都颇为费解和困惑，对个中原因，却又不得而知，唯有何石对此窥视得一览无余，身为作者、读者和编者的三重身份，多年的从业经验，期刊运作的各个环节他是最清楚不过的，一篇《华山论剑，谁是当今大众期刊的霸主》通过一组组有力的数据，全面而深入地揭示了《知音》和《家庭》之所以能够"纵横天下、笑傲江湖"的内幕，尤其难能可贵的是，在两刊高调打出"篇篇真实、绝对精彩"的同时，他根据自己的所知所闻以及对文章的逻辑解读，第一个站出来尖锐地指出，所谓的真实不过是小说家们的精心导演的无中生有秀，而编辑们出于利益考虑下的有意纵容更是对这种移花接木的杜撰起了推波助澜的作用。最后，他提出了"兴师问两刊，你们将把中国期刊引向何方"的质问和忧虑。

以媒体从业人员的身份自曝内幕再次让一度冷却的期刊之论空前沸腾，敢于对中国顶级媒体如此直言不讳不能不让人佩服他的勇气。他因此而受到了许多媒体的"特别"待遇，一些相关杂志老总将他的文章复印给每个编辑，甚至发出了"凡是何石的文章一律封杀"的野蛮口谕。

而广大的读者也如梦初醒，怎么也没想到花冤枉钱买下的品牌期刊原来是"故事新编"，难免有一种被欺骗和忽悠的愤怒。

对那些以此营生的职业写手们来说也无异于是一次没有任何防备的重创，至少他们的惯用伎俩需要更艺术的包装，在众目睽睽之下不得不遮遮掩掩。

有人爱之、有人恨之，得者怡然、失之怅然……

在风口浪尖上，何石始终保持着湖湘文人那种"心忧天下、敢为人先"的本色。

在特区深圳，何石以犀利而敏锐的笔锋直面现实，使国内读者饕餮饱餐、爱不释手，所载期刊洛阳纸贵、一度脱销，刮起了一股不小的"何石纪实风"；即使在风情浓郁的八桂广西，他也一样独领风骚，堪称广西"特稿"模式第一奠基人，他撰写的经济类纪实《广西老乡，你在他乡还好吗》，社会纪实《一个援非医生掩埋在撒哈拉沙漠的奇恋》、《飞出广西的蓝凤凰》、《"神州画怪"的旷世情缘》等，不仅在国内外屡获大奖，还被十多家报刊竞相转载，一时间《南国早报》、《西部开发报》的月评优稿几乎被他一人囊括。在何石的纪实文风影响下，一度奇闻逸趣、大事名人被写作者们挖掘殆尽。何石以"注重细节、强化故事"的特稿模式成为"南国特笔"的标志性人物。

策划兴刊　一石激浪

何石永远是个富有传奇色彩的人物。

他 18 岁从军，年纪轻轻就以小说在文坛崭露头角，甚至在当时的整个武警部队都大有名头。但就在他小说创作的鼎盛时期，却"笔锋"一转，写起了纪实，进而再一次喷薄而出，用一篇篇震撼人心的作品赢得了千千万万读者的共鸣和厚爱，全国各地的读者来信和约稿函就像雪花一样纷至沓来。

从特区打道回府后，何石又以文化辅导员的身份考转文化干部，深圳的很多同事都预言他终归成为官场的陀螺，然而此后他却以分身之术又活跃在湘桂两地的媒体，从《天地人》的创刊，到《华声时报》的特稿部主编，再而后《钦州晚报》的编委兼副刊中心主任、《新闻天地》的总编室主任、《湘声报》的策划部主任、《年轻人》的副主编等，他以文化旅人的沧桑，奉献着自己的青春和智慧。在他一次次否定自身的背后，是一座座传媒大厦的崛起。历史不会忘记一切有功之臣，进步得益于先驱们断臂割腕、呕心沥血的创新思维。

其实何石的最大成就在于策划。

媒体的生命和活力在于创新，这是毋庸置疑的。纵观20世纪90年代初中国的整个期刊市场，何石不无担忧地发现，几乎所有的杂志都在重走《知音》和《家庭》的老路，它们因无法突出纪实的重围而茫然无措，随便打开一本社科类综合性读物，无不是"情感"、"猎奇"、"焦点"之类的篇什，而文章的模式也都大同小异，不止期刊，电视、报纸也大抵如此。

"难道中国的期刊就这样一种亘古不变的模式吗？"

"难道除了'奇闻逸事'、'拍案惊奇'、'至爱真情'就没有别的东西可编写了吗？"

何石在疑虑中发出了这样的拷问。

他知道，疗救中国媒体痼疾的良药是策划，策划胜人一筹，才能决胜于千里之外。

策划虽如此重要，然传媒界仍缺少对策划基本规律作冷静的理性思考，对策划内涵和外延的认识还不够充分，这在一定程度上制约了传媒策划的深入发展。

利用当时担任《华声时报》副刊主编的优势平台，他开始了策划兴报的大胆实践。

经过紧张而充分的酝酿，他相继主持策划了直击台前幕后、穿透天地时空的"华声特稿"和"华声惊雷"，由于贴近现实生活，反映时代特征，高雅又不失感染力而颇受市民关注，成为读者狼吞虎咽的主食，不仅好评如潮，报纸的影响力也空前提高。

曾记得 2002 年阳春三月《钦州晚报》大礼堂那场激动人心的总编辑竞选，何石以一篇《让我们一起为晚报的明天喝彩》的演讲，从他"卷着美好愿景来到钦州当兵"，又"无奈地打好背包回到湖南的快乐老家……执着地背起乡愁赤条条地闯进深圳"的"文化旅人"经历，到国内报业的态势、地区差异、成败得失，报纸的方向、定位、版式，甚至到该报的色彩、线条和栏目设置无不鞭辟入里，全场鸦雀无声，一个个屏声静气，眼睛发直发亮。他的激进和创新尽管没能帮他坐上总编辑的位置，但他给《钦州晚报》的影响以及他策划的《天涯特稿》、《法制经纬》、《南国夜话》等版面和他轮值编委时组织的《钦州为何总欠"金"》、《钦州TAXI，"等"得花儿都谢了》等新闻策划让读者耳目一新、清风拂面。

何石常以文化旅人来自嘲，他是个无法安逸的人。二十多年的新闻、文化职业生涯，他在南方各地漂泊不定，但无论在哪里，他的位置都是那样的举足轻重，为了更广泛地践行他与众不同的策划理念，每每都是在他最辉煌的时候却突然离开而选择一个更见经传、更富挑战的新起点。

翻开《钦州晚报》、《华声时报》、《天地人》、《新闻天地》、《年轻人》……几乎所有的当家栏目都是他心智的结晶，无不折射出他思想的光华。

在传媒运筹上，无论是文化性社会活动，还是文化出版、媒体运行、媒体管理的策划文案，每一个都是成功的经典，是思想性和艺术性的完美结合。

一颗颗晶莹剔透的心灵，一盏盏明静闪烁的烛灯，无数双雀跃欢呼的稚手，撞响圣诞夜狂欢的钟声，圣诞老人的魔杖当空划过，一排排丹顶鹤呼啸着飞来，顿时全场彩球飞扬，数千洋溢着喜庆欢乐的孩子们向主会场奔来……

——《"白沙杯""鹤舞爱心——十万儿童助残扶困共平安"系列活

动》导语

　　《新闻天地》作为湖南省新闻工作者协会的机关刊物，肩负着关注民生，倾听民声的历史重任，在中国加入 WTO 面临着众多机遇和挑战的大好时机里，先见之明地为湖南经济界的领军人物，为一切商务活动中蠢蠢欲动的湘商，为十万火急地想入主湖南投资经商的"知本家"，出版这本可展示形象、推荐自我，凸显特色、吸引资金，盛情邀约、共商合作的《湖南都市商务名片》，期望在这与众不同的"雅座"里，更多的人能觅见知音、找到同盟、互取所需、与时共进；我们也期望这本小册子能成为业内人士爱不释手、唇齿相依的精品读物，并能在省会长沙以外的 13 个城市推而广之。

　　　　　　　　　　——《新闻天地·湖南都市商务名片》策划导语

　　优秀的文明成果难道一定只能等域外炙手可热、洛阳纸贵以后才能"衣锦还乡"、先"出口"再"内销"呢？这样的幽默确实还不少，我们很多湘版读物已经在大江南北轰动多时了，而在湖南却不见动静，究其原因，与发行渠道不畅不无关系。纵观新闻出版集团旗下各路出版精英每年数亿码洋洋洋大观的出版物和以《潇湘晨报》为代表的报业劲旅以及《生活经典》等后起刊物，如何实现本土读者第一时间对优秀传媒文化资源的共享？除了改变新华书店被动守摊经营的传统发行方式为主动出击、先声夺人地宣传和流动营销等策略外，在都市、家庭文化气息浓厚的城市街头和社区设立统一品牌标志、统一进货渠道、统一文化理念的连锁式书报亭不失为补邮政报亭和新华书店不足的有效途径。

　　　　　　　　　　——湖南出版集团筹建连锁书报亭策划导语

　　"我欲因之梦寥廓，芙蓉国里尽朝晖。"得益于香港等地产业转移的调整和外来资金、人才、技术的支持，曾经"苍梧之野"、"岭南蛮荒"的湖南正重塑着"湖广熟，天下足"的盛世美誉，21 世纪的湖南湘潮涌动，经济承前启后，正朝着"工业化、农业产业化、城市化"的战略目标加速实现向工业强省的跨越，并快速融入区域经济一体化和经济全球化的大潮，大步走向世界。

在未来港湘合作的长河里，一定会惊现更多现代与激进、前卫与厚重两种文明对接的和谐共鸣，一定会绽放更加异彩纷呈的并蒂胜景。

——《明天会更好——港湘交流与合作回眸》导语

我们不得不承认他是执着而有思想的文化策划家。作家的文化底蕴使他厚积薄发，对文字的驾驭游刃有余，超前的策划意识又让他独辟蹊径、高屋建瓴。

"传媒竞争最根本的是从业者聪明才智的较量。剔除在报刊搞旁门左道的俗流，真正有才略者无不在实践中奋发砥砺，力求以高超的功力和不凡身手超群出众，虽劳心焦思而乐此不疲。传媒人这种创造性的精神劳动主要表现在策划上，策划胜人一筹，才能制胜于千里之外，并将传媒调度得出神入化，尽善尽美……读了何石的《决策传媒》中的部分文案后，让我真正为传媒界有此执着而又多有操作可行，更有实战成果的文化策划人而备感振奋。"（见旅美作家，著名传媒策划人，原深圳《女报》杂志创始人、首任社长钟铁夫为何石《决策传媒》所作的序言。）

何石并不作诗，却有诗意盎然的豪情；他人生坎坷，却乐观大度地行走，笑看云卷云舒，静对水起风生，沉淀着，思想着……

（本文与莫予才、许春林合作）

浅谈《疗伤》

　　注定要在这个多雨的夏天为韦锦雄先生的大作《疗伤》说上几句的。

　　一个偶然的机会欣闻锦雄先生的小小说《疗伤》荣获广西第五届小小说一等奖。于是便请锦雄先生将大作赐给《扶贫开发》发表，锦雄先生说点击一下百度写上作品名称及作者姓名便可。于是，我便下载，并且夹进笔记本，有空便拿出来看看。

　　《疗伤》标题很凝练，或许是经过作者，独具匠心的一番思考而定。《疗伤》的语言很朴实，同时也很流畅。由此看出作者行文如行云流水之功力。《疗伤》人物很少，仅两三个人，除了"儿子"、"老人"，当然还有"老人"痛失的"老伴"。整个故事情节也比较简单，"在一个凄风苦雨的初春，老人送别了与之整整相伴68年的老伴"。于是，"老人来到了城里儿子的家"，"儿子"是"老人"的希望和骄傲啊！"老人"不仅常常能在城里的电视看到"儿子"，而且"老人"仿佛来到了一个全新的时代，"防盗门、电梯、空调、电冰箱、电热水器"等，城市的文明、繁荣与乡村的贫困落后形成的巨大反差跃然纸上。但这些都难不倒老人，因为这些天，儿子几乎是一整天一整天地陪伴他。而且老人很坚强，不仅很快走出了失去老伴伤痛的阴影，还融入了城市的新生活。故事高潮情节的掀起是"老人在儿子一家人的簇拥下走上水库的大坝，只见老人表情肃穆，举目环视，仿佛一个老首长，在视察一项十分重要的工程"。……当老人说："儿啊，不管你还做不做官，自己问心无愧就行。""老人的话，让儿子泪流满面。儿子这时才知道，其实真正要疗伤的不是别人而是他自己。"文章至此，给读者心灵强烈的冲击力引起情感上的共鸣。或许肉体上的伤痛相对比较容易医治，心灵上的创伤，往往难以痊愈，能够用淡淡的笔触，构思出一篇出彩的佳作，带给读者一种人生的启迪，是难能可贵的。

从锦雄先生的《疗伤》看出作者宁静致远，淡泊明志的心境。因此，我有理由相信，《疗伤》之后，锦雄先生将会在创作上有一个新突破。我期待也在祝福！

父爱如山

——兼评杨松两篇随笔

十四年前，虽然还没有进入冬季，但在一片凄风苦雨中，老父亲还是狠心地撇下与他相濡以沫几十年的母亲和我们兄妹几人，一个人到另外的世界去了，父亲走了，坚守在病床前近乎十天十夜的我，放声大哭。都说男儿有泪不轻弹，只是未到伤心处啊。我跪在父亲病床边，抚摸父亲的身体，久久不愿离去……

那一年我借调到自治区高级法院，而且距参加西南政法大学民商法研究生第一学期三门课的考试不足一个星期，或者别人都以为我会放弃，但我硬是挺了过来，并且最终通过三门基础课的考试。我知道，老父亲天上有灵，他会为我感到欣慰的。对于父亲的恩情，父亲对家庭的点点滴滴，我极少用文字来记录，我其实是不愿触碰那些敏感的神经。在我心中父亲也是伟大的，父亲是一个家庭的顶梁柱，父爱如山。

近日，有缘在《钦州日报》上拜读到杨松老师的两篇人生随笔《穷的味道》、《父亲的口袋》，尽管标题不同，但笔下所写内容都是"父亲"。杨松老师，在钦州是个颇有名气的大作家了。以前是写小说的高手，而在这两篇人生随笔里，杨松老师就像与邻家谈心般轻松地向我们讲述了他父亲的故事，没有华丽的辞藻，不让人有丝毫负担地听完他父亲的故事；在《穷的味道》一文中，"父亲咧开嘴嘿嘿一笑，说人有贫富，但没有贵贱……"母亲说，"富有富的乐趣，穷有穷的滋味嘛"借着父母的诠释，整篇文章的哲理呼之欲出，（如果）没有父母亲的孕育和艰难守护，哪有我们？除了用伟大来歌颂父母的伟大，一切颂词都显得苍白无力，这"也是生命的真谛"。从而使整篇文章得到了升华。我猜想这也许是杨松老师写作这篇佳作的初衷。

而在《父亲的口袋》一文中，作者则采用记叙性的写作手法，下笔如有神地将"父亲"的衣着，描写得十分精彩，"父亲一年四季都穿着一件靛青色的粗布唐装衫，热天单穿，冷天套在棉衣上穿。唐装衫九颗布纽扣，有两只大口袋"。那口袋里装着常让他的儿女们的快乐和"惊异"？这究竟是什么样的"口袋"呢？作者在此埋下了伏笔。随后，作者娓娓道来，原来"父亲"的口袋里不仅会装有田螺或青蛙，有时还会装"苞米"或"野果"，更多的时候是在喝喜酒的时候，用荷叶装回的鸡肉猪肉等。作者深情地写道，"父亲的口袋装着我们全家浓浓的爱"。读到这里无人不为这种父爱而深深感动。父爱如山，又一次深深触痛了我的神经。而后，杨松老师通过描述"父亲"的"水肿"，"父亲"与"老互助"互爱互助的细节，最后描述到"老互助"的惨死，和"父亲"的泪流满面，至此"父亲"和善可亲，富于人情味，富于同情心的形象跃然纸上，栩栩如生。文章最后的升华部分是"从此我老发噩梦，梦到老互助的死。老互助一生追求美好的梦，为什么会在追梦的路上死去呢"？"国穷家就穷，家穷没有富口袋。"完成了从个人上升到国家层面的思考，这是作者难能可贵的一个飞跃，从小我到"大我"。

这也是文章最为出彩之处。"父亲的口袋装满着爱，却装不住一条脆弱的生命。"掩卷而思，作者振聋发聩的呼喊，令人震醒。幸而，在我们伟大的社会主义国家，有党的正确领导，有亲民爱民的政府和关爱民生、关注民生的政策。我们有理由相信，从此以后"父亲"的口袋装着的都是满满的爱。

情感的寄托与心灵的寻找

——读杨松老师的系列散文《情感的老屋》

　　杨松老师以"原创随笔系列"的形式一下推出了八篇散文《情感老屋》，这组系列散文分别在《北部湾》2015 年第 1 期和 2014 年第 3 期全部发表，在广大读者心中引起了强烈反响，产生情感上的共鸣。我一直视杨松老师为良师益友，加上杨松老师兼任我办主编的《扶贫开发报》顾问，因此我一直关注着杨松老师的作品。此次系列随笔体的散文《情感老屋》共八篇，依次为《穷的味道》、《老屋记忆》、《待哺期》、《抢食》、《两个女人的战争》、《满姨》、《心灵的寻找》等。我未有机会请教杨松老师做这样的排序，是否有更深的意蕴？我只是从中强烈感受到，杨松老师每一篇作品都作了生动描写和深刻思考，可以说是独具匠心。描写"父亲"的《穷的味道》、《父亲的口袋》，寄托情感的《老屋记忆》，硝烟弥漫的《两个女人的战争》，充满对生命渴求的《待哺期》，出于本能需要的《抢食》，对命运不屈而抗争的《满姨》和对生与死不息探寻的《心灵的寻找》。每读一篇带给灵魂一次强烈的震撼，每读一次能够体会到人性的光辉，同时杨松老师娓娓道来的神来之笔带给我们一种美的享受。

大爱"父亲"完成了创作上的飞跃

在这组系列散文中，杨松老师最集中写大爱"父亲"的有两篇，分别是《穷的味道》和《父亲的口袋》，笔者认为，这两篇散文都写得十分出彩，就像与邻居聊天一般地向读者讲述他"父亲"的故事，尤其是在《父亲的口袋》文中，杨松老师采用记叙性的写作手法，将"父亲"的衣着，描写得十分精彩，"父亲一年四季都穿着一件靛青色的粗布唐装衫，热天单穿，冷天套在棉衣上穿。唐装衫九颗布纽扣，有两只大口袋"。口袋里常装着儿女们的快乐和"惊异"？究竟是什么样的"口袋"呢？杨松老师先打了个伏笔。然后，再娓娓道来，原来"父亲"的口袋里不仅会装有田螺或青蛙，有时还会装"苞米"或"野果"，更多的时候是在喝喜酒的时候，用荷叶装回的鸡肉猪肉等。杨松老师深情地写道，"父亲的口袋装着我们全家浓浓的爱"。父有形、爱无形。至此，读者无不为父爱而感动。而后，杨松老师通过描述"父亲"的水肿，"父亲"与"老互助"互爱互助的细节，最后描述到"老互助"的惨死，和"父亲"的泪流满面。读至此"父亲"和善可亲，富于人情味，富于同情心的形象跃然纸上，栩栩如生。文章最后的升华部分是："从此我老发噩梦，梦到老互助的死。老互助一生追求美好的梦，为什么会在追梦的路上死去呢？""国穷家就穷，家穷没有富口袋。"杨松老师完成了从个人上升到国家层面的思考，这是文章难能可贵的一个飞跃，从小我到"大我"。"父亲的口袋装满了爱，却装不住一条脆弱的生命"。杨松老师振聋发聩的呼喊，令人深思、令人震醒。

浓浓亲情讲述着老屋的情怀

从《待哺期》开始到《抢食》、《满姨》、《两个女人的战争》，尽管有矛盾，有纠结，有悲欢，也有离合，但杨松老师笔下依然是浓墨重彩地去抒写一种浓浓的亲情，并通过《老屋记忆》表现得淋漓尽致。在这一系列篇什中，笔者以为那是得益于杨松老师对生活底蕴的提炼、升华和对哲理的思索，正如导言那样"许多事都被历史的长河淹没了，唯有情感没有被淹没。……让情感栖息在斑驳破旧的老屋子里，打开记忆的闸门，捡拾散落在田头地角的故事"。所以才有一串串看似不经意的文字"简单也有个过程，过程就是一种味道"。下笔不凡，简洁而有力，"富有富的活法，穷有穷的味道。这是人的生命观"。哲理之光，不时闪耀对文章升华增添了不少光彩。（《穷的味道》）"从那里来回那里去，从起点回到起点，真是个千古不变的定律。"生命的轮回，在杨松老师的笔下，是那样自然而然，令人钦佩。（《老屋记忆》）"人是要讲点精神的，但物质是基础，精神要建立在物质文化上……人不能偷不能抢，但当她的儿子连肚子都填不饱的时候，她的教育就显得苍白无力了，母亲当时不懂，就是懂了也无奈。"没有更多的理论，却勾勒出生活的艰辛和母亲的无奈。（《抢食》）"两个男人都有一身力气，一百多斤的担子放在肩上跑一百里气也不喘，但要对付两个手无缚鸡之力的女人却无能为力。"（《两个女人的战争》）"满姨走了，她赤条条地来赤条条地去，带走了亲情的思念，留下了一个给世人迷茫的问号。""满姨回瑶山去了，不知道她要走多长的路。"（《满姨》）"留一份记忆，留一份情粒，留一份财富。""父母辛苦一辈子，好不容易把我们拉扯大，我们要记住父母的恩。""被人遗忘是痛苦的，被人记住是幸福的。"（《心灵的寻找》）没有华丽的辞藻，但文章的哲理都能呼之欲出，笔者不得不十分佩服杨松老师的语言功力，朴素无华但厚重而充满底蕴。

寻找心灵追求崇高的思想境界

"小妹，哥今天给你倒杯酒，祈祷你在不同的世界过得快活。哥望你记得这个家，经常化作蝴蝶飞回来看你出生的老屋。小妹，不管你和我们生活有多久，你都是我们的亲妹妹。""小妹已经回到我们这个家，住进我们的心里。"尽管经历几十年风风雨雨，岁月的沧桑，但失去亲人的切肤之痛，仍然强烈感受得到，对逝者的那份思念之情跃然纸上。（《心灵的寻找》）这是杨松老师这组散文的最后一篇，他直抒胸臆，发出了"人心都是相通的"，经过寻找"已经找到小妹了"、"她"永远住进了我们的心里。超超了生与死成为永恒。我猜想，这或许是杨松老师为什么要把这篇《心灵的寻找》放在整组散文的最后，杨松老师是想告诉人们"是人就有被人记住的权利"，"遗忘亲人可以说是对人情的背叛"。当心灵的寻找不再是一场虚无缥缈的梦时，活着的人们更应好好珍惜美好的生活啊！总而言之《情感老屋》是一组成功的佳作，它来源生活，又高于生活，好像一束熟透的禾穗那样散发着稻谷的芳香，是那样令人感奋、令人思考、环环相扣，细节描写，杨松老师把当年写小说的本领都拿来驾驶这组散文，亮点纷呈，很有味道，这也是《情感老屋》给我又一个启迪：老屋不老，生命长青！

演绎激情

　　细读《八好风气照我心》一文，从中品味到作者真诚火热的心灵和深邃动人的思想，让读者心灵深深撼动，文章处处散溢着平平淡淡总是真的感觉，像和你促膝交谈的长者，像谆谆教导的老师，在不经意间和轻轻松松中受到了感染。在文章朴实无华的字里行间，流露出作者权为民所用、利为民所谋、情为民所系，真心实意为民谋利益，奋勇争先的工作激情和撼人心魄的魅力，读后令人感触颇深，受益匪浅。

　　激情，源自于对党对人民的责任；激情，需要积极的心态做沃土，不断的努力做养料，辛勤的汗水做阳光雨露才能绽放斑斓。如果失去了激情，就会失去灵魂，就不会有进步、有发展，生命就会黯然失色。

　　激情在燃烧。钦州近年来的迅猛发展，大家有目共睹。新一届市委领导班子，壮志凌云，运筹帷幄，凭着一腔激情、一股冲劲，引领全市人民一心一意谋发展，共建美好家园。从实施"323"工作思路，建设"三大目标"，开辟工业化、城市化"两大主战场"，到融入泛北部湾区域经济合作，构建中国与东盟的区域性物流基地、商贸基地、加工制造基地和信息交流中心；从城市规模扩大、城市品位提高到国民生产总值21.7%的高增长率，一路走来，亮点纷呈，钦州经济跨越式发展。激情在这里升华，激情被演绎得淋漓尽致，让每一个钦州人怦然心动。激情犹如春潮涌动，燃烧照亮了整个钦州。

　　对话激情。激情是穿越寒冬绽放在枝头的那抹新绿，激情是走过泥泞遗留在身后的那行足迹，激情是阴霾过后穿透乌云的那缕阳光。假如梦想没有激情，事业将一片荒芜；假如心灵没有激情，生活将平淡无奇；假如行动没有激情，人生将一无所成。

放飞激情。"在国力日见增强的今天，我们仍然要保持着这么一股劲，一股拼命的精神……全身渗透着一股使不尽的力量，有一种跃跃欲试、奋勇争先的激情"这一番话语，不仅是对每一位干部的期望，也是对每一位干部的鞭策。钦州，就像一个新生的宠儿，需要我们去关心它、呵护它，让它健康茁壮地成长。比尔·盖茨有句名言："每天早上醒来，一想到从事的工作和所开发的技术将会给人类生活带来的巨大影响和变化，我就会无比兴奋和激动。"时代的发展，社会的进步，呼唤每一位党员干部常怀奋勇争先的激情，时刻牢记党的宗旨，身体力行"三个代表"的重要思想，以为人民服务为荣，切实履行好一名共产党员的职责，尽情张扬自己的才智，放飞激情，把我们的家园发展好，让人民过上更加幸福、安康的生活，无愧于我们的党，无愧于我们的人民。

慈爱与童心的展现

——浅谈蔡旭的《我和孩子的哭与笑》

蔡旭同志是我区一位擅长散文诗创作的作家，很善于从平凡中发现人生的真谛。读过他的诗作的读者不难发现：许多看似平淡的人物、事物，经过他独具匠心的歌之以真、动之以情的刻画，均充满生气与活力，从而自然而然地给人一种美的艺术享受和哲理的启迪。发表在《广西人口报》（1989年1月25日副刊）的《我和孩子的哭与笑》也是如此。

人间百态，喜怒哀乐。哭与笑的确太平常了，不少做父母的不仅不会去注意，而且还会产生厌倦之心呢。而蔡旭同志恰相反，他以锐利的观察力，透过这一哭一笑，成功地捕捉到这组感人至深的散曲，在这组不足五百字的散文诗里，真实自然地把人生父子间的慈爱之情和透明纯真的童心展现在广大读者面前，那浓郁的生活气息扑面而来，很容易使人产生一种感情共鸣。整组诗篇分为六小章，首尾连贯，既独立成章，又互相照应，文字简练朴实，平均每章不达百字，却生动形象地勾勒出憨厚、和蔼、慈爱的父亲以及婴儿那天真烂漫、纯洁可爱的形象；文笔优雅、清新明快，抒情中蕴含人生哲理，令人回味无穷，读后颇令人感奋、欢欣和喜悦。

如果说"交谈的开始"、"光明的向往"等前三章主要是反映"我与孩子"的哭的话，那么，这哭声实在太扣人心弦了。"尽管你不会说话，但我知道，你和爸爸一样，都是喜爱光明的。"只有经临"黑夜"磨难的人，方知光明可贵！这句朴实无华的诗句，是那样动人心魄，它强烈地表述了作家和人民对光明对幸福的神往，同时也表示了"对于黑暗，也用不着害怕"的坚定的生活信念。"幸福的回音"、"哭笑的效应"等后三章有哭有笑，笑在后头。"你笑了。我也笑了。一个开放的世界正含着笑。"字里行间，既体现出对后一代的殷切期望之心，亦袒露了作为一个父亲特有的自豪之情。并在末尾以其丰富的想象力，深化了"笑"的主题，赋予"笑"更深的更广的内涵，使之更富有积极的现实意义。因而，无论以思想内容和艺术角度等方面而言，这束散文诗称得上是成功的佳作。

凝重的意蕴　淡泊的诗心

——读邱健的两首爱情诗

　　邱健的爱情是以其女性特有的纤巧、细腻及温存，引起我的注目。她的处女作《某个雨天》（载《广西工人报》1988 年 7 月 20 日第四版），尽管"雨天"是朦胧的，但作者那"充满柔情"且清新朴实的文字却给人留下清晰的印象。她的另一首诗作《伤别》（载《广西工人报》1988 年 9 月 14 日第四版）以其洗练的文笔和巧妙的构思，尤其是诗作的意蕴及本身的艺术魄力，征服读者。《伤别》较之于《某个雨天》意向更为清晰，亦蕴含着更深一层的悲剧意识。难能可贵的是，作为叩缪斯之门不久的年轻作者邱健在诗中展示了 20 世纪 80 年代女性的新风采，面对悲剧或不幸，并没有长吁短叹，沉湎往昔。她通过假设，巧妙地借助"一片枫叶"的形象，较准确自然地抒发了对爱情既神往又执着的追求，和不迷惘失落的丰富的内心感情。那种对恋人的理解和宽容，即便在心灵上被划了一道"不可弥合的血痕"也自信"我不会伤感"。这正是作者自强自爱的意识觉醒啊！"我只会再次奉献这枚带血的心"这包含多少忍让、真挚与赤诚？谁不为之掬一把感谢之泪？这就是理解，这就是信任！

　　然而作者并未满足，她的笔锋一转，又一次奇峰突起，一个假设倾吐淡淡的却又十分美丽的忧伤，在潜在悲剧意识及似超脱实质无奈而淡泊宁静的心境支配下，迎接不幸的悲剧，作出勇敢的抉择，从而把诗推向了高潮。尽管那片"孤零零的枯叶"已"飘离枝头"，但读者从中却感受到一种心灵的感应，感叹但不悲伤，惋惜但不沉湎。或许这就是该诗艺术魄力之所在呢。

十七岁的诗心勇于展现着对悲剧意识的反思，我们有什么理由不为邱健的为人，为诗的诚实而欣喜呢。当然这欣喜也包含期待与祝福！

抨击时弊　一针见血

作家蔡旭的散文诗作《编辑部轶事》由《职称与称职》、《编外与意外》二章组成，犹如阳光下的二滴小水珠，真实地显现出生活。诗篇短小精悍，没有"哗众取宠"，更与某些散文诗的苍白空乏无缘，由于直接取材于现实生活，不乏精彩闪光之处。

诗作的构思精巧。精就精在题材新、立意深、语言凝练，巧就巧在题目本身的奇妙，"职称"与"称职"仅一字倒置，"编外"与"意外"也仅一字之差，却反差强烈，对比鲜明。《职称与称职》寥寥数笔几乎都是白描的艺术表现手法，却把那种论资排辈，形而上学，不正常的社会弊端揭露得淋漓尽致，入木三分！而《编外与意外》文笔犀利，充满辛辣的讽刺气味，由于"记者证被拦在大门之外"，无可奈何的他"失去了一条新闻"，然后"又得到一条新闻"，的确是无法预料到的事，得到的是一条什么新闻呢？作者没有直说，戛然而止的结局，留给人们的是深深的思索。

生命触须　根植大地

——田景丰作品印象

对于作家田景丰先生的作品，许多作家、评论家都曾给予高度且中肯的评价，像我这样才疏学浅者再说长道短显属多余，但我仍情不自禁地想道上几句。

几年前的初春，在十一冶宣传部办公室，我拜访了担任党委宣传部长兼报社社长的景丰兄：才思敏捷机智、待人和蔼，没有半点架子，其沉稳的外表下，蕴藏着一颗对生活对友情热爱炽热的心。尽管天气很冷，但听了景丰兄一席鼓励与教诲的话，心里竟觉热乎乎的。那次见面，景丰兄是属那种成熟且充满理性思考型的作家，因此作品给人的印象是厚实凝重的，其生活气息浓郁，显得极亲切自然，读后常令你产生一种亲临其境的感觉，这是可信。如果分门类别的话。景丰兄的散文就像其外表那样深沉、稳健而有洒脱自如。他的小小说则把机敏的个性，幽默、诙谐的语言表现得淋漓尽致。景丰兄的散文诗其意境的营造，就好似一片"美丽的沼泽地"那样令人回味无穷。因此，从总体来说，景丰兄的作品构思是精巧的，语言是丰富多彩且凝练的，对人物形象独具匠心的刻画，对自然和生命底蕴的开拓，对作品调侃"度"恰如其分的把握等，使景丰兄的作品大获成功。

我想若《高高的白杨树》比作一棵南方所独有的根深叶茂的榕树恐怕是再恰当不过的。因为这棵树所有一切表现自然人生尤其是生命的美妙和生命的遗憾的触须，都是根植于大地的，因此，极富于生命的活力。在一种不宣泄便得不到宁静的心境的支持下，景丰兄创作出一组极其令读者动容的亲情散文《高高的白杨树》、《老屋》、《遗憾》和《五婶》等。《老屋》作为一种生命的象征，其存在意义已远远超过了生命本身，因此，它永远存在"我"的记忆中，而且在不为我们感觉感知的世界里，仍然住着两个相爱半辈子的老人，全文写得尤为深情。《遗憾》通过叙述五叔的不幸谢世，抒发作家对亲人的追怀及决心使生活少一点遗憾的情感，扣人心弦。《高高的白杨树》可以说是景丰兄散文之代表作，那种对沉默父亲渴盼春天的心理的准确刻画，使人物形象栩栩如生，呼之欲出。引起读者情感上的强烈共鸣。景丰兄的散文最大的特点在于似散非散，收放自如，可见作家写作功力之深厚，及对生活材料提炼之精妙。

景丰兄的小说则独有另一番韵味，只要读者细心便可发现，景丰兄所写的都是身边的凡人小事，但由于独具匠心，那些小人物便栩栩如生，颇具代表性，即人物形象富有个性。如"漂亮的女邻居"、"四川佬和小个子"、"踏揉姿的女人"等，另外，景丰兄在小小说方面还推出了诸如"六号楼轶事系列"、"小镇人物系列"、"何冬先生系列"等都是一种独创，系列既注重系列性，又能独立成篇，纵横兼顾，立体交叉，不失为一种成功的尝试。

在景丰兄这些小小说篇什中，我认为写得较成功的有《称呼》，称呼是对人的成为，本属一件非常不简单的事，但世上却常有人把它复杂化，景丰兄入木三分的刻画，加上文笔的辛辣，语调的幽默、诙谐使得小说产生一种撼人心魄的艺术魄力，读后掩卷而思，发人深省。《接车》与《称呼》有异曲同工之妙，那种对时弊的无情抨击，尽在最佳不露声色的语调中。《爬行者——六号楼轶事》那位掌握实权的胡科长也属作家精心刻画的人物之一，却也活灵活现，那势利的双眼正是芸芸众生某一类人的真实写照。与上述篇章相反《新调来的……》、《升官以后》则热烈讴歌了普通共产党员的高尚情操，这是我们党希望之所在，也够打动人心的。

可以说景丰兄的作品大多是以情动人。而且语言都是凝练的，那篇《关于黑塔的传说》诗化了语言使读者得到美的享受及哲理思考。一句话，景丰兄的《高高的白杨树》不失为一本成功的佳作。

新鲜的诗情

　　我作为一位喜爱诗人何津作品的读者，多年以来，我一直关注诗人的作品，通过赏析其作品我试图从诗人的作品中寻觅到一条诗人创作的心路。近日当我有幸读到诗人何津的组诗《新鲜的梦》（载《钦州湾报》1995年6月5日第三版）和《在故事的天地里》（载《海角文学》1995年6月号）我分享了诗人创作的喜悦。仿佛触摸到诗人所做的《新鲜的梦》，她像中秋十五的皓月，很大很亮很圆也很新鲜。诗人所营造的故事天地很厚实，很广阔，在那里，诗人展示了南国独特的山海情韵，点数了天上的星星，奏响了午夜的回忆。那浓浓的诗情，神奇的海之魂，加上畅达凝重而又细腻婉丽的诗风，形象生动的语言，以及优美的音韵节奏和谐统一刚柔相济的诗体（形体）美等，赢得了读者的喜爱。

　　我想诗人何津在创作这两组新诗作时，一定倾注了诚挚炽热的情感，因而诗中所体现的"情"——无论是人间真情，还是借物托情，都情真意切，那诗情，暖融融，如温泉水；情浓浓，似醇香酒。《天上的故事》（载《海角文学》）的"牛郎织女隔着银河含情脉脉／讲思念和盼七月七的故事"而"我"呢，则被一根《无形的线》（载《钦州湾报》）牵着，这根无形的线系住了"我的梦我的爱"，哦，世上还有什么比被人牵挂被人关心更幸福的事情呢？此情此景给人留下多少温馨、甜蜜的回味！而那首作为其中一组组诗标题的《新鲜的梦》，在梦中，"我新鲜的梦跟着我／我跟着我新鲜的梦／日子／弯弯曲曲坎坎坷坷走过／生命／风风浪浪起起伏伏延伸"，诗人极亲切自然地奉献给读者的新鲜的梦，立体交叉似幻也似真，给人以多层面的审美愉悦和对深邃人生的哲学思考，具有一种撼人心魄的艺术魅力。

文为心声，诗如其人。明澈清亮的仑北河水孕育了诗人，挺拔俊秀的十万大山激励着诗人，雄浑壮烈的北部湾海风陶冶着诗人。据我所知，七年前，诗人何津的诗集《相思豆》荣获了广西区首届壮族文学奖，但在荣誉前诗人并未满足和陶醉，经过一番反思，他果敢地迈出了求索的双脚，实现了自我超越。次年七月诗人何津在《广西文学》发表了一组有趣的诗作叫《迷人的地平线》，地平线作为日出的起点，日落的归宿，何其迷人，但偏偏迷不住已获得殊荣的诗人，六年前当我读到这组诗时，我似乎隐隐感到了诗人搏动的心声"一定要走出幽谷，走出迷人的地平线"。而要超越自己是何其艰辛与痛苦的历程。为此，诗人数年如一日辛勤创作，艰苦探索，精于思考，于是从他心底流出一组组、一首首新作。数年之间，他出了两三部诗集。我认为诗人何津的心血没有白费，汗水没有白流。他终于实现了自我超越，而且更重要的是诗人成功地把握了自我，使"我"自然而然地融入了作品之中，达到了一种崇高的艺术境界。就像《竹子开花》（载《海角文学》，那样，在"雨中的日子／飘绿滴翠／风中的岁月／拔节长高挺入苍穹／一生／仅有的一次美丽和辉煌／没有错过"。我不知道这是不是诗人巧妙的借竹子自喻，仅知道面对茫茫广宇天上人间，诗人动用了其敏捷的诗思，撒出了一张《神奇的网》，他不再满足于只在《海滩漫步》在《夜海垂钓》，他要做一只《自由的精灵》"选定一个方向一条路／走向我视野以外的彼岸"这是诗人何津执着的追求，诗人还发誓"有朝一日／要将这些传说／写一部长诗／就用风和浪的语言"（《神奇的网》等诗均载《海角天涯》）。为了完成这部尝试，诗人仰望夜空，放飞《思念》的小鸟，抚慰了《受伤的心》，奏响了《无题二重奏》，作了《关于影子的谈话》、收藏起《活页情诗》，为人人世间的芸芸众生和大海的《浪》拍了十分精彩的《录像》，然后作了一个令人为之感动的《新鲜的梦》（上述诗作均是组诗中的作品全部载《钦州湾报》），因为梦很新鲜，奉献给读者的诗情也很新鲜。

在文学作品中，从梦到现实，从现实到梦，不能不算是个艰难的历程，尺度的标准，只有一把就是人的心灵，因而梦与现实有时相距很近，有时相距很远。诗人何津从现实出发，抒发了对人生对民族的热爱之情，也倾诉了返璞归真回归大自然歌吟了本性为善的人性，概括地说就是《从梦里走到梦外》（载《海角文学》），从有形到无形，这大概就是诗人创作成功的一个历程吧。而且作为一名著名诗人何津，执着地追求要将自己奉献给读者的作品都是新鲜的。这是多么难能可贵啊！我想，唯其新鲜，才具有生命力。

当我写下以上文字时，恰逢中秋月慢慢地升上来了，整个神州大地一片祥和与光朗，正是做梦的好时分……

与酒无关

——读李发模《邀饮》

多年以前，著名诗人李发模一部饱含血泪控诉的长诗《呼声》，引起神州大地无数有识之士心灵的强烈共鸣，而饮誉大江南北。今日，当我有幸读到发模兄《邀饮》等几首新的力作，深深感到发模兄诗中那种厚重的民族意识和忧患意识丝毫没有因岁月沧桑而有所改变。

众所周知，发模兄居住的贵州省遵义是盛产茅台酒的地方。豪爽好客的当地人民爱喝酒，作为著名诗人的发模也不例外。或许是处在酒文化十分浓烈的地方之故，发模兄也养成了"且看哪里有好酒／哪儿有好诗"（《邀饮》）边饮酒边作诗的习惯，而且"酒罢诗后／再野鹤闲云／无姓无名"，"管它／谁非／谁是"。的确，人世沧桑，人间自古多少事，谁能说清楚是与非？难怪郑板桥先生道出了"难得糊涂"的人生真谛。因而，诗人只好无奈地"遁于无中"。但是，诗人心里清楚"无"的境界或许更令人景仰。

醉后方知酒浓，当诗人发觉"玉液未变／筵席依旧／只是杯的耳朵更玲珑精巧"（《醉唱》），此时"我们的壮心"已被"磨哑了"。结局是带有几分悲壮和凄美的。"愁时／以杯唱／乐时／以心哼／杯中有泪／心上有血／只有酒最知晓／心最明了"，人生难免苦与痛，醉过了，经历过了，心中方知肩上的担子分量，诗人自己独特的体验，以切肤之痛，谆谆劝诚芸芸众生中某些似醉非醉的人们，不要再沉浸在酒中白白浪费青春，损耗钱财与生命了。诗写得深刻，来得亲切自然，无半点说教，却深深打动人心，给人以启迪。

　　在此诗的基础上，诗人更深刻，形象生动地把"酒宴"比作是旋转的"赌盘"，"世事"则兜着我们旋转再旋转，"问题伸长脖子／望我们／赢了／又输了（《兜圈》）"。三首诗各自独立成篇，又首尾相连，相互照应，一气呵成，读罢，使人的心灵产生强烈的震撼。发模兄喝酒写诗，把笔触深入人生深层的底蕴，揭示了酒文明表层所掩盖的丑恶，就以上几首诗来看，均与酒有关。但就我个人的感受来看，发模兄的诗已远远超出酒文化的蕴含，从而创造出一种"无"的造境，显然这种写诗的功夫已在诗之外，因而我斗胆地说，发模兄的这几首诗似乎都与酒无关，尊敬的读者。您说呢？！

源于生活艺术的感受

——黎文新诗印象

　　静寂的秋夜，我伏在案头上，轻轻翻开了黎文新的"1989年诗历""如果有一天，我们从自身的经历和原始的意识中确实感受到了欢乐与痛苦的存在，那么，世界就不再是一种抽象概念的演绎阐释了……"渐渐地我被打动了。我惊喜地发现这位水电文学队伍中年轻的诗作者已经比较成功地摆脱了传统诗歌那种先天的主题的指定性的束缚，而表现出思想内涵的多义性和感情因素的丰富性。他终于"学会用掺杂着悲怆与矛盾的目光"而且"站在古海岸大陆边缘板块站在东方之源的核心"来审视我们这个多灾多难而今已"成长为令世界为之侧目／令异族为之咋舌／为之击节鼓掌惊呼万岁的巨人伟人——中华民族"了（《大地上的诗行——恒星三部曲之一》）。诗中展现了作者较强的思辩精神和开掘深层的理性色彩。带着对生活的既热忱又冷峻的思考，带着对人生对哲理的体验，因而意蕴可以说是较凝重的，历史内涵较为丰富，审美意识也较为新鲜。整首诗作时空纵横，洒脱畅达，刚柔相济显然较为成功。

　　"森林是很久以前的事情／蓝鸟飞过／被落叶的情绪感染／你始信海水燃烧的火焰／有说不出的孤独和痛苦"，"世界的喧嚣之外／是灵魂的花环／安息的颂歌"（《世纪之门》）。生存的意义于人类是神秘的事，追求顶峰的瞬间虽九死不悔，但在孤寂与痛苦的栅栏里，人活着的真正意义和力量每一代人仍苦苦探求着。这首诗同样也融进了作者较为孤独的人生体验和感悟。在艺术表现方面，作者有意忽略了对具体细琐情节的描绘，采用大跨度的跳跃，造成了诗的内涵叙情绪间成朦胧流动，扩大了诗的容量，加重了诗的力度。

《房间，或虚拟的风景》似乎得助于作者的"流动意识"，"阳光／语言和文学满载着希望"而作为把守思想感情的铁将军——门的使者，"门铃"则"不绝于耳"，于是"台历／使人追忆起某些旧事"，于是"一切都有可能成为诗歌／成为无主题变奏音乐"显然这一切亦归功于作者对人生体验之经验总结，归功于对生活的勤于思考和升华。而作者的弦外之音却是透过一切有序的房间风景，将思维旋于文学之外的无序，"无"的造境或许更令人景仰。这在思辨性的诗作中并不多见，也够振聋发聩，惊醒人心的。

黎文新的诗作多致力于人类灵魂深层意识和瞬间意识的挖掘与开拓，就我看到这不薄的诗稿产生的印象就是这样。这似乎是中国第四代文化人的必经之途，勇气可嘉可叹。然而深刻的艺术终归于简朴与明朗，在黎明时分左冲右突久了更该有一轮太阳，清风当然也是拨乱反正的功臣。我想，作者唯一信奉和忠于的原则是劳动和创造，因此有理由相信黎文新的艺术感受是敏锐而深刻的。我想寄厚望的是在出新及选材方面还请多下功夫吧。生活中有的东西毕竟是非诗的，盼悟！

哲理之光在平凡中闪耀

——沈祖连小小说读后

　　青年作家沈祖连数年如一日在小小说这块园地里辛勤耕耘，取得可喜的成绩。从他近期发表在《广西工人报》的几篇小小说来看，大都带有令读者思索的哲理性，这标志着他的思想艺术在向生活的一个深的层次推进，力图探寻现实生活的底蕴，无疑是个了不起的进步。

　　《虎乎？猫乎？》（载《广西工人报》1988年12月21日第四版）文笔诙谐辛辣，通过讲述一位堂堂的县委纪委书记，在为解决司机老婆的调动问题时，所遇到的种种刁难，关卡关系网的纠缠等而"卡壳"的故事，生动地刻画了主人公"我"人格上的双重性（甚至多重性），有时"有如老虎"，但也有温驯的"猫"的一面，"我"在外边斥人，回家却少不了被老婆训斥。以至在这貌似简单的"调动"过程中，"我"的心态前后也大相径庭。小说之所以能打动读者引人强烈共鸣，除得力于对主人公"我"的心理流程的准确刻画之外，还得力于蕴含在生活底层的闹剧式的矛盾性与哲理性的深刻挖掘。

　　"煤是黑的，因为人们见惯了，它就不白了"、"面是白的……"这本身也蕴含深刻的生活哲理。《生活的哲理》（载《广西工人报》1988年8月31日第四版）中，作家下笔不凡，巧妙地提出了一个看似不可思议、实则也是司空见惯的命题。勤勤恳恳为集体操劳呕心沥血的"老伍"，在本科评先进中竟榜上无名，而另一个从来没有集体做过半点公益事的同事却名正言顺理所当然地荣登"红"榜。不能不算是一大怪事。这其中的奥妙，作家除了感叹"生活就是这么奇妙"之外，同样并未完全点明，余韵让读者慢慢品味。

《残局》（载《广西工人报》1988 年 6 月 15 日）似乎与上述两篇小说在艺术表现上略有不同。它更多地借助景物的铺垫和衬托，以诗一般的语言恰如其分地制造了一种特定的氛围，以加重我与老者对弈"残局"气氛。通过对弈"我"终于领悟了"动辄得咎"、"欲速不达"、"一未盘解的棋，望着可解，一旦解了，希望之光便幻灭了"的生活哲理。布局谋篇较为精致。行文也流畅，也更含蓄，因而相对也更给人以哲理的启迪。

一个"钱"字搅昏了不少人的头脑。《机关的早晨》（载《广西工人报》1988 年 11 月 12 日第四版）就是生动的一例。明知党政机关是不能经商的，但在某县政府机关的一个清晨，一个科室的八个人，一边喝着茶、翻着报，悠然自得地大谈生意经，连电话也懒得接（好一副芸芸众生相。人浮于事，无所事事，深刻），至后来县长在救灾办里的电话传出火爆的声音，至此大谈生意经的"官员"才收场。两者鲜明形成的对比，振聋发聩。本文较多地运用对话手法，全文简洁明快，具有一定的现实意义。只可惜情节方面略嫌简单了一些。

小小说一般拙于重大题材的表现，所以，能够针对生活中某些哲理作一番审视，也难能可贵了。由沈祖连这几篇小小说所显示的文学道路，我以为是成功的。

善有善报　恶有恶报

近日在报上读到一篇文章的标题《日照一见义勇为官司终有说法——英雄蒙受不白之冤，法律撑腰还公道》，或许是笔者职业习惯之使然，我心中怦然一动，飞快地读完了此篇文章。事情的原委是这样的：1996年8月1日，中国轻骑集团日照摩托职工王连全，在日照市第二海水浴场连续救出两女一男之后，精疲力竭，不幸被呼啸而来的大浪吞噬了他年轻宝贵的生命。读此到，作为一名法官不禁为英雄的壮举而深深感动。但是当我接着读下去，心情却格外沉重与愤慨！

"令人意想不到的是，被救者矢口否认王连全是因为救他们而死，被救的两女还诬蔑说王连全在教被救者游泳时，动手动脚耍流氓……向救命恩人大泼脏水。"读到此，笔者怒发冲冠，差点要拍案而起，试问这几个忘恩负义者还有点人性吗？

值得庆幸的是，为了讨回公道，王连全之父王荣昌毅然拿起了法律武器，于1996年10月25日向日照市东港区人民法院提起诉讼。经过法院的深入调查取证，终于真相大白，1997年4月3日，法庭公开审理，对王连全舍身救人遇难的事实给予确认，并依法判决受益人纪照连补偿救人者王连全之父补偿费、生前抚养费和丧葬费1.2万元。被告者纪照连不服判决，向日照市中级人民法院提出上诉。1997年7月10日日照市中级人民法院公开审理此案，裁定驳回上述，维持原判。到此，公正的法律为蒙冤受屈的英雄洗去了不白之冤。更可以告慰英灵的是1998年6月5日，日照市委、市政府追授王连全"精神文明标兵"荣誉称号，并奖励现金

1 万元，号召全市人民向王连全学习。只是，对那些恩将仇报，大泼脏水的被救者，其泯灭的良知难道不应受到谴责吗？由此，笔者不禁想起两则故事。一则是这样的，不久前，印度有一个十五岁的男孩儿在萨尔河边洗澡，不小心坠入河中，由于他不会游泳，慢慢下沉。这时，正在岸边树上坐着一只猴子，见那男孩儿即将没顶，立即跳下河把孩子抱上了岸。当男孩子的父母赶到现场，要向救命"恩猴"表示感谢时，那猴子早已不知去向，孩子的父母无限感激地说："是猴子救了我孩子的命啊！"这是一个善有善报的例子。而另一故事则属恩将仇报的恩怨故事。

在印度南部崇山峻岭下，住着猎人巴巴拉。春天的早晨，他上山打猎跌进一个深四米，口小底大的深穴里，这里原来是蟒洞。大蟒进洞后巴巴拉吓晕了，醒来后，看到大蟒盯着他，他连忙给大蟒叩了十几个头，大蟒把他的枪甩出洞，然后连续三天把捕获的兔子、松鼠等送给巴巴拉，但是，他怎么也吃不下生兽肉。大蟒见到这一切便用尾巴把巴巴拉托出洞，巴巴拉得救了。

三个月后，一个动物园发现了这条大蟒，想出重金捕到它，巴巴拉在巨款奖金的吸引下，出卖了恩人。当巴巴拉悄悄出来看这条大蟒时，大蟒突然喷出一股黄色液体，击中巴巴拉的面颊，从此他头痛昏晕，头部日夜发出一股溃烂的恶臭，不出两年巴巴拉终于死了。这真是，善有善报恶有恶报。这三个事例是值得我们去深思的。

第四辑 ｜ **诗 歌**

多一道阴影是重复的
少一丝温馨是无谓的
艳艳湖色　留不住
告别是一种恒定

家门际遇

展开单程票
继续寻找家门
绝非一种偶然

曾经陌生的渐渐熟悉
熟悉了的往往会陌生
比如家门
永远醒着的不会是都市的
猫儿眼

我先回到自己再回到朋友的
家门。但无法打开门
我没带金钥匙
也忘了出入证
空空的行囊只盛着
沉甸甸的思想
别指望什么远亲或者近邻
隔壁听不到　听到
也不会作声
（况且每户装有隔音）

我先到自己再回到朋友的
家门。却恍若步入空谷或
幻境
悠悠的懒得串门的风
竟不愿与我攀谈？
其实
门　有门的局限
人　也有人的局限

对一扇门的思考

忽如一夜春风来

那扇风光和蔼的门

由冷冰冰的铁栅栏把守

隔壁大婶串门总听不到

千山鸟飞绝

亲朋行踪少

唯技艺超群的"钳工"出入自由

唯情深意笃的小伙来去悠悠女儿

芳心栅不住

小伙有洞穿墙壁的双眸

唯两位坐享清福的老人苦了

孤寂的炊烟缕缕莫名的惆怅

袅袅袅袅

雨天纪事

该死无休的雨点困我于屋檐

心顾盼快快升起一方晴朗

固执的雨点洒湿了可怜的奢望

呆看各类盛放的花朵

（于雨中流淌）

突发奇想　头顶飘来一朵温馨的

花伞　如果她是个秀气姑娘如果

她愿意，我将

感激且自豪地伴她走进这泥泞的

雨巷

花儿盛放花儿流淌

却谁也不看我一眼

雨点终于淋湿了

我的心房

昨天的故事

凡有爱意萌动
便有河堤那段羞红的、深深浅
浅的记忆
你我不属于那边的幽境
只有故作沉寂

或许梦境
会有一条更清澈的小河
堤岸边
花开蝶恋
杨柳依依

告别是一种恒定

告别是一种恒定　该我
落英遍地开满阳光
我是最小的
一朵　你能感受到吗
站着　我只是松果一颗
添不了灿烂　燃不起热
倒站成一桩心事或迟疑

多一道阴影是重复的
少一丝温馨是无谓的
艳艳湖色　留不住
告别是一种恒定

漫步海滩上

和着海浪的节拍
真想用沙哑的歌喉
唱一曲"漫步人生路"啊
可我不敢唱
因为
你没有唱

烈日从苍穹扑下
穿透了厚厚的衣服
灼痛了肌肤灼伤了心
怕吗　不
你的眼里
有着一片浓浓的
绿荫

大海送来了阵阵咸涩腥风
苦吗　不
很甜
因为你在我身旁
风乍起

眼前一片迷茫

会迷路吗　不

你在面前走着呢

坚定地走向

人生的海平线

独立屋檐的黄昏

独立屋檐　不顾寒风冷雨

黄昏迟迟未尽

蓦然夜来香花败玉陨

孤独可忍　失心爱之物难忍

夜之花魂丧失　夜幕凭什么

降临

如飘　如舞　如诉　如泣

心房有血流潜过

心房有冷雨飘过

天际　一丝残红　黄昏迟迟

独立屋檐立成寒山寺古僧

盼佛光来临

诗人与日子

一位善感多愁的诗人发誓
将每页日子写进痴爱的诗
日子感动赠予诗人
阳光雨露鲜花赠予
丝丝温馨或叹息
于是　诗人背起行囊竖起笔
走啊走啊
诗人走不动啦，无奈
日子
只好把诗人放进背包里

月下独酌

制造痛苦
如酿造一杯五粮液
月下独酌
醉倒不仅年轻的心
醉倒　遍地的银
银是我生命的一种
缘分
温柔一如泉水的心
她醉　我岂能独醒
她痛楚　我岂会欢欣
月下　且让冷风
望我成一块石的坚贞
然后　默默感受
和我生命息息相关的银

第五辑 | 纪实文学

当你在闲暇的假日里有机会欣赏泥兴、雕塑、盆景、园林……此时，您会想到那制造美的人吗？或许您从未注意过他们。毕竟他们太平凡了，而平凡往往是不容易引起人们注意的。但是生活离不开平凡，生活需要平凡！能甘于平凡，默默奉献，这就是一种伟大！

无悔的爱铸就一名词作家

——蒋开儒老师的爱情故事

蒋开儒简介：蒋开儒，男，1935年9月生，广西桂林人。主要作品有《喊一声北大荒》、《春天的故事》、《走进新时代》（均为作词）。作品先后荣获五个一工程奖、文华奖、解放军文艺奖、中国广播文艺奖、电视文艺星光奖。

2015年8月，广西举行美丽南方创作会，笔者借机采访了蒋开儒老师和他的夫人杜祥珍。这是一对年过八旬却依然充满神采的老人。蒋老师和夫人的情感故事充满了传奇，近日，笔者再次走进这对伉俪，得知了他们背后鲜为人知的传奇故事……

谈起和夫人杜祥珍相识、相知、相恋，年过八旬的蒋开儒老师依然满脸陶醉，在这种幸福的陶醉中，在蒋老师娓娓的叙述中，笔者品尝到：他们几十年来越酿越香醇的爱情美酒。

故事追溯到20世纪60年代，蒋老师说，那是一个以阶级斗争为纲的年代，因为地主的成分，他被流放到北大荒，他以为北大荒是没有春天的，因为位于黑龙江省东北部穆棱县，年平均气温只有3.3摄氏度，最低气温零下44摄氏度，恶劣的自然气候与生存环境，让他看不到春天，然而幸运的是在那段非常时期，一位千里迢迢从江南来的陌生姑娘，带给了他春天般美好的爱情。

蒋开儒谈过多次恋爱，每次都是谈得顺利，但最后都结不成婚。因为成分不好，成分是不能更改的，地主成分，地主的孩子当然也是地主；因为那是个"龙生龙，凤生凤，老鼠生的儿子会打洞"的年代，这就是那个年代中国社会主义制度下的成分世袭制。后来，也就是1966年7月份，一个作家朋友给他介绍了一个远在武汉秭归县的文友，并把他的作品和照片寄了过去。可能是习惯了自己的成分问题，蒋开儒更多地把她当作一位纯粹的文友。

朋友介绍的姑娘叫杜祥珍，是个文静、有学识的年轻教师，别看她不过才25岁，却在当地因其出类拔萃的教学特色和经验而小有名气，并成为学校和当地教育界的培养尖子。这个时候的她相当清高，有多少亲戚朋友给他介绍对象，姑娘只是笑笑，摇摇头。在姑娘心里只想着怎么带好一个班，只想业余时间再搞点小创作，她对文学也有着自己的梦想。所以，无论什么人她一概不见、不谈。

当朋友从北大荒寄来了蒋开儒发表的文章和照片的时候，高傲的姑娘只是看了看，并不心动。一年过去了，当又一年来临的时候，有关蒋开儒的消息再一次从朋友那传来，他又有了新作品，他的文章又在杂志上发表了……这引起了姑娘的注意，她开始认真地看他的作品，也对他一封封的来信投入了专注的目光，他们开始互通信件、交流创作经验，最后架不住朋友的怂恿，姑娘终于决定了。她找单位领导开了一张介绍信，然后，买了火车票，千里迢迢直奔穆棱而来。

蒋开儒也兴冲冲地赶到牡丹江火车站接车。没想到姑娘一下车，第一句话就问："你是什么成分？"

蒋开儒说："地主。"

姑娘小声地嗲着嗓音说了一个字："滚。"

蒋开儒认真地说："我真是地主成分。"

姑娘看了看他，欲言又止。

来之前，她不是没有考虑这个问题，而是觉得这根本不是问题。临走的时候，领导还找她谈话，问对方是什么成分、社会关系怎么样？她还胸有成竹地说："这我倒没问，不过肯定没问题，他从小当兵，在部队多次立功，又是搞创作的，成分有问题，能当兵吗？成分有问题，他的作品能歌颂党、歌颂祖国吗？"她甚至还想，他的社会关系一定清白如纸，正因为这样，这么长时间，姑娘始终没有打听过对方的成分，而蒋开儒也从不主动说。没想到，他居然真是……他为什么不早说呢？朋友也真是的，居然对我守口如瓶，这不是在骗我吗？

姑娘的心乱了，她不想马上跟着眼前的小伙子走，她要好好想一想。晚上，她在牡丹江火车站附近的旅馆住了一夜。这一夜，她想了很多很多。当夜来了又去，街边的路灯亮了又关的时候，姑娘也拿定了主意。一大早，她来到他面前说："走吧，我跟你回穆棱。"她接受了被他和他朋友的"蒙骗"。

31 岁的蒋开儒终于结婚了。他们的婚礼花了 5 块钱，买了一些水果糖，朋友们分别送来两枚毛主席像章和两本毛主席语录。他们便喜气洋洋地吃着喜糖，唱着《北京有个金太阳》进入了洞房。

婚后的杜祥珍留在当地的一个学校任教，而蒋开儒则照常到文化馆上班，夫妻过着相敬如宾的日子。说到婚后记忆比较深刻的事情，两位老人都笑了笑，杜祥珍师母说，因为地主成分，当时婆婆经常被拉出去批斗，记得有一次在批斗会上，一个 5 岁的小女孩儿问她："阿姨，那个高个儿你认识吗？"杜祥珍一看，她指着婆婆，就说，认识啊。小女孩儿接着就又问："你什么成分？"杜祥珍说："我是贫农啊。"小女孩儿说："那你是怎么跑到他们家去了呢？"杜祥珍说，当时问得我呀，这个话是戳了一管子，揪心啊！我真是有点儿无言以对。当时我就跟小女孩儿说，我喜欢他们啊。她说，你喜欢啊。我说，对呀，我喜欢他们。边说着边泪水涟涟的。

也许正是因为这种喜欢，让杜祥珍在婚后的日子里给了蒋开儒事业上莫大的支持和理解。

1976 年 10 月，一声惊雷，砸烂了束缚在亿万人民身上的枷锁，蒋开儒也重新获得了"解放"。1979 年，蒋开儒意外地获准赴香港探亲，很多人都认为蒋开儒可能是一去不复返了，在这个时候夫人杜祥珍给了蒋开儒最大的信任，她相信蒋开儒一定会回来的，因为他的心在北大荒，爱在北大荒。果然，蒋开儒不但没有留在香港，而且提前回来了，回到了磨炼他意志，给他豪情，给他勇气，给他智慧的北大荒。1992年，小平同志南方谈话发表后，大地春潮涌动。远在东北的黑龙江穆棱小县城，也沐浴到一片明媚春光。57岁的蒋开儒刚刚退居二线，他想到那个小平同志画了一个圈儿的地方看一看，究竟发生了什么变化。此时的杜祥珍已经50岁了，她没有反对丈夫的决定，而是默默地为丈夫准备了南下的路费。1992年5月，怀揣着老伴给的2000元，蒋开儒来到了深圳。1992年的冬天，是蒋开儒一生中最暖意融融的冬天。不独因为他来到了深圳这个没有冬天的特区城市，更因为全国人民在小平同志南巡讲话思想的指引下，掀起了改革开放的新高潮。这是一个国家的春天，一个民族的春天，一个十二亿人所共同享有的春天。蒋开儒从心中对个人命运的感悟，升华到中华民族一个新时代的到来。心潮在他心中翻滚，激情在他笔下宣泄：春风吹绿了长城内外/春雨滋润了华夏故园/啊/中国/中国/你展开了一幅百年的新画卷/捧出万紫千红的春天……

　　1993年元月7日，《深圳特区报》发表了《春天的故事》。蒋开儒手捧着报纸，两行热泪滚到腮边。1994年，《春天的故事》迅速唱红大江南北。也就是这时，杜祥珍从穆棱县搬到了深圳，开始了他们新的生活。也许是习惯了做丈夫背后默默无闻的支持者，对于丈夫事业上的一路走红，杜祥珍没有表现出太大的惊喜，就连蒋开儒的作品连连获奖时，杜祥珍也表现平淡。她觉得，只要丈夫能做他自己喜欢做的事，高兴就好。这个时候她最多的是给丈夫提一些意见或建议。蒋开儒老师说，老伴总是他的第一读者，而且每读他的作品，都能提出一些很好的修改意见。比如，在创作《走进新时代》的时候，杜祥珍一字一句地为歌词抠字眼，歌词中"继往开来的领路人"这句，本来是"继往开来的领导人"，杜祥珍一看，总觉得别扭，后来说能不能把这个"领导人"改成"领路人"，蒋开儒一改，果然感觉好多了。还有一句"领导我们走进新时代"，杜祥珍说，还是改为"带领我们"好一些吧。蒋开儒说，老伴的修改意见，真是一字千金啊。

对蒋开儒工作上的忙碌，杜祥珍一如既往地支持，从无怨言。杜祥珍说，既然当初选择了他，就选择了他的人生，选择了他的一切，自己从不后悔。为了创作，蒋开儒时常日夜忘我地工作，而杜祥珍最多时候总是往书房里递上一杯清茶，夜深了送上一碗热腾腾的消夜。今年以来，为创作蒋开儒多次到广西采风，而这时刚好碰上杜师母病了，但为了创作，蒋老师顾不上老伴的病，只身飞往南宁，终于按时完成自治区党委交给他的创作任务。蒋老师说，正是因为老伴这种无悔的爱，以及多年来的支持和理解，才成就了他今天的事业，他的成功，有老伴的一半。

如今的蒋开儒和杜祥珍都已经退休在家，3个儿子也都参加了工作，老大在北京，是意大利企业中国点代表，老二在深圳世华房地产公司任商贸总监，老三在上海万科工作。退休后的蒋开儒依然没有停止创作，他说他的快乐在追求中。赋闲的日子，蒋开儒和老伴养花种草，踏着晨曦健跑，迎着夕阳漫步，40年相濡以沫的日子丝毫没有磨灭他们彼此的和谐与快乐。蒋开儒说，他们儿子总是说，妈妈，你好眼力，相中了爸爸就是相中一匹股市黑马。其实谁也无法知道未来是什么，但是在他们心里，冬天始终是遥远的，而春天却离他们很近很近。我们也祝福蒋老师的爱情永远如春天般芬芳绚烂。

厄运袭来时，有个女孩儿擎天而立

欧阳琳子，中南财经大学硕士研究生。1993年春，其父亲因参与震惊中国的特大走私案而成为阶下囚。祸不单行，其外祖父因病逝世。母亲不幸患上癌症⋯⋯生活在阳光灿烂里的她突遭这接二连三的暴风雨的洗礼，琳子痛苦至极，但她没有绝望。终于，在社会、学校老师的关爱下，琳子以惊人的毅力，战胜了自己，战胜了生活。走出生命的低谷，维系了一个破败的家，让它重放温馨，也实现了自我超越。1995年8月琳子考上广西重点院校——广西大学，大学毕业后工作不到一年，2000年6月考上中南财大的硕士研究生。

2000年"八一"节过后，笔者怀着敬佩的心情对放暑假回家孝顺父母的琳子进行独家采访，外表文静秀气、内心坚韧刚强的琳子娓娓而谈，笔者记下了琳子自强不息撼人心魄的故事。

祸从天降，我幸福家庭瞬间坍塌

1977年8月10日，我出生在广西钦州市，父亲是广西钦州某某贸易公司总经理；漂亮的母亲是钦州市某公司的科长。聪明能干高大英俊的父亲在我幼小的心灵里无疑是顶天立地的英雄。我是外祖父母一手带大的，从小学到中学我的成绩都十分优秀，老师、同学们都喜欢我，我心中充满幸福的感觉。

1993年10月18日这一天我终生难忘。那天我和父亲、母亲、外祖父母正在家里吃中午饭，一家人有说有笑，突然间一辆呼啸而来的警车停在我家门口，进来三个威严的警察，神色庄严地向父亲宣布执行逮捕然后给父亲戴上了一副铮亮的手铐。父亲脸色惨白一副惊慌失措的样子。母亲与外祖母当场痛哭起来；外祖父也失魂落魄地在客厅走来走去，我惊慌地躲在母亲的身后，吓得半天说不出一句话。当警察将父亲押上警车，我才疯一般的冲出去，想将父亲拉回来。可是我做梦都没有想到：父亲犯的是走私罪。他与公司里的8个人一起，伪造产品说明书，走私韩国价值1.5亿元人民币的现代牌小汽车达798辆，犯的是当年全国"七大案件"之一。震惊中外，为此，中央领导曾批示：要以此为鉴，把好国门，严惩走私犯罪。

父亲被抓走了，一向热热闹闹，和和睦睦的家变得冷冷清清，母亲与外祖母终日以泪洗面，外祖父长吁短叹。我的心中是一片空空荡荡的感觉，我蓦地从幸福之巅跌入了痛苦的深渊。

12月20日，年迈的外祖父患直肠癌已晚期，病情突然发作，抢救无效，在医院永远合上了他慈祥的眼睛。接二连三的变故与打击，我的学习成绩从名列前茅跌至最后几名。

1994年4月的一天，母亲晕倒在工作岗位上。当我闻讯从学校赶到医院看到躺在病床上脸色苍白的母亲，我才惊异地发现：原来漂亮的母亲双鬓已长出了许多白发，往日姣好的面容已变得苍老与憔悴。我心中郁郁镇痛，母女俩相对无言，母亲不想对我哭，我当着母亲的面哭，我知道，我们两个人都很痛苦，母亲和我都是要强的人，再不愿为对方增加伤痛啊！

三天后医生阿姨悄悄地将诊断结果告诉我，母亲患的是乳腺癌，而且癌细胞已经扩散到大脑，生命危在旦夕，我一听顿觉头"嗡嗡"响，脑子一片空白。我不知道自己是怎样走出医生办公室的，想到父亲被捕，外祖父不幸病逝，含辛茹苦养育我的母亲身患绝症，想到这一连串的凄凉处境，忍不住痛哭失声。我感觉天要塌下来了，我有点绝望了。可我望着病床上可怜的母亲我忽然觉得自己长大了，成熟了。如果我再自暴自弃，父母彻底地没有了希望。我要坚持，我要奋斗，为了全家也为了我。

第二天，我托同学向老师请了长假，我打定主意一边好好守护母亲脆弱的生命，一边利用母亲治疗的空隙及母亲晚上休息后的时间进行自学。

面对厄运，一夜成熟的我挺起了胸膛

母亲入院的次日清晨不到 5:30 分我就起床了，我精心为母亲准备好了早餐，我买了一个煤油炉，在医院的走道里生火，由于我以前从来没有做过饭，起初总是把稀饭煮成了干饭，手上、脸上都弄得油乎乎的。然后完成了自己的早间英语的口语训练。待母亲起床后，我将脸盆放到母亲的床边，让母亲洗漱好，接着细心地为母亲梳头，一口一口地喂母亲吃早餐。母亲吃着我做的饭菜，心里美滋滋的。

一连十天，天天如此，经过一番药物与精神的治疗及精心护理，母亲的身体恢复了许多，气色也好了许多。接下来是进行放疗，在杀死癌细胞的同时，也杀死了大量的正常细胞，仅仅两三天，母亲便开始感到乏力，不想吃饭，出现了恶心、想吐、胸闷等不良反应，连去散步的力气都没有了。看到母亲的难受模样，我的心都要碎了。母亲的一头秀发在放疗的影响下，开始掉了不少。慢慢地母亲开始变得沉默，母亲意识到自己病得不轻。有一天，在母亲的枕头底下，我发现她写的"遗嘱"。我想，我绝不能让母亲感到绝望，我要将女儿对母亲的依恋之情作为重新点燃母亲坚强活下去的希望之火。

我泪流满面地对母亲说："妈妈，有一首歌唱道，有妈的孩子像块宝，没妈的孩子像根草。如果我失去你，妈妈我不敢想象自己的将来会怎样，妈妈，你忍心丢下我不管吗？""孩子，不会的！"听罢母亲庄严地承诺，我十分感动地抱住了母亲。这一次，母女二人谁都没有哭，彼此间生死相依，凝成了抗击绝症的一道屏障……

待母亲病情稳定后，我立即如一辆开足马力的跑车，争分夺秒地把失掉的时间夺回来。早上 8:30 分我按时扶着母亲到放疗室门口，母亲进去放疗时，我便抓住这 20 分钟宝贵的时间背诵英语单词。放疗后，母亲回病房打点滴，我静静地陪在母亲身边，一边看书学习一边照顾母亲。母亲白天睡了觉，晚上睡不着，我也只好陪着她。

连续二三个月地熬夜，加上病床光线不够，我的视力受到损害，不得不佩戴一副近400度的近视眼镜。同时，由于病房有的重病人痛苦呻吟，我受到强烈刺激，夜里我常常失眠。患上了神经功能病，记忆力及思维能力均有所下降。我学习要付出艰辛的劳动。别人两遍就能记住的东西，我则需要四五遍才行，这样就要付出数倍于他人的努力。但我咬紧牙关支撑住了。

这时我从母亲的口中得知，父亲对自己的行为未能更好地认识，认为自己是为公司职工谋福利，拒不坦白交代。被羁押的被告人是不能与家属见面的，无奈之下，我悄悄写信给爸爸。我摊开信纸，把对父亲的思念爱惜之情都倾注在洁白的信纸上，写到动情之处，泪水如决堤一般汹涌而出，滴滴答答滴在信纸上。"亲爱的爸爸，你被捕后，家里几乎是家破人亡，外公因患直肠癌永远告别了人世，妈妈不幸患上了绝症，面对一连串的打击，女儿曾经心如死灰，一蹶不振，幸而社会上许多好心的叔叔阿姨并没有嫌弃我们，煤气罐笨重，叔叔阿姨帮忙送来，妈妈病重时热心的人们伸出援助之手，有捐钱的，有寻医找药的，单位领导还派人来料理，使妈妈得到精心治疗护理，女儿并没有因为你的问题而受到影响……亲爱的爸爸，国家属于大家，公司只是小家，为了小家而损害大家，无益是十分有害的……"据看守所的叔叔说，爸爸看完我的信后号啕大哭，悔恨不已，于是主动交代了自己的罪行。我与妈妈获悉这一情况后欣慰地笑了。

1995年5月28日，母亲因病情反复又一次住进了医院，医生下了病危通知书。为了保住母亲的性命，医生不得不采取手术，要切除母亲的一半乳房。在亲属意见栏签字时，我的手是颤抖的。妈妈被推进手术室，我在外面等待了长达五个多小时，我仿佛穿越了整个世纪，身上的衣衫都湿透了。当看到母亲平安出来时，我长出了一口气。老师和同学们来了！他们带来了上课笔记及试卷，我心里不知说什么才好，太感谢他们了。我在病房中一边照顾妈妈，一边准备高考，我不能让妈妈失望。我是她的唯一，我是她的希望。

打工求学，我为父亲点上希望之灯

1995 年 8 月 18 日，功夫不负有心人，我接到了盼望已久的广西大学的录取通知书，我将消息第一个告诉了母亲，母亲喜极而泣地搂着我说："还是琳儿争气，妈妈替你高兴，你尽快给爸爸捎个信，将消息告诉他。"我复印了通知书，并写了信给爸爸寄去。爸爸收到信时高兴地对看守所叔叔说："我的乖女儿真有出息，如果我不好好改造，就更惭愧了。"从此，爸爸的精神面貌发生了很大的改变。

入学近 5000 元的学费，对母亲长期卧病的家来说，的确是一个巨大的负担。为了减轻家里的负担我打听到钦州郊区一所中专为学生自考进行辅导，报酬为一门课 800 元，我立即去报了名，并且担任英语和数学两门课的教学。天气酷热每天往返六个来回，衣服湿透了，嗓子也哑了，但我毫无怨言，毕竟我通过自己劳动获得了宝贵的 1600 元，加上母亲为我筹的 2000 元，班主任吴琼老师和班上同学捐的 1600 元，终于解决了第一学期的学费。

9 月中旬，我恋恋不舍地告别了母亲，开始了我的大学生涯。到学校后，我从法学院获知，法学院与广西省高校联办了一个专升本的教学大班，学员有近 2000 人，每学期均要分发数万册课本，需要聘请临时发放员。我将家中的困难向法学院的张教授说了，得到张教授的同情和支持，这样双休日我便包揽了 5000 本课本的发放。扛着沉甸甸的课本，从八楼下到一楼腰酸背痛，这对我一个从未做过重活的女孩儿来说，是十分困难的。有时一不小心摔倒了，手脚都肿了，泪水淌下来。数个星期下来，全身像要散架了一样，但为生活，我咬着牙关坚持住了。扛完这 5000 本书而得到 300 多元的劳务费，解决了我两个月的生活费用。就这样我边打工边读书。我深知自己肩上担子的分量，全身心地投入学习。同学们很信任我，让我担任班上的学习委员和英语课代表。在大学的大集体生活里，我感受到集体的温暖。

1996 年 1 月，在学校即将放寒假时，我从中央电视台播放的新闻联播中获悉，"798"特大走私案已经审结，法院以父亲犯走私罪判了有期徒刑五年，父亲所在的公司被判罚金人民币 30 万元，这是对父亲人生的惩罚和深刻的教训。得知这一消息的当天晚上，我给父亲写了一封长信，我在信中说道："亲爱的爸爸，女儿转眼就 19 岁了，爸爸您 43 岁，服刑 5 年，对您来说只是一瞬间便会过去。望父亲多多保重，好好改造，争取早日出来。女儿与妈妈会耐心等你，我亲爱的爸爸回家。让我们从头开始……"我把消息转告妈妈，妈妈连赞我懂事。寒假我白天仍然去当老师，晚上客串做了一名市电台业余节目主持人。人基本上是满负荷的工作。寒假结束了，我差不多也挣够了一学期的生活费。我又一次匆匆告别妈妈，我请妈妈自己珍重，等我暑假回来团聚。妈妈笑着说："乖女儿，妈妈知道照顾好自己，你安心学习，争取取得优异成绩，妈妈会替你高兴。"

　　期末考试，我把压力变成动力，十分刻苦用功，结果我成绩名列全系第一。母亲知道后精神焕发，父亲在监狱接到我的成绩单高兴得大哭了一场。我悬着的心放下了一半。我的成功与进步，是献给父母最大的精神慰藉。

　　暑假，我与父母商量去探望我离别一年多正在服刑的父亲。我拎着带给父亲的礼物，及我在学校所获得各种荣誉，一等奖奖学金，考试第一名，优秀班干、团干等，在监狱的会客室里，我与母亲终于见到了日夜思念的父亲。父亲瘦多了，黑多了，但精神十分饱满，两眼炯炯有神。见到我和母亲，父亲高兴地合不拢嘴，我把获得的各种荣誉递给父亲看，父亲高兴得不得了。父亲对我说："琳儿你写来的 20 多封信我都收到了，我一闲下来，便拿出来阅读，仿佛你就在我身边，深情地对我诉说。孩子，爸爸以前错了，是大错特错，爸爸一定会痛改前非，重新做人，让我们重新再来好吗？"说着父亲将大手和母亲的手加上我的手紧紧地握在一起。

擎天而立，我为自己找到一片晴空

1997 年 3 月，进入大二的同学已不像大一那样老老实实念书了，不少同学开始追求新潮，学起浪漫，成双结对谈起恋爱来了。我依然保持初入学时的那股高涨的学习热情，坚持从宿舍、教室到饭堂"三点成一线"，除了勤工俭学之外，我几乎把所有的经历都投入学习中去。由于我出色的表现，我当选为学校学生会副主席兼校报的主编，工作、学习更加繁忙了。学校还把我作为入党积极分子进行了培养。我热爱生活、关心同学、酷爱写作，经常阅读如《知音》等报刊上一些苦难者自强不息的文章，还复印下来寄给妈妈看。我还开始运用所学知识，尝试着写学术论文。功夫不负有心人，经过一番不懈努力我有多篇论文发表在省级报刊及学术杂志上。1997 年 10 月，我荣幸地出席了中南 8 省市的学校研讨会，所撰写的论文荣获"优秀论文"，并指定在大会上宣读。从 1997 年 9 月份开始在老师、同学们的支持下，我主持校报开展了"什么是幸福"的大讨论，同学们踊跃投稿积极参与。看到雪花般飘来的征文稿件，我也深受感染。当天夜里，我在日记本写道："幸福也许是生活磨砺出来的一种快感吧，我要感谢生活，如果没有这一场风雨，我这棵小草还是温室里的一盆花。"

此次征文活动，同学们互相交流，互相沟通，各自从不同的角度谈及了对幸福的看法，加深了对人生观价值观的认识，活动取得了巨大的成功，得到学校领导的高度评价。

1998 年 6 月 30 日，我激动地站在鲜红的党旗下庄严宣誓：愿为共产主义事业奋斗终生，从而成为一名光荣的中国共产党预备党员。

1998 年 12 月，父亲在狱中表现好，而获得了提前假释。三年的监狱，净化了父亲的灵魂，使他获得了新生。父亲回家后倾心照顾妈妈，我也为这个圆满的家感到高兴。1999 年 8 月，我以优异的成绩从大学毕业。防城港市边贸局接受了我。单位领导对我是十分理解和支持的，领导并不给我安排硬任务，而是给予我充分的时间让我安心考研。父亲也支持我，他把家务事全部揽下来，让我静心地学习。2000 年 6 月份，我如愿以偿地考上了中南财经大学，接到通知书，父母相拥而泣，我也留下了幸福的泪水。我以后要走的路还有很长很长，我坚信我能克服前面的任何困难，走进人生的彩虹地带。

神鸟在这里奋飞

——记钦州市泥兴工艺厂

当你在闲暇的假日里有机会欣赏泥兴、雕塑、盆景、园林……此时，您会想到那制造美的人吗？或许您从未注意过他们。毕竟他们太平凡了，而平凡往往是不容易引起人们注意的。但是生活离不开平凡，生活需要平凡！能甘于平凡，默默奉献，这就是一种伟大！

在此，我们怀着兴奋的心情向读者报告的就是战斗在平凡工作岗位上的众多队伍中的一支——钦州市泥兴厂制陶工人。

一个不起眼的工厂

在钦州江畔，坐落着一个不大不小，外表略显陈旧的工厂——钦州市泥兴厂。据说是钦州最老的工厂，以它的价值顽强存在着。高耸入云的烟囱在风风雨雨中已经伫立了 44 个春秋。那从未间断过的滚滚浓烟，那从未停止过的车坯声，在向人们诉说，这里一直处于一片辛勤繁忙的劳作中。

寒来暑往，春夏秋冬。厂房陈旧了，但工人的干劲仍不减当年。是金子总要发光，时间会证明一切。

泥兴厂经过一阵默默终于迎来令人瞩目的一天。

1989 年，该厂各项经济指标创历史最高纪录：完成工业总产值 356 万元，比 1988 年的 171 万增长了 63.4%。其中出口额为 175.8 万元，创汇 46.26 万美元，上缴税金 10.3 万元。经过 44 个春秋苦苦经营的泥兴厂，终于从"维持型"迈向"发展型"企业，进入了一个崭新的腾飞的阶段。

成功的欢欣往往会混杂失败的痛苦，其间他们究竟走过一条怎样的路呢？

烂泥巴也能成大气候

钦州泥兴始于清朝咸丰年间。起初仅制造一些小烟斗。后发展到制造茶壶花瓶等物。传说用泥兴茶壶盛茶，一年不变味；用泥兴花瓶盛水，插桃李花枝，不久即结出果子。1915 年，在美国旧金山举办的巴拿马太平洋万国博览会，钦州泥兴被评为第二名，荣获金牌奖。据有关人士介绍，此属中国陶瓷工业获得的唯一的国际最高殊荣。1931 年钦州泥兴参加比利时独立一百周年纪念会所举办的世界陶瓷展览会，荣获第一名获金质奖章。钦州泥兴在国际上日益享有盛名。

泥兴陶采用钦州特有的优质红土（东泥与西泥配方）选细炼后制作而成。它工艺独特，手法多变，经烧成"窑变"及磨光处理，不施釉色则七彩纷呈，既是幽雅别致的艺术欣赏品，又具有较高的实用价值。

新中国成立前制陶老艺人依靠自己勤劳的双手，一辆平装木轮制造陶器，落后的手工操作，帝国列强的勒索控制，钦州泥兴巷（烟斗巷）里脚蹬木轮的吱呀声，犹如一支永恒古老的歌！凝聚制陶老人的几许辛酸？几许血泪？

新中国成立后，为了使这朵民间艺术奇葩大放光彩，党和政府在百废俱兴中为恢复泥兴生产作了多方努力。

1956 年 4 月，在政府的鼓励号召下，正式作了试点生产。1958 年 7 月，政府又投资 4.5 万元，在钦江畔建新厂建新窑，摆脱历年来依靠陶瓷煅烧的附属性。

但也有人对大力发展泥兴厂生产不理解。的确，泥兴陶既没有白瓷的细腻，亦没有青瓷的玉质，更比不上景泰蓝的精致。它算老几？

然而，泥兴陶却有它独特的神韵，有古朴的魅力，并以此赢得了人们的青睐。

1957年，首批钦州泥兴产品运至广州，被海外侨胞抢购一空。钦州泥兴趁势进入了国际市场。

良好的开端等于成功的一半，然而——

路并非都是笔直的

由于众多的原因，从1956年建厂直到1972年，生产都不够正常。当时很多亏损的工厂都关门了。无奈之际，泥兴厂只好中途转产。这朵奇异的艺术之花正面临枯萎！

古老的钦江为此叹息呜咽？

1972年仿佛在长夜中睡醒一觉的泥兴厂又重整旗鼓，重新恢复生产了。

全厂工人刻苦攻关，顽强奋战之下，终于诞生了——

吉祥的神鸟

为了使泥兴陶打入国际市场，为了让更多的人认识这朵艺术奇葩，厂里多次对生产技术进行改革创新，首先是原料加工技术的突破。

随着原料质量的提高，一级品率迅速上升，但他们并未因此自满，而是放远眼光，极力发展和抓好泥兴产品的更新换代。先后成立"泥兴工艺研究室"等科研机构，对泥兴陶的造型设计方面狠下功夫，创作设计了四百多个新花色品种，其中《三锤古瓶》、《三足玉环古鼎》和《三足寿仙茶壶》在全国美术陶会议上被评为优秀产品，《张衡塑像》和《地球仪模型》获全国青少年科技作品展览一等奖。《龙狮熏鼎》获全国工艺陶翁行业创新产品评比一等奖，《四神挂碟》荣获第四届中国工艺美术品百花奖的优秀创作设计二等奖，等等不胜枚举。此外，该厂的泥兴陶还先后被评为广西优秀名牌产品，被轻工业部授予"全国轻工业优质产品"称号；泥兴陶茶具荣获国家优质产品银质奖……

值得一提的是，1973 年秋，一对 1.56 米高的泥兴大花瓶《聚义古瓶》首次在广州交易会展出，这不仅在泥兴史上亘古未有，而且为陶瓷行业开创了先例。而读者一定记得当时仅仅是正常恢复生产的第二年，探索创新的勇气及开拓精神，可嘉可叹！展出期间，围观者络绎不绝，惊叹不已。最后某国商人花 3 万元人民币购回该国展览，深受本国人民的称道和好评。接着身高 1.85 米的《红楼古瓶》再度问世，此瓶以《红楼梦》中的"林黛玉重建桃花社"为题材，以其崔巍之姿出现在广州交易会的展览大厅，惹得人见人爱，外商更是争先恐后地贴标签要求订购，最后结果是一外商用巨款购去，在澳门举办的《中国陶瓷展览会》上展出，观者赞不绝口。

以后，继之而出的是 2 米高的大花瓶《官渡之战》、《东临碣石观沧海》、《李自成》、《孙悟空三打白骨精》、《嫦娥起舞迎忠魂》等，洋洋巨制，令人叹为观止……

随着产品质量的提高传统产品的恢复和新产品的增加，钦州市泥兴厂焕发了青春，充满了生机勃勃的活力。1980 年总销量达 154 万件，1983 年总销量又达 153 万件。

乘风破浪会有时，直挂云帆济沧海

1985 年直线上升的泥兴厂迎来了第二个曙光。他们抓住机遇，迎接挑战，为美国的感恩节设计生产了神鸟花盆。

为了神鸟早日腾飞，厂里临时成立了"科技设计攻关小组"。于是，厂办公室大楼的科研设计室里通宵达旦亮着一盏洁白的日光灯，工人和设计人员挑灯夜战，熬红了双眼，他们不顾亲人的埋怨和误解，甚至病倒了也"轻伤不下火线"。他们废寝忘食，心中只有一个念头：一定要让神鸟飞起来，为祖国争光！

辛勤的汗水催开了智慧这花。功夫不负有心人呵，终于在经历这一连串技术难题严峻考验之后，神鸟花盆设计出来了！

象征如意吉祥的"神鸟"以造型美观大方富有民族特色令外商赞叹不已。全厂职工抓住时机，一气生产了 30 万只竟然销售一空。

神鸟飞起来了！

这惹人喜欢的吉祥物带着美好的祝福越过神州大地，飞向大西洋彼岸。它给全厂职工带来了信心和希望。

1989 年 6 月那一场政治风波以后，外商纷纷撕毁合同，不予订货。从 1989 年下半年至 1990 年上半年泥兴产品出口受到严重影响，由去年的出口额 120 万减到今年 30 余万。

在严峻的时刻，新成立的领导班子更是积极采取措施，狠抓生产。厂长许宗文，副厂长邓家伦，党支书唐玉英三人积极配合，在动乱期间，具体分析了国内国外市场情况，开拓内销市场，使订货量迅速增加；同时狠抓职工思想教育，积极服务于生产第一线，全厂团结一心拧成了一股绳。于是，钦州江畔重新传来一阵轻快的奏鸣曲。

不坐办公室的厂长

泥兴厂艰苦创业取得辉煌的成就，功劳归于全厂工人的团结奋斗，还归功于以许宗文厂长为首的领导班子。

是他们，在企业厂房、设备、资金不足的情况下，挖掘企业内部潜力，开源节流，充分发挥广大职工的积极性，增强群体意识；是他们深入各地市场，了解市场信息动态，大胆决策；是他们制定了治厂的"三抓"方针：一抓产品优化产品结构，开拓国际市场；二抓质量，保名牌，以优质取信誉；三抓管理，降消耗，增效益。是他们倡导职工艰苦奋斗。务实进取的企业精神。

他们——泥兴厂的厂长们究竟是怎样的人？带着敬佩及几分好奇的心

情，我们直接深入泥兴厂的心脏所在——厂长办公室，奇怪？里面摆着两张朴素的办公桌及一些简单的办公用品外，不见有人，厂长到哪里去了呢？

接待我们的厂秘书颜慧娟大姐告诉我们，许厂长和邓家伦副厂长都下车间指导工人生产去了，支书唐玉英也出出进进、风风火火地忙这忙那，待我们说明来意后，开朗爽直的颜大姐愉快地接受我们的采访，详细地介绍了厂的生产情况。她还特意向我们着重介绍了三位不坐办公室的厂长的情况。她说，泥兴厂的新班子是 1989 年 3 月成立的。厂长许宗文原在农机厂工作，从工人、助理、副厂长，一直到 1989 年调任泥兴厂厂长，干的都是工厂管理工作，有着丰富的管理经验，负责工厂的全面工作。副厂长邓家伦勤奋好学，刻苦钻研，精通业务，在科研方面立下汗马功劳，南珠商场的巨型珍珠雕像就出自他的手。还有一位集副厂长、工会主席、党支书几个重任于一身的妇女干部，她就是唐玉英同志，唐书记也是工人出身，二十来岁进厂一干就是 25 个春秋，她深谙本行，熟悉厂里的一草一木，安排生产胸有成竹，厂里的生产计划、排产任务全归她管。这个由三位老干部结合起来的领导班子，一唱一和，配合十分默契，以身作则，积极开拓内销市场，掌握信息，抓住机遇，大胆拍板，于去年 7 月成功地与广东南海得宝电器实业公司签约，生产电子瓦内胆。产品投放市场后深受客户欢迎，仅瓦内胆一项，订货金额就达 240 万元，与此同时，他们还继续研制第二代配套产品如电饭煲胆、电药煲胆等。

这时，许厂长急匆匆地走了过来，他中等个子，黑黑的脸庞，炯炯有神的眼睛，显得特别精明能干。他只冲我们点一下头，又一阵风似的出去了。唉，还用说点什么呢？他的行动已经告诉我们，他是一个干实事不喜说话的好厂长。

工人·艺术家

从厂长办公室出来，我们被车间的踢嗒声吸引住了，于是涉足车间，观看这美的创作过程。

车间里处处洋溢着生机。挥泥的、车坯的、雕塑的……工序之多，配合如此之默契，简直就像一支和谐的交响曲。车坯工人技术娴熟，只见他取一团稀泥，根据手型的变化，用劲用力，上下移动，未等我们反应过来，一件活灵活现的艺术品已成型，令我们惊叹不已。雕花工作更见功夫。但凡画家都是用笔用纸作画，工人却是用刀用泥创作，难度之大，令人瞠目。但工人们掌握了熟练的技巧，用力恰到好处，一会大刀阔斧，一会精雕细琢，于是一枝枝梅花，一簇簇单竹，一只只飞鸟在他们刀下栩栩如生，令人叹为观止。

谁能够说他们不是艺术家呢？

虽然他们没有艺术家的桂冠，但他们比艺术家更伟大，他们比艺术家的心胸更宽广，他们在平凡中创造了美，是没有桂冠的艺术家。

（本文原载《广西工人报》并曾获《劳动者报》举办的"桂海薪姿"征文比赛三等奖，与杨彬合作）

"女菩萨"遭遇"黑心汉"

乞丐富翁

2000 年的中秋佳节越来越临近了。在广西某监狱，63 岁的服刑者陈华养遥望明月，老泪纵横，备觉凄凉。他原籍广东吴川市，因为身体残缺属当地的"五保户"，但他不愿平庸度日，于是自称是武侠小说中的"丐帮帮主"在世，从 35 岁起就离开家乡，28 年以来乞讨度日，浪迹天涯。他边走边讨，边讨边骗，瞎话连篇，骗术低劣，最近被广西公安机关缉拿归案，并以诈骗罪被判刑。

事情得从一年前的中秋节说起……

1999 年中秋佳节的前一天，52 岁的钦州市民张梅和往日一样，早早来到钦州城区最热闹繁华的东风市场。她的工作是看管车辆，这是她退休后找来的一份轻松活。这时，一个年迈的老乞丐，手拿着一只破碗出现在菜市门口，此人衣衫褴褛，还跛着一条腿，那抖抖颤颤一步一蹒跚的样子着实凄凉。平日信佛的张梅一向心地善良，她快步走到一家小食摊钱买来一碗粥，递给了那老乞丐。老乞丐接过碗，用纯正的广东话道一声"谢谢"，毕恭毕敬地鞠了一躬，然后一跛一跛地离开了张梅的自行车保管处。

一连几天，张梅总是施舍各种食物救济老乞丐，每一次，还总是长吁短叹地可怜老乞丐的晚年不幸，这让老乞丐感到没有一点面子。"你们广西人总是以貌看人，看不起我啊。"老乞丐唠唠叨叨着，一把将张梅拉到角落，压着嗓门神秘地对她说："大姐啊，你以为我真的穷吗？你错了，我陈华养，在广东吴川的家里已有 150 多万元的存款，还盖了一栋 7 层高的楼房出租。"

张梅一听，眼睛瞪得像铜钱大："你家里那么有钱，还出来讨饭？！"

"唉，家中有钱，身边无亲啊！我 28 年前就开始云游四方，就想找一个慈善之人，将来为我养老送终。"

两个人正说笑着，张梅在钦州某小学担任教导主任的丈夫邓峰（55 岁）有事来找张梅。陈华养见到邓峰斯斯文文一副教书先生的样子，便说："先生命真好哇，嫂子有一副菩萨心肠，这些天多亏她相帮。如不嫌弃，今晚我请客，我们痛快地喝上几杯！"

到了晚上，老乞丐陈华养真的买了近 100 元的酒菜，在张梅的带领下来到张家。吃着乞丐买来的大鱼大肉，再想想他早上还在沿街乞讨的情形，张梅觉得像在做梦一样。

变钱成功

为了让张梅、邓峰夫妇确信自己是百万富翁，边喝着酒，陈华养边从身上掏出一沓人民币，全是 100 元一张的。陈华养继续说："我白天讨饭，一副寒酸样。可我晚上是享尽荣华富贵的，到钦州一个月，都是住在宾馆里。"

"我还有点不明白，你哪来那么多钱？"身为教导主任的邓峰依然觉得疑惑。

"我有特异功能。"陈华养抿了一口酒，给邓峰夫妇讲了他的身世。他说，5 年前，我在广东佛山云游时，有一天昏倒在地上差点饿死。迷迷糊糊中，来了一位白发仙翁，将自己收做了徒弟，说我是一百多年前的"丐帮帮主"再生，所以一辈子得忍辱负重，以乞讨为生。之后，我跟着师父云游了半年。师傅说，如今是新社会了，当乞丐让人看不起，我腿脚又不方便，经常受冻挨饿，20 多年来实在是委屈我了。所以传授一个绝招给我养老防身，以备不测。

"是什么样的绝招？"邓峰夫妇立即放下筷子，异口同声地问。陈华养故作深沉，笑眯眯地摆摆手，不说。

喝酒也就没了高兴劲。"好，好，好！既然是兄嫂，加上喝酒不怕违师规，你们想知道，那我就表演给你们看。不过，得先将门关好。"陈华养嘟囔着，拿出带来的两个黑色破口袋，从袋中掏出三块木板及一沓白纸，说："我的绝活就是变钱。可以成倍地将100元变成200元，10000元变成20000元。"

此言一出，再次吓了张梅一大跳，难道自己真的带了位神仙回家？她与丈夫迅速在卧室"碰头"，随后拿出了1000元钱。

陈华养把那1000元钱夹在木板上，然后在钱上再铺一层白纸，对应着人民币的水印及号码，在白纸上涂些白粉。之后，又掏出另一瓶不知名的白色粉末往口中点了一点，说："刚才涂水印和号码的白粉是有剧毒的，所以得吃另外一些白粉来解毒。我先去将木板放好，一个小时后，就可以钱生钱了。"

三人继续喝酒。大约过了一个小时，陈华养当着邓峰夫妇的面从黑色袋子里取出夹板，大喊一声："鸿富逼人来！兄弟，想不发都难！如果变不出钱来，今天我当场砍脑袋给你们看！"张梅抢过夹板，哇！上面全是100元一张的人民币，一清点，不多不少整整2000元，刚好多出一倍！

次日，张梅高高兴兴地拿着钱去银行存，验钞机一验，全是真钱。张梅心里乐开了花！

狂骗被擒

变钱大仙立刻成了张家的贵客，历尽沧桑的"丐帮帮主"转眼就有了温暖的家。在张梅夫妇热情相邀下，陈华养在张家住下了，同意由张梅夫妇为他养老送终。

陈华养表示决不给张家添麻烦，每天，他拖着残疾的腿去买菜，掏得可都是自己的钱。张梅夫妇心想：既然是一家人了，既然他会变钱，那就由他张罗吧！

很快一个星期过去了。这天，邓峰去上班，张梅休息。陈华养说，今天天气不错，是个变钱的日子。虽然现在钱来得容易了，但人不能太贪心，久不久变一次就行了。

其实，想钱想疯了的张梅早就望眼欲穿地盼着这一天了，她高兴地答应着，马上东拼西凑拿出了32600元。

工序依然和上次一样。不过，因为本金太多，所以要吃的"解药"足足一大勺。陈华养为难地说："嫂子，我咽不下去，你得帮我拿些开水来。"张梅从厨房拿开水来后，陈华养将上次那个黑色袋子交给她，反复叮咛说这一次钱多，必须等10小时才能打开。

吩咐完后，陈华养强压着心中的狂喜，立即一跛一跛地走出门，招手交了一部三轮车企图逃走。

说来也巧，张梅的弟弟张东因为很久没到姐姐家来了，那天得知姐姐休息，就过来看看，在楼梯口和惊慌失措的陈华养碰了个正着。进了门，看到姐姐抱的那包"宝贝"，张东觉得蹊跷，立即转身出去将已上三轮车的陈华养扯了回来。随后，张东打开了那个袋子，里面哪有一分钱，全都是粗粗糙糙的卫生纸！

"你这个骗人的黑心汉，要遭天打雷劈的！"气急的张梅一边哭，一边挥起拳头向陈华养扑去……

帮主入狱

接到报警，钦州市公安局的"110"民警迅速赶到现场，从陈华养身上搜出了32600元变钱的"本金"。面对威严的刑警，陈华养如实坦白了身世并彻底交代了他的诈骗行为。

陈华养，63岁，文盲，是广东吴川市进民镇能兴村农民。12岁时因病导致左腿残疾，至今未娶，家里也无兄弟姐妹，以前曾是政府关心的五保户对象。平时，他喜欢看武侠小说，一心渴望过大起大落的刺激生活，于是从 35 岁起就远离家乡，一直以乞讨为生。讨饭过程中，坑蒙拐骗的小把戏不断，28 年来练就了瞎话连篇的本领。

去年中秋节前，从广东恩平市沿途乞讨进入广西钦州市后，陈华养认识了张梅。为赢得张梅夫妻的信任，吹牛不打草稿的他又信口开河虚构身世，没想到张梅夫妻信以为真。

陈华养坦白说，"变钱"的时候，所有的白粉都是石膏粉，之所以说是有剧毒的，是为了让对方紧张。"你真的会变钱吗？帮我们变些来。"刑警风趣地问。"不会，如果我真的会变钱，就不会天天去讨饭了。"陈华养老实回答，说那些装模作样的伎俩都是在街头听人说的。他将骗的目标定格在中年妇女身上，因为她们最好骗。

第一次变钱时，陈华养采用的是调包之计，先将张家的 1000 元和白纸放在木板之上，煞有介事地涂了几道石膏粉，放入袋子之时，迅速将事先准备好的另外 1000 元钱捆绑到大木板上。揭开时，陈华养故意制造神秘气氛，大喊大叫地分散张梅及其丈夫的注意力，然后猛地一下将大木板的底部翻过来，对张梅夫妇说，这就是变来的钱了。张梅夫妇见钱眼开，哪里会看清其中的阴谋。不过，那加上去的 1000 元可真的是陈华养的钱，是他几个月前用同样的方法在广州从一位中年妇女那骗来的。之所以故意先赔上 1000 元，陈华养解释说："舍不得孩子套不住狼。得先给别人一些甜头，人家才相信你。"

听完陈华养的话，张梅夫妇使劲跺脚，后悔自己在金钱面前昏了眼，不辨是非，引狼入室，给骗子有机可乘，险些造成悲剧。

2000 年 4 月，钦州市钦南区人民法院公开开庭审理了这宗诈骗案。日前，向陈华养送达了判决书，法院以陈华养犯诈骗（未遂）罪，判决其有期徒刑两年，并处以罚金 500 元。

咎由自取的"丐帮帮主"入铁窗后，悔不当初。这起来源于老百姓身边的案件让我们得出这样的思考：任何公民都应遵纪守法，切勿心存侥幸企图不劳而获，哪怕是对身体有残疾的朋友也不例外。

（文中除陈华养是真名外，张梅夫妇及其兄弟均为化名）

毒害法官丈夫，怎一个"性"字了得

最近，在广西南宁市郊区某刑场，随着一声清脆的枪响，一名叫黎锦华的女子被结束了罪恶的生命，至此，全国首例法官司马斌提出性爱惨遭妻子黎锦华杀害的家庭暴力算是告一段落，但它留给人们的是深深的思考……

走进婚姻殿堂的法官，对妻子一往情深

1957 年 11 月 6 日，司马斌出生在南宁一个法官家庭从小在法官之家长大的司马斌，深受父母良好的熏陶，立志要当一名法官。1980 年初年方 22 岁毕业于某电子工业技校的司马斌，进入南宁市无线电三厂当技工，他虚心好学，很快成为业务骨干，1982 年 5 月 4 日司马斌以良好的表现获"优秀共青团员"称号，他心里十分激动。其父母也替他高兴。司马斌的父亲在某中级人民法院工作任民事审判庭庭长，是一位资深法官，为无数濒临破碎的家庭化解了矛盾。母亲也曾担任过法官，堪称法官之家。由于深受父母的良好教育，司马斌从小就是一个十分懂事的优秀孩子。1983 年全国上下进行了一场声势浩大的"严打"斗争，法院的案件成倍增多，需要补充吸收一起人员担任法官审理案件，组织决定在法官干部子弟中招收 4 名青年干部，司马斌经考试、考核，条件达到优秀，从近 60 名法官干部子弟中脱颖而出，被法院录取。分配到江南区人民法院担任书记工作。穿上崭新的法官制服成为光荣的人民法官，正直老实的司马一心扑在审判工

作上。由于他的出色表现，进步得很快，从书记员，助审员，审判员到被组织上任命为执行庭副庭长，期间他光荣地加入中国共产党并于1985年通过参加大约三年的学习成为一名大学毕业生。还很多次被评为先进工作者。可以说司马的事业是成功的。但是由于他一心扑在工作上，加上性格内向，不善交际等缘故，个人的情感归属还是一片空白，虽然经不少好心人牵线搭桥，结果不是看不上对方，就是人家嫌他太内向。婚姻问题成了老大难问题，转眼已是30岁出头的人了，父母十分焦急，每每催促他尽快解决个人问题，他总是抿嘴一笑说："爸、妈不必为我操心，爱人还得靠自己慢慢找。"父母拿他没有办法。

1992年，司马斌的父亲从法官岗位上退休了，父子两人进行了一次促膝谈心，他父亲说："斌儿，爸爸老了，退休了，今后的路靠你自己闯了。"司马说："爸爸，你放心吧，儿子不会辜负你的期望的。"就在那一年夏天，已经35岁的大龄青年司马与在法院附近开卡拉OK的黎锦华认识了。

黎锦华，1965年1月4日出生于广西南宁市，汉族，高中文化，是一位经商的个体户。那天正好是星期天，司马斌与几位同事到单位附近的OK厅小坐，黎锦华满面春风地迎上来说："哟，是司马大法官哪，久仰久仰，欢迎光临。"不知黎怎么知道司马的大名，同事们见他俩认识忙起来让座。司马见黎热情大方，心里也暗暗为黎产生一丝好感。两人认识后，黎常常拐弯抹角通过司马的同事请司马过来，饮茶聊天。这样彼此加深了了解。当时黎刚离婚不久，身边带有一个小男孩儿，即黎与前夫的儿子。也说不清是怎么回事。看到一个女子带着一个小男孩儿，过着艰辛的日子。身为法官的司马起了"怜香惜玉"之心，竟莫名其妙地隔三岔五地去关心这对母子的生活。说来也怪、刚失掉父爱的小冬冬（化名）对这位善良温和的叔叔产生了强烈的好感。以至一次当三人去公园游玩时，刚吃了司马叔叔给他买的"棒棒冰"的小冬冬稚气十足地对司马说："我能不能叫你一声爸爸。"能说会道的黎锦华口中假装嗔道："冬冬不能瞎说。"实际上心里像喝了蜜一样甜。不知是不是小冬冬无意之间的一句话，反正两个人的距离一下子拉近了。司马斌开始设想成为小冬冬的爸爸。成为他们母子真正的保护人。但是当孝顺的司马斌将自己的心思告诉家中已退休的二老时，一向通情达理的父母，极力反对这门亲事。司马的母亲说："斌儿啊，你是一位未婚的具有大好前程的法官，还怕找不到爱人？为何要娶一位离婚的，听说还喜欢到酒楼歌厅抛头露面的女子为妻？"司马说："妈妈，我喜欢她，而且她自己带着一个小孩儿挺可怜的，我想帮她。"司马的母亲说："斌儿，妈知道你心肠好，但同情不等于爱情。你不知道，离过婚的女人哪，复杂呢，说不定哪一天你会后悔的。"司马答："妈妈你不用劝我了，前段整天地相亲、约会，我已烦了，加上我也想身边有一个人疼我……"

司马的母亲听到儿子这么说，也不便再说什么了。他母亲心里清楚，青年人自己的事父母很难管住的。而且，她有一个心病即儿子的大舅，因反对自己的女儿嫁给一位在"文革"中被打跛脚的男子，而导致大舅的女儿终身不嫁。于是母亲只好躲进门角悄悄哭泣。司马的"老法官"父亲无可奈何，也只好站在一旁摇头叹息。

铁了心的司马斌决定将自己一生幸福维系在一位离了婚，嘴巴能说会道的女人身上，这或多或少有点轻率。但是没有办法，因为司马已爱上了黎，而且还被黎那种逢年过节买点衣物送给司马这种虚情假意所迷惑。于是二人同居了。

黎锦华不愧是一个过来人，她懂得利用自己的长处去迎合司马的欢心。同居的最初日子，她对司马还是关心爱护，每晚冲一杯牛奶放在司马的工作台旁。还静静地待在司马身边，精心地照顾着他的饮食起居，为了不让儿子碍手碍脚，她还特意把儿子送回娘家，只是偶尔接儿子到公园玩，增加一下家庭的气氛。因此，在二人世界里，她和司马如鱼得水，十分欢愉。后来在司马的帮助下，黎改行做了成衣生意，司马则在黎的支持下，事业更上一层楼。两人已经难舍难分了。

1994年3月8日，在经历近二年漫长的同居生活之后，司马斌与黎锦华正式喜结良缘。已经退休了的司马父母看到儿子终于成了一个家，看见黎锦华还算孝顺贤惠，儿子又对她一往情深，便接受了这一事实。那天他的父母双亲倾尽自己微薄的积蓄为儿子与黎的婚礼办了近 30 台酒席的婚宴。在婚宴上，亲朋好友如云，来祝贺者络绎不绝，新郎英俊潇洒、新娘满脸春风，司马的父母双亲也高兴得合不拢嘴，对来祝福的亲朋好友笑眯眯地连声道谢。但令人感到奇怪的是，黎锦华的父母亲却没有来。自从司马与黎结婚后长达五年时间，两亲家仅在 1996 年见过一次面，就不再相互往来。

好了伤疤忘了痛的妻子，对丈夫恩将仇报

作为离婚女人黎锦华，就因为作风轻浮不检点，不老实，争强好胜，才导致第一场婚姻失败，但她却没有从中吸取教训，在她心目中或许认为与司马正式结婚了，有了一纸婚书做保障，便有点得意忘形了。和黎锦华一起在商场经商的其他女人心里对黎锦华是又羡慕又忌妒，他们羡慕黎锦华的"梅开二度"，又忌妒黎锦华嫁给了司马斌，摇身一变从离异可怜巴巴的单身女人成了尊贵的法官夫人，商场里的女人自然是对黎少了几许怠慢，多了几分尊敬。这样从别人敬佩的眼光中，黎锦华很是掂出了自己的分量。黎锦华的确变了，变得连司马有时都不敢相信自己的眼睛。她不仅失去在同居时那种相敬如宾的夫妻情，而且对他也越来越不耐烦。在两人的夫妻生活时，完全不懂得爱惜丈夫的身体，性欲亢进的黎锦华，有时竟要求丈夫一夜云雨几番，使丈夫的身体吃不消，两人毕竟相差近十岁，黎身体健壮，而司马略显单薄，双方不仅年龄、体力也存在差异，有时看到丈夫累得汗流浃背，无法动弹时，黎不仅不安慰反而讥笑丈夫无能，让司马好不心酸。但颇于心计的黎锦华又常常充分利用丈夫的身份。不管在什么场合，总喜欢以法官夫人的身份自居，遇到别人的请求，总是有求必应，一拍胸膛表示可以"搞掂"。当然，每次"搞掂"她总是得到丰厚的回报的，求她帮助的人为了讨好她及今后更方便办事，不仅送礼而且还送钱。说来也奇，自从她成了法官夫人，她摊上的生意日益红火起来，钱包

胀鼓了起来。黎锦华的确是好了伤疤忘了痛，对丈夫及家公家婆、包括自己的亲生儿子也不那么看重了。对家庭的概念也模糊了。一到晚上便常常纠集一帮朋友去酒楼喝酒聊天，到歌厅唱卡拉 OK，知道半夜三更才骑上摩托车尽兴而归。就在这个时候，黎锦华认识一名叫张宁（化名）的年纪比她大 5 岁的生意人，两人很快便从生意伙伴发展成情人的关系。能说会道的黎锦华觉得和张宁在一起，话语投机。而文化不高的张宁是个调侃高手，天南地北胡侃一番，令黎锦华产生一种相见恨晚的感慨。二人迅速坠入情网，张宁的介入，满足了黎锦华心灵的空虚与无聊。

而司马斌太内向了，对妻子的所作所为，虽然偶有不满，也从不过多流露。即使是在他尊敬的父母面前，也从不说一句妻子的不是。也许在他心中，他想自己当初顶住父母及社会舆论的压力与一位离异且带有儿子的"二锅头"为妻，认为此举不为他的真情赤诚也为他的一腔热血应该会感动对方吧。然而，书生气太浓太重的司马斌错了。他太热爱自己的审判事业了，他一心扑在工作上，毕竟组织上已把他提拔为副庭长了。在基层法院工作，副庭长除了要配合好庭长工作还有千头万绪的工作，司马一心一意只想做好工作，尽心尽意做好一个法官。

直到 1999 年 2 月一位好心的朋友给司马打电话提醒说："经常见黎锦华与一位中年男子，成双结对出入歌厅，两个十分火热。"司马才觉察妻子红杏出墙，于是，司马劝说黎锦华说："你是法官的妻子，凡事要有分寸，不为自己，也得为儿子和我考虑。"黎不服气地辩道："我怎么啦，法官就了不起啦，你那可怜的几个钱，能让我吃香喝辣了，还不是老娘起早摸黑撑着这个家？"司马再想发作，终究还是忍住了。

经历过那次争吵黎似乎有点收敛，家庭暂时恢复了平静。

到了 3 月的一天，司马夫妻二人正在亲热，黎忽然故意触司马的敏感处说："你怎么那样中看不中用？"司马听到妻子又在讥笑自己脑门一热说："你怎么那样无聊？"黎说："你才无聊。"司马说："你下流！"黎骂道："你是废物！"于是两人扭打起来，黎仅穿内裤、文胸冲出去被一位来探司马的亲戚看见，爱面子的司马连忙将妻子拉了回来，他好不尴尬。或许是从那一刻起司马决定与黎离婚。

其实，黎心中清楚，身为法官的司马肯定不能容忍她的放荡的，肯定会和她分手，但是，她从不检点自己的行为考虑，反而从骨子里增加对司马的仇恨。她明白，司马是她与情人偷欢的障碍，于是决定找机会报复司马。

蛇蝎妻子，毒杀法官丈夫天理难容

1999 年 5 月 31 日这天司马斌心情特好，那天下午他和同事一起在江南区人大受到领导的接见，并获悉组织上将提拔他当庭长。晚上 20 时，他坐在电脑前练习电脑。后见妻子不在家，便独自喝了点酒，半夜 24 时，在外面风流快活的黎锦华骑着摩托车回到江南区法院司马斌的宿舍，司马斌看见黎锦华的衣服湿湿的，便十分友好地为妻子开了热水器让妻子进卫生间洗澡，因黎不关门，司马斌看见了黎身体的曲线，当时有点酒意的司马斌产生了冲动，这段时间突击办案日夜操劳，加上黎锦华近期常常早出晚归没有机会，身强体壮的司马斌在酒精的作用和看到妻子裸体的情况下有点难以自制，于是他脱掉了衣服，也进入卫生间用手轻轻摸着妻子的身体，趁机想和妻子性爱一次，这一要求不仅是出于善意，而且，完全合情合理。不想黎锦华却又冒出一句："老娘想时，你不行。而今老娘累了，你偏要惹老娘，这算什么？不准碰老娘！"且一下推开了司马。看到妻子冷冰冰的一副凶巴巴的样子作为一个男人被妻子毫无理由的断然拒绝激怒了，已喝了酒的司马心里十分不服气，仍然要过来抱黎锦华，没有料到黎突然凶狠地拿起地上的哑铃猛然地在司马的头部击了一下，这里酒精也起了作用，司马迷迷糊糊睡着了。在司马昏睡 20 分钟这段时间里，黎锦华把平日对司马的积怨化成仇恨，于是动了杀心。司马在昏昏沉沉的状况下，被黎摇醒。黎拿出事先准备好的 100 片安定药片，全部倒入司马使用的水杯内，倒进开水用筷子搅拌致全部溶解，然后，假装十分亲热地对司马说："你快一点起来喝了这杯茶，可以醒酒了。"司马做梦也想不到妻子会对他下毒手，连想也不想便一口喝光了这杯茶。至此，司马斌自己是怎么死的都不知道。

次日上午，黎锦华确认司马已死亡之后，来到司马父母家，司马父亲看见儿媳大清早就过来，忙问道："锦华，是不是斌儿病啦？"黎锦华连忙掩饰说："不是的，阿斌今日出差到桂林为当事人追债了，特意让我来讲一声给爸妈听。"可怜司马父母听了儿媳面不改色心不跳所说的这句假话，不仅完全相信了，而且还美滋滋地夸儿子懂得尊敬父母，他们万万没有想到自己心爱的儿子在另一外世界，独自一个人凄凉地赴黄泉之路了。

眼看已经骗过司马的父母，黎锦华当天又以同一理由向司马所在的工作单位领导和同事请假，末了还特意加了一句说："司马与当事人去桂林追债，数目巨大恐怕要过几天才能回来。"

6月2日，由于天气酷热，停放在卧室床上的尸体已开始发臭。黎锦华在司马尸体的脖子上用刀切开了一道口，企图通过放血来减轻尸体所散发的臭气，但此办法不见奏效，黎锦华只好十分费力地将尸体从卧室的床上搬到卫生间，她拿出硫酸与盐酸的混合液倒在尸体的背臀部，做溶解尸体的试验，发现此办法能溶解尸体，便心生一计，打算用大量硫酸来毁尸灭迹。一个人身单力薄，难以操作。黎首先第一个想到她的热恋情人张宁。6月3日上午十点钟，黎给张宁打电话说："有一件急事请你帮忙，中午到教育宾馆见面再商量。"中午和张宁如约前往，见面后黎对张说："我已将丈夫杀死两天了，现在尸体已发臭被我放在卫生间淋水。"张宁听说黎这么说，心里有点害怕，张宁问："那你要我怎么做？"黎锦华接着说："你帮我把尸体装进纸箱里，用汽车拉出去埋掉。"张宁十分担忧地说："尸体这么长，怎能放进纸箱？"黎眼露凶光："那就把他砍成两截。"张宁还是忧心忡忡地说："尸已经发出臭味，你从法院的宿舍拉出肯定会有人知道的。你还不如去自首吧。"黎锦华说："自首，还不是让我去送死，不行，绝对不行。我看干脆用硫酸把尸体溶掉算了。"面对黎的惨无人道，张宁犹豫了，说："让我回去考虑一下。"

回到家中，张宁左想右想还是不敢行动，因为他与司马也认识，觉得司马待人很善良很随和，他的确是下不了手。但黎锦华紧追不舍两次打电话来，让张宁到她家里去面谈。既然她能残忍地杀害自己的亲夫，对自己会不会下毒手呢？一想到此，张宁不禁打了一个寒战。为黎锦华与自己悲哀的婚外情，张宁决定向警方报案并且向警方承他与黎锦华的婚外情。

6月3日下午4时，当地公安机关刑侦大队的侦查员和法医一道赶到现场。在黎的宿舍发现了尸体，尸体俯卧于卫生间内，头朝南脚朝北，身上仅盖着一张粉红色的床单。尸体已经开始腐烂。尸检结果：未见致命性暴力导致死亡的迹象，物理分析是死者的胃内及肝组织均检出大量的安眠药成分，而且完全达到了致人死亡的迹象。结论是：法官司马斌并非仅属外力所致的死亡，死亡是由于过量安定中毒所致。而黎锦华却一口咬住说："司马斌想对我进行性虐待，所以被我用哑铃敲了一下头部，我没有给他吃安眠药。"

但是，既然死者胃液存在大量的安定，安定从何而来？莫非是死者自杀？公安机关不得不采用了现代化的侦破手段用测谎仪对黎锦华进行测试，面对心理测试。黎锦华是一副死猪不怕开水烫的模样，压根看不出她有半点慌张。

事实上，在杀害司马的10天前，黎锦华便着手实施杀人的准备，她通过熟人杨明（化名）开了100片安定药片。黎掌握了司马生活中有一个规律就是每天酒后都要喝点茶解酒，所以在司马昏昏沉沉时下毒手。凶残地杀害了司马。但是她却死不肯认。

黎锦华尽管狡猾但在多方证据的证明下，她不得不低头认罪，1999年12月顽固抵赖了6个月的黎锦华向警方如实交代了杀人的经过。2000年5月12日南宁市人民检察院将案件向南宁市中级人民法院提出公诉。

当法官问她为什么杀害丈夫时，黎锦华说："是因为丈夫性无能，并常常对我进行性虐待，我实在无法承受了，才起了杀心。"黎锦华不愧是黎锦华，她搬出一个对中国人来说都忌讳的话题，即性问题，这是让许多国人脸红的问题，而且丈夫已死，查无对证。这是为了逃避法律责任使出的最后杀手锏。尽管她再狡猾，也无法推卸自己的责任，毕竟铁证如山。

而且她所说的这番话事实上是不可能的。司马作为一名基础法院的优秀法官，绝对不会如此对待自己的妻子的。是黎锦华不懂得自尊自爱，才在"得不到，别人也休想得到"的变态心理的支配下发狂。她残害给她幸福与温暖深明大义知书达理的丈夫，到头来，为逃避法律的惩罚，反打一耙，说丈夫对她性虐待，妄想逃避法律。在法制日益健全的今天，黎锦华的想法未免太简单太幼稚。南宁市中级法院于 2000 年 7 月 6 日以黎锦华犯故意杀人罪判处其死刑，剥夺政治权利终身。黎锦华不服，广西区高级人民法院经过艰苦的调查取证，终于最近依法维持了一审判决，并下达了执行死刑的命令将黎锦华押上刑场执行枪决。

这一切似乎可告慰被残杀的年富力强的法官英魂，也可安慰晚年痛失爱子的风烛老人。但愿这种悲剧不再上演。

中国律师为外国海盗辩护

震惊中外的"3·17"跨国海盗案

1997年初，芒泰昂通过其在泰国的老朋友认识一个叫彼先生（译音）的泰国华人。1997年底彼先生提出要芒泰昂参加抢劫轮船。1998年11月的一天，彼先生带芒泰昂认识了一个叫洪先生的人，并在一起商谈有关抢劫货船分工事宜，由洪先生具体分工。彼先生负责为抢船准备快艇、渔船、枪支、通信工具、召集船员并提供食宿等；芒泰昂任船长，负责控制抢来的船，指挥船上的船员，并按洪先后提供的电台呼号和频点与菲律宾总部联系，按总部指示的航线航行；洪先生负责销赃以及对中国方面的联络。经过一番充分准备之后，彼先生与芒泰昂组织夏梭、觉索林等13名缅甸人前往安达曼海域司机抢劫。出发前，彼先生和芒泰昂向众人许诺，只要将船开往中国，返回每人可领10个月的工资。

1999年3月15日凌晨1时许，彼先生与芒泰昂等14人一起乘坐一艘小渔轮驶入安达曼海域。到了那儿，该渔轮先后与持有枪械的泰国海岛乘坐的另一艘渔轮和一艘快艇会合。随后彼先生、芒泰昂、夏梭、吴索伦和觉索林登上快艇。其余10人则留在渔船上准备接应。在快艇上一名泰国海盗交给芒泰昂一支手枪，夏梭、觉索林、吴索伦各一把刀。随后，快艇即在海面上艘目标，以进行抢劫。

1999年3月17日凌晨1时许，当台湾巴商高速投资公司的巴拿马级货轮"海的主人"（MARINEMASTER）号途径安达曼海域时，彼先生命令快艇跟踪"海的主人"货轮。当快艇追上货轮时，一名泰国海盗抛绳钩住货轮的栏杆后，芒泰昂、夏梭、觉索林和几名泰国海盗持枪、刀先后攀援上货船。上船后，芒泰昂和其他海盗直冲轮船驾驶舱。持枪制服驾驶舱里的二副和一名水手、控制驾驶舱后，芒泰昂喝令二副打电话叫船长过来，芒泰昂用手枪抵住船长的头部，逼船长用电话要电报员到驾驶舱来。电报员发觉货轮有被人动过的痕迹，即跑回电报室锁门报讯。芒泰昂和两名泰国海盗追至电报室门口，有一名海盗朝电报室的门锁部位开了一枪，子弹穿透门板击伤了电报员的手，趁电报员受伤无法反抗将电报员抓获押至驾驶舱。芒泰昂从舱里找到一份船员名单；知道船上共有 21 名船员（其中船长和轮机长是台湾人，其余都是菲律宾人）。芒泰昂命令夏梭、觉索林带几名泰国海盗将所有的船员全部抓到驾驶舱来，并实施捆绑、堵嘴、蒙眼等手段，搜取船员身上和船上的财务。待将货轮控制后，芒泰昂用对讲机通知在渔船和快艇上的其他海盗前来接应。芒泰昂接着与其他泰国海盗持枪将货轮上的 21 名船员赶至小渔船上。后来，泰国海盗又将该 21 名船员放到 9 个充气阀上，任其在海上漂流，幸被泰国渔船搭救才得以生还。此次抢劫共抢得价值人民币 8278900 元的轮船一艘和货轮上装载的价值人民币 5801366.7 元的纯碱 6215 吨以及 12000 余元的财物，之后彼先生和其他泰国海盗全部撤离轮船。芒泰昂按彼先生的指示指挥同伙将货船驶离现场前往我国销赃。

随后，芒泰昂指示吴索伦等人涂改或销毁航海资料，同时对货船的名称、驾驶楼等部位进行涂改。并按菲律宾总部的指示，将货船驶至我国广东省汕头港，花了整整一个月时间卸下抢得的 6215 吨纯碱进行销赃。

销赃后，芒泰昂认为大功告成，非常得意，在驾驶货轮返泰国途中，因操作不当而出现故障，不得不将货轮驶入广西防城港停泊报修，1999 年 6 月 8 日被我公安机关抓获，并追回被抢财物归还失主。

1999 年 12 月 6 日，广西防城港市检察院对芒泰昂等 14 名海盗以抢劫罪向防城港市中级人民法院提起公诉，防城港市中级人民法院于 1999 年 12 月 25 日公开审理了这起震惊中外的跨国海盗案。经审理，1999 年 12

月 31 日作出一审判决：以抢劫罪判处海盗船长芒泰昂死刑，并没收个人全部财产；判处夏梭、觉索林无期徒刑，并没收个人财产；其他 11 名被告人分别被判处五年至十三年有期徒刑，附加驱逐出境。宣判后，14 名被告人向广西壮族在自治区高级人民法院提起上诉，自治区高级人民法院于 2000 年 7 月 19 日至 20 日依法对此案进行公开开庭审理。

中国律师为跨国海盗辩护

由于本案被告人全部都是外国人，他们自己没有委托辩护人。根据《中华人民共和国诉讼法》和有关规定，法院应该为他们指定辩护律师。在一审、二审中，防城港市法律援助中心和自治区法律援助中心委派了 19 名和 12 名律师为 14 名被告人提供了法律援助。

以芒泰昂为首的跨国海盗万万没想到，中国政府会为他们请律师，义务辩护，不仅分文不收，而且不抽他们一口烟，不喝他们一口水。

起初，他们根本不相信中国的律师会为他们说话，以为开庭辩护只是形式而已。但在一审开庭的第一天一个细小的事情竟让这些玩生死牌的海盗感动。那天天气十分寒冷，当出庭的律师看到有几个被告人还穿着拖鞋，立即向法庭提出，值庭人员马上拿来棉鞋给被告人穿上，通过这件小事让那些跨国海盗相信，为他们提供法律援助的律师是真正维护他们的合法权益的。

在这次法律援助中，无论是在一审还是二审，中国律师的工作都是尽职尽责的，他们为我国的法律援助工作赢得了良好的国际声誉。

在一审时防城港法律援助中心挑选了 19 名具有丰富办案经验的律师担任辩护人，而整个防城港市总律师人数是 33 人，占了一半以上，为了完成此次法律援助任务，有的律师事务所干脆锁上大门全体出动。在 19 名法律援助的辩护律师中，有几名律师是从县里抽调来的，他们没有固定的就餐地点，中午也没有地方休息，每天起早摸黑，往来几十里路，天气酷热，却没有丝毫怨言。

援助律师们工作都认真负责，开庭前做了大量的准备工作，多次会见被告人，认真查阅案卷，他们复印的各类案卷材料多达 400 多页。

在这里有必要提一下为主要犯罪嫌疑人芒泰昂担任辩护的二位律师，一名叫黄海冬，另一名叫赵维奇。黄海冬是中南律师事务所的律师。自从担任芒泰昂的一审辩护律师后，黄海冬就仔细查阅芒泰昂的预审案卷，认真询问芒泰昂及其他被告人，对被告人的供述进行认真分析印证，发现起诉书中指控芒泰昂开枪打伤电报员证据不足，向法庭提出，这一意见最终被法庭采纳。赵维奇是桂冠律师事务所律师，担任芒泰昂二审的辩护律师。赵维奇是个典型的东北大汉，担任律师之前当过海军，具有一定的航海知识，为做好法律援助工作，赵律师多次从南宁搭大班车到防城港看守所接触、了解芒泰昂，细心阅卷，较圆满地完成了法律援助任务。

在二审中，中国律师在法庭上慷慨陈词："这些缅甸人身置异国他乡（泰国），通过正常的渠道（职业介绍所），希望凭着自身的一技之长谋求一份职业，他们怎么知道这个公司干的是海盗勾当？当他们登上货轮、目睹事情后，面对的却是茫茫大海，背向的是乌黑的枪口，如此情形下，他们又能怎么办？何况，老板扣留了他们的护照，并以性命相威胁……"

广西壮族自治区高级人民法院的法官充分听取辩护律师的合理意见。

不仅如此，针对被告人数多，辩护律师多等情况，为了保证辩护律师能更好地掌握被告人的情况，高级人民法院的领导非常重视此次审判。高院专门指派法官将全部案卷（除涉及有关机密及法庭等以外）押送到广西区法律援助中心，方便律师们进行阅卷。和自治区高级法院一样，防城港市中级人民法院也给予了律师们极大的工作便利，该院原计划在 1999 年 12 月 20 日开庭审理此案，但考虑到律师们 12 月 14 日才接到法律援助任务，若按原计划开庭，律师们就难以做好会见被告人、阅卷等庭前准备工作，这样无疑对充分维护被告人的合法权益不利。于是经与有关方面协商之后，防城港市中级人民法院作出决定，将开庭时间延迟到 12 月 25 日，整整给了律师们一个星期工作日的时间，是多么难能可贵啊！

中国律师越发为国外海盗提供无私的法律援助，律师们辛劳的汗水没有白流。

2000 年 8 月 21 日，广西壮族自治区高级法院在充分听取律师们的辩后意见后作出终审判决，芒泰昂犯抢劫罪判处死刑、缓刑两年执行，并处没收个人财产。夏梭、觉索林与原判处罚相同外，其他 11 名被告人二审判处的刑罚均比一审轻二至三年。

对于中国法院实事求是的精神和律师们忘我的工作态度，这些外国人被告人很受感动，他们由衷地说："感谢中国法院、感谢中国的法律援助，感谢律师们为我们辩护。"其中夏梭、觉索林对法院的判决也表示服判，认为法院在一、二审都依法维护了他们的合法权益。

主犯芒泰昂更是十分感激法院的公正判决。芒泰昂说对中国人的船只他从来不抢的，因为他的母亲是个中国人，他的血脉有中国人的一半。

终审之后话本案

中国律师按照司法部门法律援助中心关于委派法律援助案件"四统一"原则（即，由属地方法律援助中心统一受理申请，统一组织法律与服务人员实施法律援助，统一监督检查法律援助实施情况），为外国海盗进行了规模巨大的辩护，引人瞩目。外国舆论普遍反映良好。

中国律师在震惊中外的"3·17"海盗案庭审中的出色表现，展现了我国律师良好的精神风貌。在此次法律援助中，援助中心所派出的都是最优秀的律师，他们中有广西十佳律师，有从事律师工作多年经验丰富且熟悉航海业务的中年律师，有精通刑事法律的崭露头角的律师新秀，中国律师良好的素质向人们昭示：中国的律师是一流的，他们有能力做好对外国被告人的辩护工作。

事实上，中国律师以出色的劳动赢得了良好的声誉。

"3·17"跨国海盗案是一起棘手而敏感的涉外犯罪案件，涉及多个国家和地区，14 名跨国海盗均为缅甸人。审理这起案件，既要表明我国严厉打击跨国海盗在海上武装抢劫犯罪的严正立场，又要体现中国司法的客观公正和对被告人合法权益的维护。由于涉案的14名海盗都是外国人，语言不通，给审判工作带来了极大的困难，这对于首次受理如此重大的跨国海盗案的广西法院来说，无疑是一次严峻的考验和对法官业务素质的挑战。

二审时，自治区高级法院派出了5名法官组成阵容强大的合议庭，他们有刑庭庭长，有业务强、素质好的资深法官。法官们在庭审中详细适当、重点突出，抓住要害进行审理，整个庭审始终有条不紊，表现了中国法官高超的庭审技术和执法水平。

对此，连参加庭审的检察官们也由衷赞叹说："法官们在庭审中很好地掌握了庭审的节奏，详细得当，不在枝节上纠缠，突出重点，抓住要害开展庭审，为公开裁决提供了重要的条件。"

受审的14名海盗也认为，在中国没有受到非法的对待，中国的法官充分听取了他们的申辩理由，判决是公正的，便是服判。

八警官权钱交易
导演监狱腐败大案

新闻背景：中央电视台 2000 年 5 月 28 日 "新闻联播" 报道，广西壮族自治区发生新中国成立以来最大的一起司法腐败案，涉案的犯罪嫌疑人胡耀光等 7 名警察和 1 名法官长期勾结，狼狈为奸，大肆搞权钱交易，先后违法地为 60 名罪犯搞减刑，假释。

此案一出，震动中央，国务院总理朱镕基曾对此案做过重要批示：江总书记说过司法腐败是最大的腐败，我们惩治腐败绝不能心慈手软，司法机关对此案一定要严惩不贷！

本文作者系广西壮族自治区高级人民法院的法官，在案发后对本案进行了跟踪深入采访，独家披露这起特大腐败案的内幕。

权钱交易，好干警一步堕深渊

1951 年 8 月 20 日，胡耀光出生于广西陆川县一户普通家庭，高中毕业后分配在一家国营企业——罗城矿务局工作，由于他出身好、根正苗红加上工作表现出色被组织安排到局机关从事工会工作。

1986 年 1 月，罗城矿务局改为罗城监狱，胡耀光从普通工会干部，变成罗城监狱管教干部。1990 年他被提拔为罗城监狱科科长。客观地说，胡耀光任科长初期还是较严格要求自己的，但后来受不良风气的影响，逐步放松了对自己的要求。

一天，胡耀光的几个朋友从广东深圳来到罗城，他在一家中档次的酒家请朋友吃饭，朋友们行令划拳，好不热闹。很快，他们喝光了一瓶白酒，大家都有点醉意了。这时有人又提议去找几个小姐唱歌跳舞，乐一乐，众人连声说好。不一会儿，几名穿着入时，打扮漂亮妖艳的小姐来了，大家闹成了一团。凌晨一时，饭局才结束。酒家一结账，连小姐坐台费在内一共1700元，胡耀光一看愣住了，表情十分尴尬，因为他身上只带了900元，其中一部分还是刚发的工资呢！

这时，来自深圳的朋友黄积说："今夜我埋单。"言毕从口袋中掏出一整沓百元人民币扔在桌上，胡耀光脸涨得通红，黄积好像很随意地说："其实，你手下有那么多囚犯，挣钱岂不是很容易的事？"

当夜胡耀光回到自己简陋的住处，他辗转反侧陷入了深思：自己虽然是个科长，但每月400的工资仅能勉强供两个儿子上学及日常开销，眼看别人腰缠万贯，他却连一顿饭也请不起，想到此他感到愤愤不平。他曾把这个事当笑柄向同事抱怨，甚至在不同场合，他还对干警及赤膊劳动的犯人开玩笑说："谁要是愿意花钱抵劳役的，不妨来找我胡某人。"

1994年4月的一天晚上，一位叫曾茜的年轻妇女敲开了入出监大队党委书记陈桂贤的家门，拿出5000元，求陈妻帮忙讲好话，让其夫马代连早日出狱。曾茜走后，陈桂贤才从外面回来，听妻子一说，陈桂贤觉得这事还要靠胡耀光帮忙，他和胡耀光交情不错，他拿出3000元去找胡耀光"商量"，胡耀光假意推托了几下，最后还是收下了这3000元钱。

第二天傍晚，胡耀光将陈桂贤约到一家酒店喝酒。胡耀光说："我查了一下曾茜老公的档案，他犯的是行贿、伪造证件罪，还有整整两年才出狱，要办理假释几千元是不够的，得想办法向她多要一点。"陈桂贤答道："这个不成问题。"

1994年7月，曾茜再次来罗城探监，将7000元交给了胡耀光。"有钱能使鬼推磨"，1994年9月29日，马代连顺利获假释出狱，重获"自由"。

事后，胡耀光分得账款 7000 元，陈桂贤分得 5000 元。胡耀光用此款特意到金店买了一条项链及一条金手链，让妻子高兴高兴，陈桂贤则将钱存进了银行。

1995 年 6 月，犯人家属李英通过胡耀光花了 15000 元将其儿子谢永辉提前两年从监狱"买"了出来。连续两次与陈桂贤合作"成功"，助长了胡耀光的贪欲，虽然他知道金钱交易为犯人办减刑、假释是违法犯罪的，他却置党纪国法于不顾，更加肆无忌惮。

狼狈为奸，收钱放人一条龙

在这宗特大腐败案中，接着下水的是潘兆轩、石军。胡耀光提为副监狱长后极力向组织推荐二人，终于使潘兆轩爬上科长的宝座。石军同时被提升为副科长。当然真正使潘兆轩感激涕零的是胡耀光对他的庇护。

1995 年的秋天，犯人韦能找到潘兆轩帮忙办个假释，潘兆轩向韦能索要了 25000 元钱后，利用他曾获全国司法系统硬笔书法一等奖，模仿别人的笔迹能以假乱真的"特长"，仿照主管领导的笔迹发呈报假释建议书。可是，此事不知怎被其他干警捅了出来。冒充领导签字这还了得，弄不好大好前程就会因此"报销"。正当潘兆轩惶惶终日不知所措时，胡耀光获悉了这一情况，他不动声色地站出来表态：字是他签的。由于有胡耀光的遮掩，潘兆轩得以躲过这"一劫"。感激涕零的潘兆轩、石军等得力干将的"支持"，胡耀光在狱中的"威望"日益升高，且不论犯人，许多干警见到他都恭恭敬敬，胡耀光感到好不惬意。很快，一群臭味相投的家伙汇集到他的麾下，他们是：狱政科科长潘兆轩、副科长石军、监狱医院院长张贵、入出监大队党委书记陈桂贤、第五监区管教科科长陈继才、副教导员李远贤等。由潘兆轩、石军具体操办上报减刑、假释材料；张贵负责出具对犯人患病的疾病诊断：陈桂贤、陈继才、李远贤则负责与犯人"沟通"，他们口照不宣，行为诡秘，在罗城监狱里简直是"一手遮天"。

当然，在"官场"上混迹多年的胡耀光心里明白，仅靠监狱的权力还成不了"气候"，要将减刑、假释办成"一条龙"，若没有掌握判大权的法官加盟，就无法保证财源滚滚。于是他把眼光投放到另一个人身上，此人就是原广西河池地区中级人民法院刑二庭庭长韦哲文。胡耀光得知韦哲文两个儿子都患有"地中海贫血"，便表现出出乎人们预料的热情和"关心"。在金钱和利益的诱惑下韦哲文也下水了。从此8个胆大妄为的家伙勾结在一起，形成"八仙过海，各显神通"之势。

1996年2月，犯人家属钟义德拿30000元现金找潘兆轩，原来其弟钟志德因犯盗窃罪被法院判处有期徒刑十二年，刑期至2003年4月，现关押在罗城监狱。他求潘科长让其弟早日假释出狱。潘兆轩收下了这笔巨款。第二天，潘兆轩立即指令监狱医院上报钟志德的材料至狱政科，因钟志德服刑未过半，余刑太长，狱政科未同意上报。但潘兆轩未经狱政科讨论即直接填写假释建议书，胡耀光大笔一挥签发了此份建议书，呈报至河池地区中级人民法院。上报材料后，潘兆轩多次向韦哲文打电话，请韦哲文对此案进行关照。为此，韦哲文睁一只眼，闭一只眼，使钟志德走出监狱这天，还有整整90天服刑期才过半。

1996年5月，胡耀光的母亲陪同两名妇女风尘仆仆来到罗城监狱"探望"胡耀光。这两名妇女年长的叫赖珍，是犯人欧一伟的母亲，与胡耀光是姑表关系，年轻的叫沈敏是欧一伟的妻子。此行的目的，是想叫胡耀光想办法让欧一伟提前获释。晚饭后，赖珍小心地从包里掏出1000元现金送胡耀光请他关照"老表"欧一伟。

1997年9月，沈敏再次来到罗城，又送了5000元给胡耀光。此后，胡耀光在监狱中称欧一伟是他的老表，要求中队到大队干部都要对欧一伟进行"关照"。

1997年12月16日，罗城监狱水泥厂将欧一伟减刑材料上报狱政科，身为副监狱长的胡耀光不顾日常工作事务多多，亲自主持了狱政科的讨论，在会上胡耀光振振有词地说："大家都知道，欧一伟是我的老表，谁都有自己的亲戚老小，所以希望大家念着亲情，放其一马，对此你们有没有意见？"胡监狱长说罢，故意用眼睛瞥了一下四周，见大家都不吭声，接着说："既然大家无意见，就算通过了。"此时，胡耀光心里十分清楚欧一伟服刑期未过半，若不是有他在此坐镇，欧一伟的假释肯定通不过。

对欧一伟的假释建议在狱政科得以"通过"的当天，胡耀光亲自签发了假释建议书，将欧一伟的材料上报河池地区中级人民法院，接着，胡耀光亲自给韦哲文打电话，要求韦哲文对欧一伟给予假释。1997年12月31日，韦哲文主持合议庭对该案进行合议，因欧一伟实际服刑期未过半，合议庭的意见不同意假释，仅同意给予欧一伟减刑1年6个月。胡耀光得知合议结果（法院的合议意见是机密），立即给韦哲文打电话，要求韦哲文无论如何都要为欧一伟办假释。韦哲文无视合议庭的决定，不再重新合议，即指使该案的承办人写裁定书，直接裁定假释，然后签发。犯人欧一伟顺利地于1998年2月25日获假释出狱。

犯人陈绍基的两个弟弟陈良、陈添专程从广东省赶到罗城探监，并向陈继才提出要大哥保外就医，广东人财大气粗，陈继才一听陈氏兄弟的口气，顿感发财的机会来了，马上通过李远贤向胡耀光汇报，胡耀光未听完汇报便感到有"油水"可捞，立即表态："这个好办，但一定要多收些钱，反正广东人钱多。"潘兆轩闻言，立即找到陈氏兄弟，转告"胡监狱长"的意思。经过一番讨价还价，陈氏兄弟同意按胡耀光的意思去办，双方还商定在一个星期内拿钱来办理减刑，假释手续。

1997年7月2日，兄弟俩如约再次来到了罗城县。当天傍晚，陈氏兄弟在罗城一家最有名的酒店宴请胡、潘等人。晚上，在罗城宾馆内，陈氏兄弟将80000元现金交给潘兆轩。潘兆轩收下钱，立即吩咐第五监区的干警整理有关陈绍基保外就医的材料，然后出具医院诊断证明，证明陈绍基"患病"，同意保外就医。很快，罗城监狱就向广西自治区监狱管理局做了呈报。至同年9月初，已调任广西自治区强制戒毒所代理科长的潘兆轩，亲自跑到监管局取出暂予陈绍基监外执行的批示公函，直接携带到罗城县，"邀功请赏"。为此，潘兆轩分得25000元，李远贤分得26250元，胡耀光分得10000元，张贵分得5000元。胡耀光用钱买了一对金耳环，潘兆轩则配置一部新的诺基亚手机。

在这起特大腐败案中，细心的读者不难看出其中的两个关键人物：一个是胡耀光，另一个便是韦哲文。两人有很多相似的地方，平时都装出一副道貌岸然的样子。实际上却是那么厚颜无耻。一次，胡耀光在一个公开场合口出狂言："在我罗城监狱 10000 元减一年刑是湿湿水的事情。"比起胡耀光，韦哲文有过之而无不及。在犯人韦继勤的亲戚找韦哲文帮忙办假释时，因韦继勤的亲戚只筹得 13000 元，与商谈的价格差了 3000 元。韦哲文生气地说："少一分也不行，少了就不要了。"简直贪婪到了极点。

贪官落网，多行不义必自毙

1998 年 5 月 19 日，广西区高级法院的法官接待了一名叫王贵军的来访者。他怀着悲愤的心情向法官讲述了一件令人惊心动魄的事情。半年前，他花了 27000 元将他的弟弟王贵生从罗城监狱"买"了出来。他弟弟犯的是强奸罪，刑期应到 2002 年 4 月 7 日才能届满出狱。王贵军说，他是看到弟弟坐监凄凉才动了恻隐之心的。谁料到弟弟出来后，劣性不改，打骂父母，在家中称王称霸，而且四处行骗。悔不当初的王贵军，强烈要求法院将他的弟弟重新"送"回监狱。于是，一宗惊动中央的特大腐败案便浮出了水面。案情很快逐级上报到了中央，国务院总理朱镕基批示：江总书记说过司法腐败是最大的腐败，我们惩治腐败绝不能心慈手软，司法机关对此案一定要严惩不贷！

由于这一天是 5 月 19 日，因此，此案被确定为"5·19"大案。当天，检察机关以迅雷不及掩耳之势，对胡耀光、石军二人的办公室、住所进行搜查，其中从胡耀光的住所和办公室搜出现金 10900 元，存单 44 张共 459048.82 元，及物品一批。

检察机关立即对胡耀光展开了强大的攻心战，在铁的事实和大量的证据面前，胡耀光终于低下罪恶的头颅，交代了犯罪事实。

然而，出乎人们预料的是，检察机关的调查取证工作却受到了前所未有的重重阻力，阻力主要来自受到胡耀光等人"恩惠"的犯人及其亲属，几乎所有获减刑、假释出狱的犯人包括其亲属，都不愿作证，他们担心重新被抓回监牢和害怕惹上行贿的罪名，所以调查取证陷入了十分被动的境地。

8名犯罪嫌疑人的认罪态度尤以韦哲文最为恶劣。身为法官的韦哲文自以为熟悉法律，有一定反侦查能力，自始至终不肯认罪。韦哲文在替一犯人办减刑时，收了犯人亲属的7000元。犯人亲属为防止"韦法官"耍花招，特意将整个"交易"过程录了音。韦哲文却对自己瓮声瓮气的"不用点啦"（数钱的声音）不认账，推说是别人故意陷害他。直到办案人员出示中国刑侦权威部门做出的此录音语言、声纹等与相吻合的鉴定后，狂躁的韦哲文才安静几许，但顽固不化的韦哲文仍拒不认罪。由于案情复杂，涉及面广，而且昔日抱成一团，称兄道弟的8名嫌疑犯，开始互相推卸责任。在陈绍基减刑、假释一案中，明明是潘兆轩分得25000元，李远贤分得26250元，胡耀光分得10000元，张贵分得5000元，李远贤却推说只分得20000元，胡耀光开始也不认账，他说没有收到钱。在推卸责任的同时，8人之间竟相互攻击，制造了一些难以查实的情节。所以，办案工作遇到了艰难困阻。在诸多困难面前，检察官们没有畏缩。他们整整花了1年4个月时间，行程50000多公里，做了大量调查取证，付出了艰辛劳动，克服了许多意想不到的困难，查明了主犯胡耀光单独或伙同他人受贿336000元，主犯韦哲文受贿65000元，7名警察和一名法官先后为60名罪犯搞减刑、假释等事实，并于1999年9月9日正式向河池地区中级人民法院起诉。

公元2000年5月27日，即距"5·19"特大司法腐败案案发两年后的初夏，广西河池地区中级人民法院经连续五天艰辛的审理，终于作出庄严的一审判决：以胡耀光犯受贿罪、判处有期徒刑十五年；犯徇私舞弊减刑、假释罪判处有期徒刑三年，总和刑期十八年，决定执行十七年；以韦哲文犯受贿罪，判有期徒刑六年，犯徇私舞弊减刑、假释罪判处有期徒刑六年，总和刑期十二年，决定执行刑期十一年；其余六外罪犯分别将处六个月以上至八年不等的有期徒刑。至此8名被告人均受到了法律的严惩，本案一审宣告终结。

"包二奶"导演的人生悲剧

一个要做城里人，不惜用青春美貌做赌注；一个图风流潇洒，不想只顾婚外买欢情……

风流老板亡命出租屋

沈襟和张超是十分要好的朋友，两人一日不见如隔三秋，昨夜，他和张超与几个朋友在一家酒楼饮酒，第二天上午没见到张，于是就 CALL 张，一连 CALL 几次都不见张复机。沈感到奇怪，往时不论什么时候 CALL 张，张很快就会复机的。"这个张四到底搞什么名堂去啦？"沈襟心里嘀咕，就到几个要好的朋友处去找，还是不见张的踪影。第三天上午，沈就约了一位朋友到张超的出租屋去看看。张的出租屋大门紧闭，他就拍门大声地喊："张四在不在？"屋内传来陈宝萍的声音："他不在啊！"

陈宝萍是张超包养在这间出租屋的"小蜜"。是不是有了小蜜连朋友也不要啦？沈襟就伏在地上从门缝往里瞧。他知道，如果张在屋里，张的摩托车定会放在里面。沈没有看到摩托车，也就相信陈宝萍的话了。但沈没有见到张，心里有一种失落感，到了中午，他又到出租屋打了一转，屋里面一点动静也没有，连陈宝萍也不在了，他只好离开。离开回来，沈找到几个朋友，议论张超这两天的去向。大家联想起张超与陈宝萍的矛盾纠葛，有一种不祥的预感，就一起再到张的出租屋去。

张超的出租屋在钦州市文峰路的一条小巷里。出租屋还是大门紧闭，异常的寂静使人窒息。沈襻他们从邻居的二楼往出租屋里瞧。突然，他们发现陈宝萍在痛苦地抽搐、呻吟，就七手八脚踹开大门冲了进去。屋里，张超直挺挺地躺在床上，头上盖着一件短衫，死过去了。

沈襻他们马上向 110 报警。钦城区公安干警来到后一面派人将陈宝萍送医院抢救，一面对现场做了仔细的侦查。

干警在屋子里发现了两只装老鼠药的塑料袋和三封陈宝萍的亲笔信。从信中得知，张超是陈宝萍杀死的。

其时，是 1999 年 7 月 13 日下午 5 时 58 分。是张超被杀的第三天。

农村少女梦追都市人

每个少女都有自己的梦。陈宝萍的梦是如何找到一个如意郎君，有一个好的归宿。

陈宝萍是钦州市尖山镇黄坡村的一位农家女。由于家里生活困难，她在尖山中学读完初中便辍学了。无法上学，很使她难过。因为在学校的时候，她的成绩很不错，喜欢写作，作文常常得到老师的好评。如果有条件继续升学，考上中专、大专是不成问题的。有了文化有了文凭，就可以走出贫困的农村走进大城市去，找一份工作找一个如意郎君，过一辈子城里人的生活。刚初中毕业就辍学回家，这对她的打击实在太大了。但她毕竟是个不甘示弱的人，只身到了钦州市，先后在桂吉酒家、金湾梦幻城、金湾名人俱乐部当服务员。

在酒家当服务员太辛苦，不是她理想的工作。但繁华热闹的街市，使她产生无限的憧憬。在这个满世界都讲文凭的今天，只有初中文化的她还能奢求什么呢？有件工做，有份工资领，有碗饭吃也比在农村家里好多了。往后的目标，就是在城里找到一个自己喜欢的男人，成一个家，变成一个城里人。

经过一段时间的观察，她意识到一个农家女要嫁一个城里人实在是件不容易的事。先前许多和她一样抱着这个幻想进城的打工妹，成为大龄青年还是嫁不出去。这些人想回农村成家又不甘心，想在城里落脚又无人问津。在婚姻问题上到了进退两难的尴尬地步。有的人为了最终在城里落脚，只好"降价处理"，嫁给那些丧偶的海外华侨或城里的老头。

一想到这些陈宝萍就倒吸了一口凉气。

聪明的陈宝萍不愿走别人的那条路。她要趁自己年轻漂亮的时刻，抓住撞到面前来的一切机会。

机会终于来了。

1998年5月间，陈宝萍在梦幻城当服务员，常看到一个英俊潇洒的青年到梦幻城喝茶、听歌、跳迪斯科。每当她走过那个青年的身边时，青年都会有礼貌地向她微笑。后来，同伴告诉她，说那个青年想追她。她听了以后不觉一阵脸红一阵心跳。以后青年到来，她都要多看几眼，找机会与他讲几句话。有时，她会应青年的邀请，到青年那个地方坐坐，喝一杯冷饮，聊上几句。经过接触，她了解到青年叫张超，钦州市人，在钦城开了一间家具店。

城里人、有钱，正是陈宝萍要捕捉的对象。

陈宝萍自认识张超以后，张常约陈到酒家吃饭，陈也有约必赴。经常接触来往，两人便产生了感情。陈就把张划进了自己要找的"如意郎君"的范围。

1998年9月，张超在金花茶大酒家开了一间房，打电话叫陈到房间玩玩。陈来到张的房间，一边看电视一边聊天。聊到晚上11点多，陈还没有要离去的迹象。张心中暗喜，说他十分喜欢她，他一旦离了婚就会与她结婚，陈不相信张的话，张就海誓山盟起来。陈见张这么爱她，就轻率地把自己的身子献了出来。

有了金花茶一夜之欢，陈与张的关系更密切了。张不管到哪里，方便时总要把陈宝萍带上，有时与朋友聚会，也要把她带去作陪。张为有这样年轻漂亮的女友感到骄傲，陈为找到这样有钱潇洒的男人而自豪。为了结束东躲西藏的生活，张超在1999年3月15日租了一间出租屋，让陈住了进去，享受起了"金屋藏娇"的欢爱来。他给出租屋买了家电和家具，把小屋布置得十分温馨，隔三岔五地到小屋与陈同居。陈有了这样好的"家"，有了这样可心的男人，生活有了依靠，精神有了寄托，眼前的路也宽了，头上的天空也灿烂了。尽管背后有人指指点点，说她是人家的"二奶"，她也不以为然。当二奶有什么不好呢？有人想当也当不了呢！何况她当二奶是临时的，一旦张超与妻子离了婚，她就可以转为正式夫人了。陈宝萍对这样的生活很满意，也很欣慰，眼前不时闪出五彩缤纷的花环来。正因为她有这个想法，加速了悲剧的发生。

"温馨"过后留孽债

陈宝萍与张超同居不久就怀孕了。她又惊又喜，悄悄地把这个消息告诉张超。她想，张超听到这个喜讯以后，一定会激动得把她抱起来，对她恩爱有加。谁料张听了以后，只简单又平淡地说了一句："打掉算了！"

陈宝萍听了张超的话，就像晴天打了一个霹雳，两眼直冒金星，她追问张为什么要打掉孩子？张没多解释，只用几句不着边际的话搪塞过去。

其实，张超从认识陈宝萍之日起，一切山盟海誓都是假的。他听过这么一句话："喜新不厌旧。"他只想和陈玩玩，说要与妻子离婚，他想也没想过。

此时的陈宝萍才看出张超的"良苦用心"，才感到大大地上了张超一当。她失望了，腿软了，顿时恨从胆边生，哭哭啼啼地打闹起来，把屋里的东西乱丢乱摔，一片狼藉。以后，她又把煤气炉等家具搬走，把张超的衣服烧掉，以此发泄对张的不满。

陈宝萍的一切行动，张超都无动于衷，只给了她2000元了事。他不相信一个农村来的打工妹，能拿他怎么样。

陈宝萍离开张超的出租屋，住进她的朋友海兰的屋里，耐心地等待，盼望有一天张超能回心转意。她肚子里怀着张的孩子，生米已经煮成熟饭，他张超不承认也不行。她仍然怀着一丝希望，希望张能与她结婚。但尽管她肚子一天天隆起来，张仍然不愿与妻子离婚，她的希望彻底破灭了。

陈宝萍献出了贞操，就这样不了了之心有不甘，她要用肚子里的孩子向张索钱。

一天，陈 CALL 张到海兰的屋子里。张超见有两个表情独特说一口普通话的男人。那两个男人冷冷地叫张拿出 5000 元来，把陈的事"搞定"。张听了有点心虚，马上 CALL 他的朋友沈襟等人过来。经过讨价还价一番争吵，张只答应出 3000 元。陈不让步，张就走了。陈在朋友面前丢了脸面，很是伤心生气。过了几天，陈打电话给张，说同意要那 3000 元钱。张想，如果不把孩子打掉始终是件麻烦事，但又怕这次给了钱下次又来索取。没完没了的风流债能把人折磨死。于是他要求与陈签订一份协议。协议书的内容是张交 3000 元给陈后，陈不能再向张提出各种要求。如再打电话给张进行恐吓，要挟，就交公安机关处理。

陈宝萍拿到钱以后就去把孩子打掉。精神的折磨肉体的痛苦，在她心里埋下了一颗仇恨的种子。

安眠药让薄情人长眠

肚里的孩子打掉了，协议书也签了。压在张超心上的石头落了地。但仅过了三四天，他突然接到一封匿名信：

"姓张的！你也许会听说过这么一句话：冤有头，债有主。你我之间的恩恩怨怨休想用那几千元来解决！钱不是万能的，但没有钱也寸步难行。我没有钱就报不了仇，所以不管你出多少钱我都会答应你的。有一千就用一千来搞你，有五千就用五千来搞你，反正我要你用自己的钱来害自己，让你一辈子都记住被人玩弄的滋味多刻骨铭心！情债！一辈子你都别想用钱来偿还，就算赔偿我几万块，我也照样报复你。我会让你痛不欲生。你让我生不如死，我也会叫你慢慢品尝到的。一年、两年、十年……你肯定死得比我惨！"

信的落款是：一个被人玩后生不如死的人。

接到信，张超一家都十分恐慌。

信的字里行间充满了仇恨。是要挟恐吓，也是陈宝萍对恨的发泄。如果张能及时找陈谈谈，也许能把矛盾淡化。但张只是静观动静。

张接到信后，整天都在忐忑不安中度过，向人打听陈的消息。奇怪的是，陈发出恐吓信后反而平静下来了。紧张了几天的张超也慢慢放松了警惕性。他没有意识到平静的表现往往蕴藏着某种杀机。

就在张超与沈襟他们在酒楼饮酒那天晚上，张超的BP机响了。张复机后，陈在电话中十分诚恳地对他说，她要离开钦州到广州打工了，要求走前见他最后一面，一起听听音乐聊聊天。对张来说这是一个好消息，一方面说明陈的恐吓信是假的，一方面还可以与陈叙叙旧情。张爽快地答应了。

张超用摩托车把陈带到十分热闹的真诚娱乐城，要了一瓶啤酒，一边喝酒一边慢聊起来。当张上洗手间时，陈就迅速拿出一包10多天前准备好的安眠药粉倒入张的啤酒杯。张回到座位后，陈装出一副不计前嫌的样子，要与张干杯。张干了那杯酒昏昏欲睡，陈就用摩托车把张带回出租屋。由于吃了过量的安眠药张就死在那间屋子里。

张死以后，陈宝萍推着张的摩托车准备找当铺当掉。由于手续不完备无法典当，只好停放在钦州宾馆停车场，而张的BP机却当出去了。当了BP机，陈回到自己在板岭西路的出租屋睡到天亮。7月12日白天，她到海兰的屋子里平静地接待她从乡下来看望她的母亲。她送走母亲后与海兰在一起吃饭，饭后伏在桌子上写了三封信。海兰问她给谁写信，她说写给她在广州打工的妹妹。但海兰见信封写着"爸爸妈妈收"、"各位公安同志收"和"挚友××收"感到奇怪，就一再追问是写给谁的。她一直不愿说，也未流露半点杀人的恐慌表情。海兰也不再追问。

陈宝萍把三封信装进包，拿了几包老鼠药悄悄走出了屋。第二天下午，她在死者的出租屋服下了老鼠药自杀……

由于抢救及时，陈自杀未遂。但在什么时候如何杀死张超，她在写给干警的信中做了明白的交代：

尊敬的公安们：

你们不必太辛苦了，我身边这个死者是我在 1999 年 7 月 11 日晚 11:30 分把安眠药放到他的酒杯中，致使他昏睡，11 点多之后我用他的摩托车把他带到这间房子来，7 月 12 日凌晨 2:30 分的时候我用音响布扯下的布条把他杀了……1998 年 9 月 6 日在金花茶 203 房间，他在消夜中放了安眠药致使我昏睡，然后占有了我！玩厌后抛弃我，所以我报复他！

陈宝萍为什么会杀人后轻生，她在给她的挚友信中说，"我这个人非常固执、专一，虽然说我和他（张超）之间的恩恩怨怨一直吵了这么久，但我始终不能再一次将真情献给第二个男人！你一直不会相信我会为情生，为情死……我真的舍不得你们，但我无法再面对现实，更不敢面对铁窗或枪口。"

看得出，陈宝萍是被张超骗去了感情以后而报仇的。她不知道，在法制的今天，尽管她"不敢面对铁窗或枪口"，还是逃不脱法律的制裁。

1999 年 11 月 23 日，钦州市中级人民法院进行宣判，判处陈宝萍死刑，缓期二年执行，剥夺政治权利终身。

（本文与国允合作）

破灭婚外情，曝出私藏手枪案

红杏出墙，年轻女老板迷上副科长

1987年8月，因工作需要，张义从部队转业到广西南宁市任某校主管行政工作的副校长。脱下军装还原老百姓，张义开始有点不适应，但是从不服输的他还是很快进入角色，从1987年至1995年，几次被评为学校的先进工作。

日子静悄悄地过去，1995年8月1日，张义与几个战友一起过建军节，他们之中有人带来了年轻的"小蜜"。这一夜，张义的心理失衡了，在眼红战友艳福之际，张义想我一个副校长，何不找个"红颜知己"打发一下孤寂的时光？

1995年9月16日，张义认识了刚过完28岁生日丰满美貌的唐敏，相差22岁的张义、唐敏竟相互产生了好感，张义被她的漂亮迷住了，唐敏则欣赏张义的成熟风度。

第二天下午将要下班时，张义装作买东西走进唐敏门市部。张义对唐敏说："你傍晚有空吗？我想请你吃饭。"唐敏答："好啊。"这样，张义将唐敏请到南宁市有名的大唐茶府，说为唐敏补庆生日。席间，张义有意无意地问了一句："唐敏，你爱人在哪儿工作呢？"唐敏沉默了一会儿说："其实，我结过婚，后来分手了。"接着唐敏一把鼻涕一把泪地向张义讲述了她的身世。

为了生计，1987年5月年方20岁的唐敏就糊里糊涂地嫁了人，婚后她的生活还算幸福。待儿子长到 3 岁时，为了在社会上找到立足之地，唐敏很想自费去读大学，当她把想法告诉丈夫时，他不仅不支持，反而对唐敏破口大骂，唐敏的自尊心受到严重打击，终于在忍无可忍的情况下，于1990 年 6 月 30 日与他办理了离婚手续，到西安外国语学院攻读英语。因为记忆，唐敏付出了沉重代价，她很懂得珍惜这来之不易的学习机会，学习十分刻苦，练就了一口流利的英语。苦读三年，大专毕业。1993 年 10月唐敏直接去了深圳，凭她的英语能力，很快在一家外资企业当上了管理员；1994 年 5 月深得老总欣赏的她，被派到公司驻南宁办事处。

说完过去的事，见张义在意地听，唐敏便又说起眼下的愁心事："前不久，我母亲患了脑溢血，住进了医院，母亲病情严重，医院几次下了病危通知书，可我的异母兄姐们竟没一个人去照顾她，只有我自始至终守着母亲。又要上班，又要侍候母亲，搞得疲惫不堪……"

听完唐敏的诉说，张副校长叹口气，拍了拍她的肩膀，说："虽然我们昨天才认识，可我感觉我们很有缘分。如果你不嫌弃，就做我的干女儿吧。以后有什么需要帮忙的，尽管来找我，我大小也是个副校长嘛，有些忙还是帮得了的。"张义这一拍，让唐敏心里感到热乎乎的。

张义的关心并没有只停留在口头上。第二天，他就出现在唐敏母亲的病床边，还买了很多水果和营养品。"我认的义父。"唐敏对母亲这样解释张副校长。唐母对张副校长很客气。在她看来，唐敏从小缺少父爱，认个义父能使唐敏的心理得到几分慰藉。从此，张义几乎天天来看唐母，有时一陪就是大半天或大半夜，让唐母大为感动。因为老母亲的病，两颗相差 22 岁的心渐渐靠拢，在唐敏眼里，张义成了一个替她分了很多忧愁的大哥。

看到唐敏对他越来越近，张义也诉说了他的心事。他妻子身体一直不好，夫妻关系只剩名分。儿子大学毕业后，分去外地了，家是个冷冰冰的家。"这么多年来，我没有过完整的家庭生活。我当兵 20 多年，都是夫妻两地分居；好不容易熬到转业，可以团聚了，可妻子患严重疾病。"张义说着竟哭了起来，把唐敏哭得满腔柔情，对这个半百老头儿多了份怜爱。

1996 年 1 月 16 日下午，去医院看望唐母，唐敏邀请张义去她家吃晚饭，夜晚，下起了瓢泼大雨。张义站在窗前看着夜空，欲行又止。唐敏轻轻地走过去，伏在他肩膀上，说："别走了吧，这么大雨。"张义等这句话就像等了一千年似的，一把将唐敏拥进怀里。"义，你要好好待我。"唐敏喃喃道。

瞒天过海，痴情女搬进义父家

有了 1 月 16 日的一夜恩爱，两人来往越来越密切。张义几乎一有空就往唐敏处跑。有一次学校安排他去党校学习一个月，可他只开班第一天去报了个到，不见了影子。他还告诉妻子说，学校进行封闭式学习，不准回家，老实的妻子相信他，其实，他是到唐敏家"封闭"去了。

1998 年 4 月 10 日，唐敏的母亲去世，唐敏的日子更不好过了。4 月底的一天，她的哥姐们相约来到唐敏家里，说："房子是我们父亲的，请你搬出来。"父亲还分你们我们？这让唐敏气愤，她说："房子也是我父亲的，我也有份儿。"他们争不过，就对唐敏拳打脚踢，唐敏个人实在势单力薄，硬被他们拖出了门。

唐敏无家可归了。

"到我那里住吧，我那里有三房两厅，我们一个人住一间正好。"张义说。

其实，按唐敏的经济实力，在外面租套房子住是件很轻巧的事，可是这段时期唐敏的情绪实在太糟糕了，她心里十分渴望时时刻刻与心爱的人住在一起。虽然觉得跟他老婆住在一间屋里别扭，可她心里又不服气，想：他爱的人是我，凭什么他老婆能跟他住在一起，我倒不能跟他住在一起。在这样的心理状态下，她答应了。

1998 年 5 月 1 日这天，带着行李踏进张义的家，唐敏热泪盈眶，心里产生一种到家的感觉。一放下行李，她就紧紧地依偎在张义的怀里。

中午时分，房门"咔擦"一声打开了，满心甜蜜的唐敏吓了一跳，她短暂的美梦也被惊醒了。开门进来的是张义的妻子，她上菜市买菜回来。张妻热情地说："阿敏，来了就安心住下，把这里当成你的家。"

唐敏一下变得拘束起来："干妈。"她极不情愿却又身不由己地叫了一声。当天晚上，唐敏早早地进了她住的卧室。虽然她不抱奢望张义会过来跟她睡，可她还是期待着。就在她东想西想，正要昏昏沉睡去时，一个人悄悄地来到她身旁。

自从唐敏搬进来后，张义越发觉得妻子碍手碍脚了，有时想跟唐敏亲热还得偷偷摸摸，他对妻子粗声粗气起来。张义的态度影响了唐敏，她渐渐看"干妈"不顺眼了，有时故意跟她斗气。一天她将音响搬到了客厅，还把声音开得高高的。张妻患病多年，好静，听不得噪声，就劝她说："阿敏，把声音放低点，太吵了。"唐敏不听，说："这是张校长的家，你管得着吗？"晚上，张妻向丈夫告状说："你这干女儿越来越不像话了，跟我顶起嘴来了。"张义却说："你说她干什么，你听不得不晓得上街去。"

1990年10月19日晚饭后，张妻在厨房洗碗，张义、唐敏在客厅看电视，洗完碗走进客厅，张妻突然看到张义唐敏两人紧挨着坐，在偷情。张妻气愤地说："你们这算什么，是义父义女还是奸夫淫妇！"把两人说得一阵红一阵白，张义忙说："阿敏给我捶背，你乱说什么？""捶背，那你摸她干什么？"张义站起来给她一巴掌。

"张义，我要去学校告你！"妻子哭着说。自觉理亏的张义默不作声。事到如今，唐敏觉得没有必要隐瞒了。迷上张义，她是全身心投入，不惜花费许多钱买名牌西服、手表等打扮张义，使年过半百的张义显得年轻一些、帅气一些、潇洒一些，还经常给张义些零花钱。唐敏做出如此重大的"牺牲"，唯一的要求是希望张义能好好爱她，尽快与原妻离婚后娶她。她十分自信，满以为张义回很快与妻子离婚，与她白头偕老的。而张义却常常以一个冠冕堂皇的理由哄她说："我大小也是个副校长，离婚娶你，别人肯定会非议，对我两不利。不如先耐心等两年，等我退下来，没人注意我了，再娶你。"被爱冲昏了头的唐敏，未加思索就点头答应。

一等就是四五年。不能再拖下去了。抱着这种想法，唐敏质问张义，究竟何时离婚娶她。张妻也急了，气愤地骂张义说："你这个没良心的东西，你说呀，要我还是要她？"张义愣在那里，不敢表态，唐敏气哭了，头也不回冲出张家大门。

移情别恋，逼分手逼出涉枪案

唐敏离开张义，倔强的她经过一段痛苦失落后慢慢恢复平静。张义就有点惨。说句实在话，他是喜欢唐敏的，之所以迟迟不下决心离婚娶唐敏，是因为他有两点顾虑：一怕离婚影响仕途；二怕妻子自杀，担个陈世美的臭名声。他希望遥遥无期地拖下去。这样，鱼和熊掌都可兼得。他没有想到妻子会发现并指责他的不端行为，更没有想到相恋五年的唐敏因此离他而去。他后悔不已，开始注意唐敏的行踪。但令他吃惊的是，唐敏离开他一个月后，就与一个 35 岁的强仔好上了。张义闻之好不伤心。于是他失魂落魄地到唐敏的门市部去找，一个年轻的女工作人员告诉张义说，唐老板去云南昆明旅游去了，要半个月才回来。张义悻悻而回。这半个月里，张义天天打唐敏的呼机和手机，呼机打通了，但没有回机，手机则关机。张义心里感到空空的。

其实，唐敏并没有离开南宁，张义的每次寻呼，她都接收到了。要是以往看到张义呼她的号码，唐敏简直会欢呼雀跃，而今心里却十分反感。因为张义的虚伪使她看清了张义喜新厌旧以及所有山盟海誓都是骗人的真面目。经历了这次心灵的创痛，她觉得偷偷摸摸与一个年过半百的干老头儿过了整整五年地下情人生活是多么幼稚可笑。

所幸，她认识了一个名叫强仔的心胸宽广、很有气量的青年男子，强仔并不计较唐敏过去有过心灵的创伤，这令唐敏心里十分感动。

12 月 19 日，正好是强仔生日，一起吃晚饭后，强仔正切开蛋糕，张义突然出现了，他阴阳怪气地坐了下来，说："寿星生日也不邀我，唐小姐，你不够朋友吧。"唐敏心里血一涌正欲发作，但一闪念间，想到今晚是强仔的生日，便强忍火气压住愤怒，向强仔介绍张义，说："这是张副校长。"强仔礼貌地与张义握了手说："幸会，幸会。"

当夜，唐敏失眠了，她感到张义还像影子一样缠着她，今后势必对她与强仔的感情造成影响，得想个办法治治他才行。

果然不出所料，唐敏第二天便接到张义打来的电话。张义在电话那头说："阿敏，我想找个机会和你好好谈谈！"唐敏气愤地说："我们之间没什么可谈的！"说完便挂断了电话。张义就一个劲儿地呼唐敏，唐好不耐烦，但又拿他没有办法。唐敏狠劲儿蹬了一下床头柜，一个空包掉在地上，一串钥匙蹦了出来。唐敏的眼睛一亮——这不是张义家的钥匙吗？此刻，她突发奇想，决议找个机会，去张义家找找看张义有什么把柄？

2000年1月1日，新千年的第一天，许多人都去逛街了，张义携带妻子到南宁青秀山风景区去玩。唐敏用钥匙打开张家的门，一进屋里，便首先闯进张义的卧室乱翻一通。她打开了大衣柜，在一张军用棉被中间，摸到了一个小木盒，在好奇心的支配下，她迅速找来一把螺丝刀将木盒打开，唐敏吃了一惊——木盒里装着一支半成新的小手枪，还有两排13发子弹。私藏枪支弹药可是犯法的，姓张的看你还能逞强多久，唐敏想着，马上将盒子带回自己的成衣店里藏了起来。

这支枪是张义临转业时私自留下来的。虽然他明知收藏枪支是违法犯罪的，但是他太喜欢枪了，从戎生涯20多年，他连梦中都想拥有一支属于自己的手枪。但是作为一名团级干部，他自然知道其中的利害关系，因此一直不敢让人知道（包括唐敏和自己的结发妻子），只是偶尔在独自一人时悄悄拿出来摸一摸。回忆一下军旅生活，满足一下虚荣心。但是他连做梦都想不到，枪被唐敏拿走了。

第二天上午，令张意想不到的是唐会主动给他打电话，说要找他谈谈。张义喜出望外，以为唐敏想和他重修旧好，连忙说："今天我休息，老婆打麻将去了，你过来怎样？"唐敏心想："难道我还怕不成。"于是，15分钟后，唐敏出现在张义的客厅里，张义满脸堆笑，又是削水果，又递茶水，非常殷勤。唐敏冷冷地说："不用了。今天我来是想正式向你提出分手。希望你今后不要再干扰我的生活，否则，有你好看。"张义一下愣住了，表情十分尴尬地说："阿敏，看在咱们五年情感的分儿上，能不能原谅我这一次。"张义说完想过来拥抱唐敏。唐敏双眼圆睁说："姓张的，请你尊重点，不然，我叫你尝尝坐监的滋味。"张义闻之冷笑说："那我就想看看你到底有什么能耐？"唐敏把眉一扬说："想看吗？你先看看你的枪还在不在？"张义跳了起来说："什么？我的枪！"于是他朝卧室奔去，打开大衣柜从底翻到天，哪儿还有什么枪。他冲出来，脸色铁青地对唐敏说："你把枪拿到哪里去啦？快还我，弄不好会出人命的。"看着张义那副焦急样，唐敏感到一种报复的快意，但她不会心软："你放心，枪安全得很。只要你答应我的条件，赔偿我青春损失费，我自然会把枪交还你，否则，你休想。"张义更急了，枪是他的第二生命，一天也不能失控。他一把揪住唐敏："快给我。"唐敏说："不给。"张义恼羞成怒揎了唐敏一巴掌。"你打我，我跟你拼了！"两人厮打起来。唐敏哪是张义的对手，被张义卡住脖子，喘不过气来。她感觉要死了。

在危急关头，张妻回来了，见状忙死命拉开张义接着打电话给保卫科。保卫科很快派人来调停，当保卫干部询问两人为什么打架时，张义垂头丧气地说："唐敏把我的一支手枪偷走了。"保卫人员一听是个涉枪案件，连忙打"110"报警。不出10分钟，110警车来了，带走张义和唐敏。二人先后于1月25日和4月18日被依法逮捕，9日，又双双被南宁市城区法院以私藏枪支弹药罪分别判处有期徒刑一年，缓刑一年六个月和缓刑一年。55岁的张义长叹了一声："想不到我张义聪明一世，却找错了一个情人。"唐敏流着眼泪说："婚外恋你是一把无形的两面刃，伤了张义伤了自己，还伤了张义的妻子，我好后悔呀！"

（因本案涉及当事人的隐私，文中的人名用化名。）

少女举报：为救男友惨遭强暴

2002年"五一"节期间，在广西某监狱前来探监的人不少，唯独有一名姓唐名上权的高个子犯人无人问津，与热闹的节日气氛形成了鲜明的对比。他只有羞愧地低着头，无奈地追悔着发生在二年前的往事……

从警16年，唐上权曾是唐家的骄傲

唐上权，1960年1月6日生于广西防城港市防城区江山镇。其父原是防城区华石林场职工，在其退休后，按当时国家政策的规定和照顾，唐上权顶替父亲，成为该林场的一名工人，不久由于林业发展需要，林业系统内成立林业公安，唐上权因为年轻加上表现突出成为一名光荣的林业警察。身材高大挺拔的唐上权穿上一身警服，还真有点似模似样，归国华侨姑娘林珍（化名）在不知不觉中爱上了唐上权，两人双双坠入爱河，数个月后，唐上权与林珍姑娘结婚，新婚生活是幸福的，但细心的妻子很快发现，唐上权有一个十分明显的毛病就是一旦发现年轻漂亮的姑娘就会想入非非，就会变得失魂落魄。值得庆幸的是，丈夫对她还算可以。因此，林珍便不与他过多计较。"男人嘛，有哪个不爱美的，只要不背叛自己就行！"林珍想。1988年5月经过十月怀胎，他们的儿子降生了，儿子给新婚的家庭带来了不少欢乐。身为警官的唐上权成了家人的骄傲。其在单位表现也不错，数次被评为先进工作者。经过一番努力拼搏，唐上权还通过自考取得了大专文凭。

但天有不测风云，1994 年他的大儿子不幸被水淹死，一家人悲痛欲绝，后组织上让他生育第二个儿子，接着又抱养了一个女孩，一家四口其乐融融。当然，唐上权的那个弱点暴露得更加明显，或许是由于他身穿警服"身份"特殊的缘故，有时个别不谙世事的女孩儿会被他迷住，从而成为了他的"俘虏"。

1998 年评定警级，唐上权工作时间长，从警 10 多年被评为三级警督，这成为他猎取姑娘芳心的"资本"。

"机会"终于来了。

2000 年 6 月 29 日下午，一辆车牌为桂 A29365 号的拉达车在防城境内的钦防高速公路处被防城区交警大队的巡警截住。交警从车上查获国家二级保护动物穿山甲 17 只，共 75.25 公斤。司机张山连车带货一起被带到交到警大队。接到通报，防城区林业局公安股办公室对张山进行讯问，由唐上权担任记录，当问到张山"防城有什么亲人时"，张山答，有个女朋友叫李碧玉在东兴，狡猾的唐上权记下了李碧玉的传呼机号码。

为救男友，痴情女奔忙于防城、东兴之间

2002 年 7 月 1 日零时 15 分，家住东兴市国贸市场旁出租屋的李姑娘的呼机突然鸣响。

刚刚宽衣解带正欲休息的李姑娘一看呼机，是防城的电话。自己在防城没有什么亲戚朋友。谁打自己的呼机呢？李姑娘细细一想，哦，是不是男朋友途经防城打自己的传呼呢？她立即跑到离家不远的公共电话复机。

是个陌生男人的声音："你是否叫李碧玉，是不是张山的女朋友？"

李姑娘随口应了一声："是。"

"张山贩运穿山甲被刑拘，请你来防城谈谈你男朋友的情况。我是防城区林业局公安部的，姓唐。"

李姑娘放下电话，急匆匆赶到东兴汽车站，无奈夜已深，没有班车

了。心急火燎的她只好抱着满满一怀的牵挂彻夜不眠。

第二天一大早，李姑娘就跑到公共电话旁等上班时间。8点一刻，迫不及待的李姑娘即刻拨打昨夜传呼自己的防城电话，可连续拨了10多分钟都没有人接，便悻悻地返回家中。

悬着一颗心等了一天一夜的李姑娘，终于在7月2日中午刚从东兴到防城时，收到一个手机的传呼。

"你是李碧玉吗，我是唐警官，想找你谈谈关于你男朋友的情况。"

"在哪里谈方便呢？"李姑娘满心焦虑地问。

"在林业局人太多，你定个地方吧，定好了再传呼我，我的呼机号是……"

李姑娘挂机后，即与女友陈丽赶到防城汽车站斜对面的港宝大酒店找了个包厢并通知唐警官。

下午两点多钟，包厢的门被推开，两个身穿警服一高一矮的警官走了进来。问明了谁是李碧玉后，便说不吃饭了，办公事要紧。你想看你的男朋友，就跟我们走。

李姑娘与女友陈丽跟着两名警察到楼下，便上一辆停在酒店大门外的警车，警车立即往防城看守所方向开去。在看守所里，李碧玉终于见到了面容憔悴、失魂落魄的男友张山，李碧玉说："多亏了这两位公安大哥，我才能见到你。不过阿山，请你放心，我一定会想办法救你出去，你等着我。"李碧玉深情地交代男友道。

从看守所出来后，李姑娘为感谢两位好心的警察，在防城汽车总站对面的大排档请两位警察吃晚饭。

席间，李姑娘才知道姓唐的高个子就是打自己传呼机的那个警察。

"你男朋友走私国家二级保护动物，最轻也要判五年。他现在监狱吃不饱又挨打，你不心痛啊。"姓唐的警察很同情地对李姑娘说。

"我心都碎了呢，请你帮帮忙吧。"李姑娘汪着泪的双眼祈求般望着唐警官。

唐警官没说什么，只用眯笑的双眼凝注着姑娘白白嫩嫩的脸咧了咧嘴……

　　其实，自从见面后，唐警官便对李碧玉动了一种饥渴的念头。李姑娘身材适中，线条优美，还有那一身学生装的打扮，更是充满了青春的朝气与魅力，令唐警官魂牵梦萦。大排档一别之后，唐警官几次传呼李姑娘，每次都热情地相邀李姑娘来防城玩并暗示李姑娘：只要李姑娘能报答他，与他合作，那么作为张山案件的主办人，他可以对张山从轻处理甚至不处理，否则……

　　7月5日，犯罪嫌疑人张山的母亲从玉林赶到防城想探望儿子。李姑娘即从东兴赶到防城与张母会面并传呼唐警官。

　　唐警官很快就复机。李姑娘把张母来防城想请唐警官帮忙安排到看守所探监之事对唐警官说了。然而，唐警官却断然回答说不能探监。紧接着，唐警官又装着用很关切的语调问李姑娘回不回东兴。

　　李姑娘已隐隐约约臆测到唐警官的意图，便颤着声音问："不回又怎么样？"

　　"我可以开房给你住，再安排与你去探监嘛。"

　　当天下午一点，唐上权、何文利开着警车到防城区公安分局办理了提案手续后，就叫等在公安局大门旁的李碧玉和张母上车，直奔防城看守所。

　　在看守所里，张母看到了满脸憔悴的张山，母子两人抱头痛哭了一场。李碧玉站在一旁心酸酸地跟着掉眼泪。但不管怎样，张母还是十分感激唐警官，连声向他道谢。唐上权假惺惺地说："不用了。"一张眼却直勾勾地盯着李碧玉。

　　从看守所出来的路上，唐警官多次对坐在身边的李碧玉小声说今天不要回东兴了。李姑娘低着头，苦涩地笑了，不置可否。车到防城二运站，李姑娘趁张母下车之际亦紧随其后下了车，并机灵地立即拖着张母往车站深处钻。等警车离去后，李姑娘便送张母到防城汽车站搭车回玉林，自己则坐上往东兴的快巴……

乘人之危，恶警官人性泯灭强奸无辜少女

第二天中午 12 时，唐警官与李碧玉在防城宾馆大门前见了面。来时心怀喜悦的唐警官一看李碧玉身边还有一姑娘，便显出极不高兴的样子来压低声音问怎么说好了你自己来现今又带着伴呢？

李碧玉强装笑脸解释说是在路上遇见朋友。

唐警官不言不语地带两位姑娘来到位于防钦路的鑫昌宾馆三楼金阁包厢。

酒至半酣时，唐警官说了声头有些沉，便走进包厢的休息间去。李碧玉与女友在外面左等右等不见唐警官出来，李姑娘只好心怀恐惧地推开休息间的门。

李碧玉怯怯地走近躺在沙发上的唐警官，刚欲开口问今天能否再去看看男朋友，不料，唐警官猛然睁开色眯眯的双眼闪电般的瞄了她一眼后，竟伸手将她拉近身边说："只要你肯与我合作，我可在案件中写明证据不足，法院就不回受理，几天后就可以放人了，到时你带五千元到林业局交罚款就摆平啦。"

李碧玉边挣边退，却怎么也脱不开。此时已经泪流满面的她只能不言不语地低着头嘤嘤嘤地抽泣。唐警官弓起身，用手轻轻地抹去李碧玉脸上冷冷的泪水。李碧玉全身发抖着用力推开唐警官那厚大的手掌后，呼地立起身，用颤抖的哭音说："我和朋友回东兴去，你别想趁人之危。"

"你如果要回东兴，以后就别再找我。"唐警官粗声粗气地下了最后通牒。一双大鼻孔也呼呼地喷着粗气。

李碧玉一甩手，冲出休息间，叫上女友便匆匆逃离包厢。

然而，当李碧玉刚刚走到一楼大厅时，唐警官又连续两次传呼。李碧玉只好在酒店大门旁的公共电话复机。

"你还是上来吧，我还有更重要的事情给你讲清楚。"唐警官慢条斯理地说着。

"在电话林讲不可以吗？"

"不方便的，你还是上来吧。"

防线话筒，李碧玉无奈地长叹了一声，便拉着女友的手再次上楼进紫金阁。

女友在外间唱歌，李碧玉战战兢兢地独自走近休息间。在休息间，唐警官很耐心地开导说："你男朋友年纪轻轻地去坐五年监，多可惜，如果你跟我合作，就可以放人。只那么一会儿工夫，天知地知你知我知，我更不可能跟你男朋友讲，即使以后你不与你男朋友好了，也可以跟着我。"说着说着，笑吟吟的唐警官就靠近轻声抽泣的李碧玉并双手揽住她，呼着粗气吻她爬满泪水的冷冰冰的脸面。李碧玉惊恐万分地推开唐警官，抽身退到墙边，此时已被色欲之火煮沸全身血液的唐警官迅捷地又将李碧玉拉入怀中并顺手将休息间的门关上。李碧玉一看情况不妙，便张嘴欲呼叫休息间外的女友，可刚喊了一个"梁"字，就这样，包厢里的一个弱女子的求救尚未发出，唐警官的大手掌便牢牢地堵住了她的嘴并用力将又是推又是蹬的李姑娘抱到沙发上，那扎着手枪枪套的腿，紧紧地压住李碧玉的大腿……

唐警官强奸了李碧玉之后用手轻轻抚摸了几下李碧玉那铁青色的脸小声问了句："感觉如何，舒不舒服哇。"就提着裤头独自走进了卫生间。

李碧玉此时已哭成泪人，她的抽泣声正好被隔壁搞卫生的两个酒店服务员听到。成为案发后一个极为有力的证据。李碧玉吃力地支撑着几乎全裸的身体，半蹲着挪步到墙角处捡回刚才被唐警官抛丢的上衣穿上……

从鑫昌宾馆出来，李碧玉与女友坐三轮摩的到防城二运站乘车回东兴。

在车上，由于受身心刺激太大李碧玉依然流泪不止。女友觉得很不正常，便问李碧玉到底出了什么事。经不住女友的再三催问，李碧玉如实说出了刚才在包厢里间遭唐警官强行脱衣解裤强奸……回到东兴后，由于李碧玉的情绪反常，便被几个亲戚追问，李碧玉只好将在鑫昌宾馆的餐厅包厢里发生的一切全盘托出。

众亲友愤慨万千，纷纷责骂那个披着警察外衣的色狼一致动员李碧玉报案。

2000 年 7 月 10 日上午 9 时。防城港市林业局林业公安科科长室的门被一男一女推开。

李碧玉在朋友的陪同下，面对科长洪流，一边哭泣一边将自己三天前在防城区鑫昌宾馆餐厅包厢休息间被一姓唐的林业公安强奸的前因后果述说得一清二楚。

接案后，洪流科长立即组织本科干警，与当天分别找到了控者提供的几个相关证人。鉴于案情重大，唐上权又是公安干警，第二天，洪流科长即将案情上报自治区林业厅公安处和防城港市公安局分管领导。根据上级指示，防城港是林业局林业公安科于 12 日将此案依法移交防城区公安分局。

7 月 13 日，由防城区公安分局警务督察、纪检、市林业局公安科组成的调查组成立。

2000 年 8 月 6 日，防城港市公安局警务督察、纪检、市林业局公安科组成的调查组成立。

但唐上权毕竟是个有 16 年警龄的三级警督。反审讯心理和答辩的攻防能力十分强。因此，审讯人员采取从浅入深由表及里，层层"剥皮"的方法对唐上权进行讯问。初次审讯唐上权时，他一口咬定在办理张山的案子时从未呼过其女朋友李碧玉。第二次审讯时，他看顽固抵赖不过，便招供说只传呼了一次，绝对没有第二次。第三次审讯时，他又供认说传呼过两次。当办案人员向其出示其手机通话单，从唐上权的办公桌搜出的案发当天鑫昌宾馆的餐票和有关证人的证词时，唐上权再也不能抵赖了。他将头深深地埋进被铐着的双腕和手臂间，说了句："我糊涂，请求政府能给我一次改过自新的机会。"之后，就将自己在鑫昌宾馆紫金阁包厢里的为非作歹如实供述。

8 月 14 日，刑侦人员将调查取证的相关材料和唐上权的供述汇总报分局领导。8 月 17 日，防城区公安分局向防城区人民检察院送交"提请批准逮捕书"提请批准逮捕犯罪嫌疑人唐上权。

附 录

向东和他的法官作家梦

刘纪炎

金秋的一天，阳光透过薄薄的玻璃窗，照得屋内金灿灿的，我坐在办公室聚精会神地审阅着文件。这时，谢向东同志进来将他的作品选《十年一觉作家梦》即将由辽宁民族出版社出版的喜讯告诉了我，我由衷地为他感到高兴。向东同志恳切地请我为书写个序言，我愉快地答应了。

我觉得一部作品是否优秀，关键是思想性和艺术性能否统一。而一个作家的作品，往往反映的是其人生轨迹，作家的人生观、价值观、世界观以及审美情趣等往往是通过作品表露出来的。

向东同志在我们钦州市中级人民法院工作已经好几个春秋了，他热爱法院工作也酷爱文学创作，他在做好本职工作的同时，利用业余时间，写了许多东西，撰写的案例入选最高法院《中国审判案例要览》；多篇论文、调研文章及文学作品多次荣获省级奖，为法院赢得了荣誉。他把笔触伸向广阔的社会，祖国的大好河山、家乡的一草一木、审判工作所取得的丰硕成果等，都能激发他极大的创作热情。他的作品善于将敏锐的触角伸向法官生活和审判工作，把目光投向身边熟悉的人和事，并寓情于景，借景抒情，使读者从他的作品中感受到法官的人格力量和神圣使命感召下的巨大穿透力，感受到法官自有法官的真诚，法官自有法官的情怀，具有一种鼓舞人心的力量。我认为，在他的作品中如《法官的笔》、《为了国徽的尊严》等数十篇作品中，所塑造出来的一个个平凡而又高大的法官形象都是真实可信的。他在《凉棚法庭》中写道："凉棚印记法官的劳动——白天迈着双脚走村入寨，把法律的阳光带到每家每户；夜晚在灯下静静研习，强大自己的智慧。"他将"凉棚"赋予一种生命具象，把人民法官为人民——"凉棚"的风骨人格诗化，从中折射出人民法官爱岗敬业的精神和高尚的品德。在《海之魂——献给共和国法官》之中，他用拟人手法，借"浪花"和"诗声"喻人，以诗言志，"做人就要堂堂正正"，像奔腾的浪花那样，在大海里闪光。在他的中篇小说《南方雨》中，他关注在经济建设中出现的腐败现象，通过对典型环境里的人物描写，将经济改革中某种微妙复杂的社会人际关系揭示出来，发人深省，令人深思。

　　向东同志多年以来，工作认真，勤于笔耕，曾数次自费到武汉等地求学，参加创作笔会，拜名家为师；他旁征博引，集众人之所长，补己之所短。使辛勤的耕耘终于换来了收获。在单位领导的关心支持和同志们的帮助下，去年5月，他终于加入广西区作家协会。

　　1996年经过群众推荐、民主评议和组织考核批准，向东同志被提拔到本院中层机构领导岗位上来。可以自豪地说，他是我们法院培养出来的新时代的法官和作家，我和同志们都为他取得的成绩感到骄傲和高兴。向东同志能数年如一日去圆他执着追求的梦，《十年一觉作家梦》是他苦苦求索近十年，业余辛勤耕耘的结晶。人生在世，就是需要有一种精神。当我们真诚地付出努力与代价，我会为秋天的收获所感奋所欣慰，只有这样的人生才是波澜壮阔的，只有这样的理想之梦才是五彩缤纷的。

（本文作者原系钦州市中级人民法院院长、党组书记）

九九诗潮久久情

——读谢向东散文诗集《轻轻地对你说》

清　风

　　从未晤面的诗友谢向东寄来本装帧考究的散文诗集《轻轻地对你说》，嘱为雅正。敝人非诗界中人，正之不敢当，但作为"业余爱好者"，爱诗之心一直割舍不了，向东那纯如碧溪轻如歌的诗情激励着我，只好硬着头皮"我为我兄做文章"了。

　　《轻轻地对你说》一书由三个小辑组成，由广西民族出版社出版。向东的这部作品，在形式上追求心颖别致，讲究对生活尖锐的发现，灵巧的捕捉，对情节高度的凝练与浓缩，既注重对原始古朴自然美的挖掘，也重视对生命意识的展现，靠着四两拨千斤，一言九鼎，咫尺万里的艺术功力，创造了篇幅之外无尽无休的诗情与韵味，不愧为《中国99散文诗丛》中一曲美妙的乐章，一朵傲雪的红梅，在充满灵气的文明古国，磅礴地奏着新颖的交响，醉人地散着芬芳的清香。

　　"盼你，这头温柔善良的小鹿。想你，这棵活泼多情的柳树。……两只青鸟在无忧的下午在枝头欢唱，轻轻传递春天的讯息。""生命的时空，落霞已缤纷。蓦然，孤独的心灵深处，响起一阵阵清丽悦耳动人的声音。"这是《生命的琴声》一辑中的两章，向东将一对恋人比作"两只青鸟"在"枝头欢唱"；将"悠扬动听的声音"描绘成"我心中一把温柔秀气的琴"，在"我忧郁的时候，你弹起如歌的行板，奏得四季如春"，是最为精妙的句子，它是年轻人心理活动的真实写照，让自己的真情实感和着人们对生命意义的寻觅而律动，读后便有一种微醉轻袭心头，这微醉与唱罢一首旋律优美，意味深长的歌曲时感觉相同。

诗，是诗人的人生轨迹。诗人的人生观、价值观、审美情趣无不从诗中表现出来，通过将自身的生命体验展示给读者和自己。向东在法院供职，先后在《人民司法》、《广义文艺》、《南方散文诗》等报纸杂志上发表散文诗集等文学作品150件。他的诗善于将敏锐的触角伸向法官生活和审判工作中去，把一些看起来枯燥没有诗意的题材写得有声有色，同时将思想的深度与艺术的灵气融为一体，从而使读者从诗中感受法官的人格力量和神圣使命感召下的巨大穿透力。他在《凉棚法庭》一章中写道：竹竿加上沥青纸，就诞生了一个凉棚……成了一个人民法庭的大本营。凉棚不凉……热气蒸腾出人民法官如火炽热和真情，像穿刺长空的闪电，像壮乡里红艳艳的木棉。凉棚印记法官的劳动——白天迈着双脚走村入寨，把法律的阳光带到每家每户；夜晚在灯下静静研习，强大自己的智慧。他将"凉棚"赋予一种生命具象，从中折射出人民法官的高尚品德和无畏的敬业精神，使读者感奋到法官自有法官的情怀，法官自有法官的真诚，法官的风采如共和国蔚蔚的蓝天的价值取向。

人生最大的快乐，莫过于事业上的成功。向东成功了，他利用业余时间写出了《轻轻地对你说》，这是人民法官的骄傲。当你翻开《品味人生》一辑的时候，你方能看到：几声欢笑，几分幽默，几许诙谐，计分沉思，便是品味中的人生了。我喜欢他写的《海石狮》：海滩，有一尊酷似狮子的风化石。十月大潮到了！海石狮被没了……不屈从命运，不屈从做海的陪衬，我想海石狮虽败犹荣。古往今来，涌现出无数个包公、海瑞式的青天，不正是当代法官执法如山的象征吗？面对经济大潮，笑对芸芸众生，像那竹一样，一身正气，不辱使命，节节刚正，取信于民的人民法官，就有海石狮敢斗海浪的胸怀，我是满怀敬意的。

此刻，捧读着这本泛着油墨馨香的散文诗集，向东诗友，我也想《轻轻地对你说》，愿你渴求生命的散文诗潮，充满灵气的久久诗情，像飘飞的雪花，无边无际，温馨迷人……

（原载《红塔文学》　作者原名：肖鸿清）

爱，不与时空成任何比例

——浅评谢向东的《冬日情绪》

雨　雪

　　细阅《冬日情绪》（见创刊号），如欣赏"我"的一幅幅心画：雪花飘扬，阴雨霏霏，泥泞雨巷；春天的青鸟呢喃，笑靥桃红……其间冷暖色的调配都从属于"伞下爱捉蜻蜓的蓝衣裙女子"，于是，这如莹佳人便成了"我"《冬日情绪》的凝聚点和梦系所在。

　　尽管，"遗忘也是一种悲壮"，但"我"却不能遗忘，更不曾遗忘。情与灵的矛盾和冲突，滋生了孤独，追忆，思念，盼望，痛楚，伤感，等待，眷恋直到永远这一连串的"冬日情绪"，而这一切无不是对蓝衣裙女子挚爱的絮语。在谢向东的这组散文诗中，教我们读懂了：爱，不与时空成比例！

　　不是吗？不仅"理解宽容，心心相依"，而且还"摄进心底，让岁月的流水无法冲去"。能拥有痴人如许爱心，"蓝衣裙女子"该是丘比特的宠儿了，人生于世，还有什么被一个人深沉、虔诚而又久恒地痴爱更令人感到幸福和值得满足呢？

　　诗的，悠悠如水岁月，人生几何？若能拥有一份"历尽了人间风雨的等待"并相遇，确是"不枉人生一次"了，冥冥世间，知己最是难觅，真爱更是不易，明了"人生不求终生相伴，只祈求心心相依"，才有将爱升华的勇气，诗中，"我"的感情是纯洁而真挚的，有如冬日的飞飘雪花，同时又是极度丰富和成熟的，对"蓝衣裙女子"的心恋也就含蓄，细腻和凄婉……

当然，《冬日情绪》有一种清冷的凄美，调子便多少有点低沉。但是，也不难看出，"我"虽已输掉了感情（不管是什么原因，也无须探究），但绝对没有连自尊也一同输掉。"春风已将蓝色的窗帘高高扬起，我的心已飞上便广博的天空"，失去了，仍"愿是一只鸟俯瞰你的世界，愿是一首歌挂在你的芳唇"。至此，情爱，得到了高度的浓缩和升华，灵魂也达到了极度的净化和超脱。

作者的男性情感文笔具有一种与很多女性不同的、难以企及的细腻、柔婉而给予人美感，这些，在血性男儿的作品中是独到而难能可贵的。